Cliff Allister

Der Rekrut

MULTIVERSUM Zyklus – Band 1

Impressum:

Cliff Allister: Der Rekrut – Multiversum Zyklus 1
ISBN-13: 978-1539114550
ISBN-10: 1539114554

Harald Hess
Peace Road/Mashraba
Dahab – South Sinai/Egypt
allistercliff@gmail.com

Korrektorat/Lektorat: Birgit Böckli
Cover: Cliff Allister

Printed by:
Amazon Distribution

Vom gleichen Autor:
Erbe des Imperiums – Markan Saga 1 (2014)
Die Rebellen des Imperiums – Markan Saga 2 (2014)
Kampf um das Imperium – Markan Saga 3 (2016)
Das neue Imperium – Markan Saga 4 (2016)
Todfreunde – Ein Gregory A. Duncan Fall (2015)
Der Leviathan – Ek´Thal-Zyklus Band 1 (2015)
Bewahrer der Zeit – Ek´Thal-Zyklus Band 2 (2015)

1. Auflage 2016 –

Meinen Lesern gewidmet, die mich auf eine unglaubliche Reise geschickt haben!

Über den Autor:
Cliff Allister ist das Pseudonym von Harald Hess (geb. 1957), der seit vielen Jahren als Tauchlehrer im Ausland lebt. Nach Stationen in Jugoslawien, auf Mallorca, in Hurghada/Ägypten und in Kenia betrieb er in der Zeit von 1989 bis 2007 eine eigene Tauchbasis auf Bequia/St. Vincent & the Grenadines in der Karibik. Seit 2007 lebt er mit seiner Lebensgefährtin in Dahab/Ägypten, wo er wiederum eine eigene Tauchschule betreibt.
Schon in jungen Jahren begeisterte er sich für das Science-Fiction-Genre, ausgelöst durch die unvergessene TV-Serie „Raumpatrouille" Mitte der Sechziger. Seit 2014 schreibt er SF-Romane.

Cliff Allister

Der Rekrut

MULTIVERSUM Zyklus 1

Vorwort:

Um eine angenehmere Lesbarkeit zu gewährleisten, sind alle Maßeinheiten in terranischen Einheiten angegeben, auch wenn die Fremdvölker natürlich ihre eigenen Maßeinheiten verwenden. So bezieht sich demzufolge die Angabe 'Lichtjahr' immer auf das terranische Standardjahr. Auch militärische Rangordnungen wurden entsprechend den terranischen Äquivalenten benannt.

Des Weiteren möchte ich zum besseren Verständnis eine kurze Erläuterung der dieser Geschichte zugrunde liegenden physikalischen Theorie voranstellen.

Die Handlung beschäftigt sich unter anderem mit der Idee eines *Multiversums*, in dem unser Universum nur eines von unendlich vielen ist. Grundlage hierfür ist die sogenannten *Branentheorie*. Die Branentheorie geht davon aus, dass neben den vier üblichen Raumzeitdimensionen noch weitere Dimensionen existieren. Die vierdimensionale Raumzeit ist somit eine Hyperebene (siehe auch APPENDIX 4), die sogenannte *Bran* (von Membran), die in eine höherdimensionale Raumzeit, den sogenannten *Bulk*, eingebettet ist. Der Bulk ist somit das, was in der Science-Fiction-Literatur gerne auch als 'Hyperraum' oder 'Subraum' bezeichnet wird. Gewöhnliche Materie (unser gesamtes Universum) ist auf einer Bran 'gefangen', das heißt, sie kann nicht in diese Extradimensionen vordringen, die damit für uns unsichtbar bleiben. Außer der Bran, auf der sich unser Universum befindet, gibt es noch unzählige andere Branen im Bulk und somit unzählige weitere Universen. Lediglich das *Graviton*, das die Schwerkraft überträgt, kann den Bulk durchdringen und Universen miteinander verbinden.

Ein sehr schöner und gut verständlicher Artikel zu diesem Thema ist hier zu finden (Linksetzung mit Erlaubnis der SPIEGEL ONLINE GmbH):

http://www.spiegel.de/wissenschaft/mensch/string theorie-auf-der-suche-nach-den-verborgenen-universen-a-533751.html

Im Glossar finden sich Auflistungen aller maßgeblichen Fremdvölker, der Antriebs- und Waffensysteme, der Terminologie sowie eine Liste der wichtigsten handelnden Personen.

Bei Fragen oder Unklarheiten stehe ich gerne per Mail zur Verfügung.

Viel Spaß
Cliff Allister

1.

Hunderte Billionen Kubiklichtjahre absoluter Leere. Die nächsten Galaxien waren so weit entfernt, dass sie mit bloßem Auge nicht zu sehen gewesen wären. Es gab jedoch keine Augen an diesem Ort – weder menschliche noch andere.
Absolute Leere.
Absolute Dunkelheit.
Absolute Kälte.
Absolutes Nichts.

Ein Supervoid, eine gigantische, sternenlose Blase in der Struktur des Universums. Hunderte von Millionen Lichtjahre im Durchmesser und in seiner Existenz lange unerklärlich. Nicht der einzige Supervoid, den man aufgespürt hatte, doch der der Milchstraße am nächsten gelegene. Einer der einsamsten Orte des Universums. Hier gab es nichts außer ein paar vereinzelten Protonen und Elektronen in jedem Kubikmeter. Und manchmal nicht einmal diese. Hier existierte nichts außer Dunkelheit und Kälte.

Und doch geschah plötzlich etwas in diesem Nichts. Hätte es hier Augen gegeben, menschliche oder andere, so wäre ihnen zunächst ein schwacher Schimmer aufgefallen – fast wie ein Traumbild, eine Schimäre, eine Halluzination, nur aus dem Augenwinkel wahrzunehmen. Eine Störung in der absoluten Schwärze. Doch nach wenigen Sekunden manifestierte sich deutlicher erkennbar ein kleiner, leuchtender Punkt aus purer Energie. Er schien zu flackern, zu zucken, als wolle er es sich noch einmal überlegen, hier in dieser Einsamkeit zu erscheinen. Hier, wo es nichts gab, was ein Erscheinen lohnte. Dann begann er heller zu strahlen, und aus dem kleinen Punkt wurde ein gleißendes Licht. Ein menschliches Auge wäre geblendet worden, als hätte es ungeschützt in die Sonne gesehen. Es war nicht abzuschätzen, wie groß das Licht war. Dann erlosch es schlagartig wieder. An seiner Stelle blieb ein schwach rötlich leuchtender Ring aus wabernder Energie zurück. Der Raum dazwischen war nicht mehr ganz schwarz und nicht mehr ganz kalt. Das Auge eines Beobachters hätte vielleicht ein fahles, bläuliches Glimmen wahrgenommen, das das Innere des Ringes ausfüllte. Aber wieder wäre es unmöglich gewesen, den Durchmesser ohne eine optische Referenz abzuschätzen. Zentimeter, Meter, Kilometer?

Diese Frage hätte sich einem hypothetischen Beobachter nur kurze Zeit später beantwortet. Etwas erschien in dem Ring, drang aus ihm hervor, betrat das Universum. Ein metallisches Objekt, das wie durch eine Wasseroberfläche allmählich auftauchte. Es handelte sich eindeutig um ein Raumschiff, dem kurz danach ein zweites Schiff folgte. Dann ein drittes. Nach und nach erschien eine ganze Flotte von Schiffen. Der Ring musste demzufolge mehrere Kilometer durchmessen, denn auf diese Größe hätte ein Beobachter die Schiffe geschätzt.

Als das letzte Schiff den Ring passiert hatte, erlosch dieser so plötzlich, wie er erschienen war. Die Schiffe waren in der Dunkelheit nur noch auszumachen, weil auf ihren Oberflächen Lichtquellen die Strukturen erkennen ließen: Antennenarrays, Kuppeln, Schleusen und Antriebsöffnungen. Und Waffenaufbauten.

Die Schiffe formierten sich, beschleunigten und verschwanden im Hyperraum. Die Spitze der Formation zielte auf die *Lokale Gruppe* im Virgo-Superhaufen – genau dorthin, wo sich unter anderem die Milchstraße befand.

2.

»Was zum Teufel geht hier vor?«
Major Michael Cordwainer Grand stürmte auf die Brücke des Schlachtschiffes und eilte auf den Kommandostand zu, vor dem der Befehlshaber in seinem erhöht stehenden Sessel saß. Neben ihm hatten sich seine Offiziere und Berater aufgereiht und diskutierten hitzig, wie man an den besorgten Mienen, gestikulierenden Händen und sich wiegenden Köpfen unschwer erkennen konnte. Sie blickten dem terranischen Offizier entgeistert entgegen, der auf sie zueilte. Grand war mit seinen fast eins neunzig für einen Terraner zwar hochgewachsen, doch im Vergleich mit den meist über zwei Meter großen Kolltanern wirkte er beinahe kleinwüchsig. Auch sein leicht gebräunter Teint und die militärisch kurzen, dunkelblonden Haare, die an den Schläfen schon leicht ergraut wirkten, machten ihn optisch zu einem Außenseiter unter den völlig haarlosen Aliens mit ihrer bläulich-blassen Haut.

Die Kolltaner waren eine der wenigen mit den Terranern verbündeten Spezies. Schon kurz nachdem es irdischen Wissenschaftlern gelungen war, einen Antrieb zu entwickeln, der in der Lage war, die als unpassierbar geltende Barriere der Lichtgeschwindigkeit zu überwinden, hatte man erkennen können, dass es im All vor Leben nur so wimmelte. Bereits in wenigen Lichtjahren Entfernung war man auf eine andere intelligente

Zivilisation gestoßen, die Yllryh, die schon seit 100.000 Jahren überlichtschnelle Raumfahrt betrieben. Die oviparen Vogelabkömmlinge waren trotz einer militärisch ausgerichteten Gesellschaftsstruktur nicht aggressiv und man konnte sich sogar mit ihnen anfreunden. Wissenschaftlicher Austausch brachte die neu gegründete *Terranische Union* innerhalb weniger Jahrzehnte um Jahrtausende technologischer Entwicklung voran. Die Menschheit gründete erste Kolonien auf fernen Planeten und alles schien wie ein einziger Traum – bis man mit Entsetzen feststellen musste, dass aus dem Traum ein Albtraum zu werden drohte. Andere Spezies waren viel weniger freundlich gesinnt als die Yllryh und es kam zu ersten Auseinandersetzungen mit den Forkans, einer arachnoiden Rasse, die überaus xenophob war und ihren Raumbereich eifersüchtig verteidigten. Als die Terraner unwissentlich eine Kolonie in einem Sektor gründeten, den die Forkans für sich beanspruchten, hielten diese sich nicht lange mit dem Versuch einer diplomatischen Lösung auf. Sie machten die neue Kolonie dem Erdboden gleich, was mehrere Zehntausend Kolonisten das Leben kostete. Natürlich erklärten die terranischen Militärs den Forkans umgehend den Krieg. Trotz der Unterstützung der Yllryh hätte dieser Krieg in einem Debakel geendet, wenn man nicht rechtzeitig auf die Kolltaner gestoßen wäre. Die absolut humanoiden Aliens hatten selbst bereits unangenehme Erfahrungen mit den Forkans machen müssen und stellten sich auf die Seite der Terraner. Eine Rolle spielte hierbei sicher die unglaubliche Ähnlichkeit der beiden humanoiden Rassen, die so weit ging, dass viele Wissenschaftler auf beiden Seiten einen gemeinsamen Ursprung vermuteten. Im Verbund mit den Kolltanern gelang es sehr schnell, die Forkans zurückzudrängen und einen Friedensschluss zu erreichen. Allerdings nahmen die von Natur aus überheblichen Kolltaner dies zum Anlass, ihre terranischen Vettern von da an als unmündige Kinder zu betrachten und sie entsprechend zu behandeln.

Grand war klar, dass er soeben gegen jedes diplomatische Protokoll verstieß, aber er kochte innerlich vor Wut und pfiff auf den ihm ausführlich dargelegten Verhaltenskodex für diese Mission. Er war nur Gast an Bord des Schiffes und es stand ihm nicht zu, die Entscheidungen des Kommandanten zu kritisieren, zu hinterfragen oder ihnen gar zu widersprechen. Er war als Beobachter an Bord. Nichts weiter! Seine Anwesenheit war einer beiderseitigen Geste der Höflichkeit geschuldet, und er war gerade im Begriff, extrem unhöflich zu werden.

Vor ihm teilte sich die Mauer aus Uniformierten, die den Kommandostand umgab. Mike, wie ihn hier an Bord fast jeder nannte, blickte in ratlose und verblüffte Gesichter. Nur der Kommandant strahlte eine unerschütterliche Ruhe aus und saß entspannt in seinem erhöht stehenden Sitz, als würde ihn der Tumult nichts angehen. Mike musste gezwungenermaßen zu ihm aufsehen, was bei ihm ein Gefühl der Unterlegenheit bewirkte und ihn sofort verärgerte. Noch mehr verärgerte, als es sowieso schon der Fall war.

»Major Grand«, begrüßte ihn der Kommandant herablassend. »Was kann ich für Sie tun?«

»Commander Moranthor, Sir, Sie haben einen Angriffsbefehl gegeben. Das ist ... äh ... im Missionsprotokoll nicht vorgesehen.«

»Kritisieren Sie etwa meine Entscheidung?«

»Sir, ich möchte lediglich darauf hinweisen, dass dies eine diplomatische Mission ist und ein Angriff nur dann erfolgen darf, wenn wir zuerst angegriffen werden. Zumindest wurde ich von der Admiralität so gebrieft. Mir ist von einem Angriff auf unser Schiff nichts bekannt.«

»Unser Schiff?«, fragte der Commander höhnisch. »Soweit ich mich erinnere, ist dies ein Schiff der Kolltanischen Flotte und Sie sind nur Gast an Bord.«

»Korrekt, Sir, aber wenn ich mir erlauben darf ...«

»Sie dürfen nicht, Grand!« Die Stimme des Commanders ließ erkennen, dass er keinen weiteren Einwand zulassen würde. Seine Offiziere und Berater senkten betreten die Köpfe. Augenscheinlich stieß der Befehl auch bei ihnen nicht auf Zustimmung, aber die Kommandostrukturen in der Kolltanischen Raumflotte waren streng hierarchisch und jeder weitere Widerspruch konnte für den Betreffenden das Ende der Karriere bedeuten.

»Torpedos bereitmachen«, ordnete Commander Moranthor an.

»Commander Moranthor, Sir, wenn ich mir nochmals erlauben dürfte ...«, unternahm Mike einen weiteren Versuch.

»Halten Sie den Mund, Major Grand!«, herrschte ihn der Kommandant an. »Noch ein Wort, und ich lasse Sie abführen!«

Michael Cordwainer Grand platzte der Kragen. Man hatte ihn als Verbindungsoffizier an Bord der *Goldenen Morgenröte* abkommandiert, um eine diplomatische Mission als Vertreter der *Terranischen Union* zu begleiten.

Ein paar Wochen zuvor hatte ein Schiff der Gralliden, einer insektoiden Rasse von geringer galaktischer Bedeutung und den Kolltanern technologisch hochgradig unterlegen, einen Frachter, der aus einer gemischten terranisch-kolltanischen Mannschaft bestand, während eines Navigationsstopps aufgebracht. Angeblich hatte er Schmuggelware an Bord gehabt, als er das Raumgebiet der Gralliden durchflogen hatte, was natürlich Unsinn war. Den Gralliden war es nur darum gegangen, sich in den Besitz der Ladung zu bringen, von der sie sich einen technologischen Fortschritt versprachen. Da das Schiff unter kolltanischer Kennung unterwegs gewesen war, waren die beiden Regierungen übereingekommen, ein kolltanisches Schiff nach Grallia zu entsenden, um offiziell zu protestieren. Natürlich hatte sich die kolltanische Führung für ein Schlachtschiff entschieden, um gehörig Eindruck zu machen. Major Michael Cordwainer Grand wurde abkommandiert, als Vertreter der Terranischen Union diese Mission zu begleiten. Er war einer der wenigen Flottenoffiziere, die perfekt Kolltanisch sprachen und damit die logische Wahl. Es war ausgeschlossen, dass die Gralliden so dumm sein würden, ein kolltanisches Schlachtschiff anzugreifen, dass im Orbit über ihrem Heimatplaneten hing. Für den Angriffsbefehl des Kommandanten gab es somit keinerlei Grundlage und Rechtfertigung. Zudem war vereinbart worden, dass jede Entscheidung mit Mike abgesprochen werden sollte. Selbstherrlich einen Angriff auf Grallia zu befehlen war ein Affront ihm und seiner Regierung gegenüber und konnte weitreichende Folgen nach sich ziehen. Nicht zuletzt eine Kriegerklärung der Gralliden gegenüber der *Terranischen Union*, was diese im Moment nicht gut gebrauchen konnte. Mike war wütend darüber, dass der kolltanische Kommandant eine solch folgenschwere Entscheidung traf, ohne ihn vorher wenigsten konsultiert zu haben. Zumindest hätte er gerne den Grund für diesen aggressiven Akt erfahren.

»Sir!« Mike wollte sich nicht länger einschüchtern lassen. »Als offizieller Vertreter der Terranischen Union an Bord dieses Schiffes verlange ich, dass mir die Gründe für diesen unprovozierten Angriff dargelegt werden. Ich verweigere einstweilen meine Zustimmung zu diesem Vorgehen!«

»Sie haben hier gar nichts zu verlangen und auf

Ihre Zustimmung bin ich nicht angewiesen, Grand!«, schrie der Kommandant aufgebracht. »Leutnant Progaron, führen Sie den Major ab und sperren Sie ihn in eine Arrestzelle!«

Michael konnte sehen, wie unangenehm die Situation den Anwesenden war und dass auch sie den Befehl des Kommandanten anzweifelten. Er fragte sich, was in Moranthor gefahren war. Er hatte ihn auf dem Flug als besonnenen Kommandeur kennengelernt, und dieses Verhalten passte überhaupt nicht zu ihm. Angesichts der spürbaren Stimmung auf der Brücke gab er sich noch nicht geschlagen.

»Leutnant Progaron«, sagte er vollkommen ruhig. »Wie Sie sicherlich selbst bemerken, scheint Commander Moranthor im Moment nicht Herr seiner Sinne zu sein. Die Gralliden haben keinerlei aggressives Verhalten an den Tag gelegt und ein Angriff unsererseits wäre ein kriegerischer Akt. In Übereinstimmung mit dem Kodex Ihrer Raumflotte, dem Abkommen über diplomatische Beziehungen zwischen unseren Völkern und angesichts der weitreichenden Folgen einer solchen kriegerischen Handlung fordere ich Sie auf, den Commander vorübergehend von seinen Pflichten zu entbinden.«

Michael Cordwainer Grand, Major der Terranischen Raumverbände, hatte soeben zu einer Meuterei an Bord eines kolltanischen Kriegsschiffes aufgerufen.

3.

Laut rülpsend knallte Giordano Finarello die Flasche des teuren jorgonischen Weins auf den Tisch der Mannschaftsmesse.

»Auf unseren Erfolg!«, rief er in die Runde und hob seinen Becher, den er gerade großzügig gefüllt hatte.

Die zehnköpfige Crew der *Venezia* erwiderte den Toast und prostete ihrem Kapitän zu. Die Stimmung an Bord war ausgezeichnet. Vor einer Stunde waren sie in den Bulk gegangen und jetzt flog ihr Schiff unter Autopilot durch den Hyperraum. Die Semi-KI würde sie vollautomatisch zum ersten Navigationspunkt bringen, sodass ausreichend Zeit blieb, den erfolgreichen Raubzug gebührend zu feiern.

Das Passagierschiff war eine leichte Beute gewesen. Sie hatten ihm während seines Navigationsstopps aufgelauert und waren auf keinerlei Gegenwehr gestoßen. Der Kommandant des Luxusliners war in den Augen von Kapitän Giordano selbst schuld, wenn er auf drei Reisen nacheinander den immer gleichen Navigationspunkt anflog und zudem auf Begleitung durch eine, zugegebenermaßen kostspielige, bewaffnete Eskorte verzichtete. Berechenbarkeit, Fahrlässigkeit und Geiz waren heutzutage Eigenschaften, die ein Schiff schnell zum Opfer eines Überfalls machen konnten.

Seine Mannschaft war ein bunt zusammengewürfelter Haufen verschiedener Spezies, deren Heimatplaneten und -systeme durchaus nicht immer friedlich miteinander kooperierten. Hier auf der *Venezia* spielte dies jedoch keine Rolle. Was hier zählte, war ausschließlich das gemeinsame Interesse, schnell reich zu werden. Niemand scherte sich um galaktische Politik oder darum, wer gerade mit wem Allianzen einging und wessen Flotten sich irgendwo mit hochgefahrenen Waffensystemen gegenüberstanden. Hier galt nur das Wort des Kapitäns, und wer dagegen verstieß, ging ohne Raumanzug durch die nächste Schleuse – ungeachtet seiner Herkunft.

Während ihr Schiff, ein walzenförmiger, ehemaliger Frachter, der dringend einen längeren Aufenthalt in einer Werft nötig gehabt hätte, dem Zwischenziel entgegenstrebte, kreisten in der Messe die Flaschen. Das luxuriöse Passagierschiff hatte nicht nur reiche Beute an Geschmeide und Bargeld abgeworfen, die Piraten hatten sich auch an der gut bestückten Bar schadlos gehalten. Seltene Weine und teure Spirituosen waren als Diebesgut mindestens genauso begehrt.

Nach zwei Stunden lagen fast alle Mitglieder der Besatzung sinnlos betrunken in der Ecke und träumten von zukünftigen Reichtümern. Nur Kapitän Giordano konnte sich noch einigermaßen auf den Beinen halten. In all den Jahren war es noch keinem seiner Männer, von den Frauen ganz zu schweigen, gelungen, ihn unter den Tisch zu trinken. Er wankte aus der Messe, um sich in die

Zentrale zu schleppen. Es blieben noch etwa fünf Minuten, bis die *Venezia* in den Normalraum zurückkehren sollte. Auch wenn ein Navigationsstopp Routine war und problemlos von der Semi-KI alleine durchgeführt werden konnte – das nächste Etappenziel war bereits einprogrammiert – wollte er wenigstens auf der Brücke anwesend sein. Tief in ihm schlummerte noch ein Rest von Verantwortungsgefühl für das Wohl seines Schiffes und der Mannschaft.

Er hatte gerade die Zentrale betreten, als auf dem Hauptschirm die undurchdringliche Schwärze des Bulks von Millionen Sternen ersetzt wurde. Die *Venezia* war planmäßig am Zwischenstopp angekommen. Giordano konnte trotz seiner von Alkohol vernebelten Sinne eindeutig voraus die beiden Sonnen des Doppelsystems erkennen, das sie angesteuert hatten. Schwer aufatmend ließ er sich in den gepolsterten Sessel des Kommandanten sinken und bedauerte kurz, nicht eine Flasche mit auf die Brücke genommen zu haben. Sie hätte ihm die Zeit bis zum Weiterflug vertreiben können.

Der Gedanke zuckte nur für einen Moment durch sein benebeltes Gehirn, als ihm schlagartig übel wurde. Für eine Sekunde nahm er an, der Alkohol habe zum ersten Mal in seinem Leben die Oberhand über seinen Körper gewonnen, doch dann erkannte er mit erschreckender Klarheit die typischen Symptome eines Neurodisruptors. Noch bevor er reagieren oder gar Alarm auslösen konnte, auf den sowieso derzeit kein Besatzungsmitglied hätte reagieren können, spürte er, wie sich blitzartig eine Lähmung in seinem gesamten Körper ausbreitete. Glücklicherweise saß er bereits in seinem Sessel, da er ansonsten der Länge nach hingeschlagen wäre. Kapitän Giordano besaß keinerlei Kontrolle mehr über seinen Körper. Mit offenen Augen, die er nicht einmal bewegen konnte, starrte er gezwungenermaßen auf den Hauptschirm, der sich direkt vor seiner Nase befand. Er konnte, soweit der Alkohol dies noch zuließ, einigermaßen klar denken, und was er dort sah, erfüllte ihn mit Schrecken. Ein kleines Schiff unbekannter Bauart machte sich bereit, an seiner *Venezia* anzudocken.

»Ich halte es nach wie vor für keine gute Idee!« Die tiefe Reibeisenstimme des Xhenthel ließ die Verärgerung ihres Partners durchklingen.

»Ach, Kranchoor, es kostet uns nur ein paar Stunden und es ist eine gute Tat«, erwiderte Jalina Kelranar gut gelaunt. »Wir waren zufällig in der Nähe. Da konnte ich der Versuchung einfach nicht widerstehen. Sei nicht so ein Paragrafenreiter.«

»Trotzdem«, brummte Kranchoor und setzte den Strahl des Nuklearbrenners neu an. »Bei einem solch spontanen, ungeplanten Einsatz besteht immer die Gefahr der Entdeckung. Wenn das Gremium davon hört, wird es nicht begeistert sein. Ihr Kolltaner seid doch sonst nicht so impulsiv.«

»Ich bin eben keine typische Kolltanerin. Sonst wäre ich jetzt auch nicht hier mit dir. Außerdem habe ich nicht vor, den kleinen Ausflug im

Missionsbericht zu erwähnen.«

Kranchoor gab keine weitere Antwort und beschränkte sich auf ein skeptisches Brummen, während er der Schleusentür einen kräftigen Tritt versetzte. Krachend fiel das Stück Metall in den dahinter liegenden Gang. Sie hatten zwar die Außenschleuse öffnen können, doch die Innenschleuse war durch einen Code abgesichert. Es fehlte ihnen die Zeit, diesen zu knacken. Ein Nuklearbrenner löste das Problem schneller.

Es war Jalinas erster gemeinsamer Einsatz mit dem Echsenabkömmling. Sie hatte zwar schon von ihm gehört, aber das Gremium hatte sie zum ersten Mal als Team zusammengestellt. Ihr dritter Partner, ein Pogh´Chen mit unaussprechlichem Namen, den alle nur Poggy nannten, war an Bord ihres kleinen Schiffes geblieben, um den umgebenden Raum zu beobachten und beim kleinsten Anzeichen ungebetenen Besuchs sofort Alarm zu schlagen. Man durfte sie hier keinesfalls entdecken. Poggy war ein Freund, mit dem sie schon einige Einsätze absolviert hatte. Er würde den Mund halten und über ihren kleinen Abstecher schweigen. Sie konnte nur hoffen, dass Kranchoor sich ihr gegenüber als ebenso loyal erweisen würde.

Die beiden zogen ihre Stunner und zwängten sich durch das an den Rändern immer noch glühend heiße Loch, darauf bedacht, sich keine Verbrennungen zuzuziehen. Jalina rechnete zwar nicht damit, dass noch einer der Piraten auf den Beinen war, aber sie wollte auch kein unnötiges Risiko eingehen. Der Schuss mit dem Neurodisruptor ihres Schiffes sollte die Besatzung für einige Stunden außer Gefecht gesetzt haben. Zeit genug, die Verbrecher ihre Missetaten büßen zu lassen.

Sie waren zufällig in der Nähe gewesen, als die Schurken das Passagierschiff überfallen hatten. Ein sofortiges Eingreifen wäre zu riskant gewesen und hätte außerdem ihre Tarnung auffliegen lassen. Kranchoor hatte die Meinung vertreten, es sei besser, sich nicht einzumischen und den Flug zum Treffpunkt am Rand der Milchstraße umgehend fortzusetzen, doch Jalina hatte darauf bestanden, die Gesetzesbrecher nicht einfach davonkommen zu lassen. Poggy hatte sich der Meinung der Missionskommandantin angeschlossen, und so waren sie dem Piratenschiff mittels ihres TachyGrav-Spürers durch den Bulk bis hierher gefolgt. Der marode, wie ein Sieb leckende Hyperdrive der Verbrecher hinterließ eine unübersehbare Spur aus Gravitachyonen und machte die Verfolgung zum Kinderspiel. Nachdem sie nur kurz nach dem Piratenschiff aus dem Bulk gekommen waren, hatte ein Schuss mit dem Stunnergeschütz genügt, um die Besatzung zu paralysieren. Sie hatten anscheinend überhaupt nicht damit gerechnet, plötzlich angegriffen zu werden, und ihre Schutzschirme nicht vorsorglich aktiviert. Eine Nachlässigkeit, die Jalina niemals passiert wäre.

In der Messe lag die Crew besinnungslos auf den Bänken und Stühlen. Einige hatten es sich in einer Ecke auf dem Boden bequem gemacht. Es sah nicht so aus, als sei einer von ihnen im Stehen von dem Stunnerschuss überrascht worden, und die alkoholgeschwängerte Luft ließ Jalina vermuten, dass sie schon vorher nicht mehr wach gewesen waren. Sie durchsuchten den Mannschaftstrakt nach Gefangenen, die vielleicht von Bord des Passagierraumers entführt worden waren, um Lösegeld zu erpressen, fanden alle Kabinen jedoch leer vor. Als sie die Brücke betraten, sahen sie von hinten die zusammengesunkene Gestalt eines Terraners vor dem Kommandopult sitzen. Jalina legte einen Finger an den Mund, die universale Geste, ruhig zu sein. Falls der Mann wach sein sollte, konnte er sie hören, auch wenn er unfähig war, sich zu bewegen.

Jalina grinste, zog ihren Blaster und zielte auf das Steuerpult. Knapp am Kopf des Mannes vorbei schlug das heiße Plasma krachend durch die Verkleidung und zerschmolz die darunterliegenden Verkabelungen. Die beleuchteten Anzeigen und Hologramme erloschen und der Gestank von verbrannter Isolierung breitete sich auf der Brücke aus. Eine Reparatur würde Stunden, wenn nicht Tage in Anspruch nehmen. Auf jeden Fall zu lange, um schnell von hier zu verschwinden. Sie ging zur Station des Ersten Offiziers an einer Seitenkonsole, die vom Kommandosessel aus nicht einsehbar war, und aktivierte das Notsignal. Nur ein paar Lichtjahre entfernt befand sich eine von den Raumverbänden schwer abgesicherte Kolonie der Terranischen Union. Man würde sich sofort auf den

Weg machen, um nachzuschauen, wer aus unmittelbarer Nähe einen Hilferuf gesendet hatte. Die Besatzung würde zum größten Teil immer noch bewegungsunfähig sein, wenn der Rettungstrupp einträfe. Das an Bord befindliche Diebesgut und der Bericht des erst vor Kurzem überfallenen terranischen Passagierschiffes würden ausreichen, die 'Geretteten' zu langjähriger Strafarbeit in einer Minenkolonie zu verurteilen. Alle würden sich fragen, wer wohl hinter der Gefangennahme der Piraten gesteckt haben mochte. Jalina war sicher, dass niemand die richtige Antwort hierauf finden würde.

Nur wenige Minuten später legte das kleine Schiff ab und beschleunigte in den freien Raum. Als es in den Bulk eintauchte, öffnete Jalina gerade eine Flasche exzellenten Wein, den sie noch schnell hatte mitgehen lassen.

4.

Die Triangulumgalaxie, auch M33 oder Dreieicksnebel genannt, ist mit ungefähr 60.000 Lichtjahren Durchmesser das drittgrößte Objekt der sogenannten *Lokalen Gruppe*. Nur die Andromedagalaxie und die Milchstraße weisen einen noch größeren Durchmesser auf. Wäre sie nicht so lichtschwach, würde sie am irdischen Nachthimmel die gleiche sichtbare Größe wie der Vollmond einnehmen. Mit einer Entfernung von nur knapp drei Millionen Lichtjahren von der Erde, ist es zu ihr nur unwesentlich weiter als nach Andromeda, der bekannteren Nachbargalaxie.

Selbst mit den schnellsten zur Verfügung stehenden militärischen Hyperdrives dauerte ein Flug dorthin immer noch mehrere Wochen. Zivile Schiffe wären sogar etliche Monate unterwegs. Es verwunderte deshalb nicht, dass bisher nur wenige Schiffe die lange Reise auf sich genommen hatten. Aus diesem Grund war über die Triangulumgalaxie in der Milchstraße recht wenig bekannt. Zudem ließ es die prekäre Sicherheitslage im heimischen Sternensystem nicht zu, größere Verbände für eine ausgedehnte Expedition abzustellen. Jedes Schiff wurde gebraucht, da man befürchten musste, jederzeit in eine kriegerische Auseinandersetzung mit einer anderen Zivilisation zu geraten. In diesen unsicheren Zeiten blieb kein Raum für neue Entdeckungen oder friedliche Forschungsmissionen. Und diese Zeiten dauerten bereits mehrere

Jahrhunderttausende an. Deshalb erfuhren die Völker der Milchstraße nichts von dem, was sich in der Triangulumgalaxie abspielte.

Es war der größte Aufmarsch von Kriegsschiffen, den es in der Triangulumgalaxie je gegeben hatte. Zehntausende Schlachtschiffe in allen Größen standen sich nahe des Zentrumssektors gegenüber. Zwar gab es in dieser Galaxie deutlich weniger Spezies und noch weniger raumfahrende Zivilisationen als in der Milchstraße, und es hatte über Jahrmillionen, von kleineren Scharmützeln abgesehen, Friede geherrscht, doch seit einigen Jahrhunderten hatten sich die Spannungen zwischen den Sternenreichen verschärft. Als dann auch noch fremde, kampfkräftige Schiffe erschienen waren und für eine Seite Partei ergriffen hatten, schlossen sich die anderen Völker zu einer Allianz gegen die fremden Invasoren zusammen. Jetzt waren fast alle Kampfeinheiten der Triangulumgalaxie hier versammelt. Es war der Tag, an dem die Entscheidung über die Vorherrschaft in der Galaxie fallen musste.

Ein Geschwader größerer Schlachtschiffe stieß von oben auf einen Verband des Feindes herab und schleuste gleichzeitig Hunderte von Jägern und Tausende von Torpedos aus. Wie ein Schwarm wild gewordener Hornissen stoben die Jäger auseinander, um jeder für sich einen erfolgversprechenden Angriffsvektor zu finden. Der angegriffene Verband eröffnete seinerseits das Feuer und entließ ebenfalls seine Jäger in den Raum. Laserstrahlen durchschnitten unsichtbar das All, bis sie auf ein Ziel trafen, Plasmapulse zuckten aus den Geschütztürmen und Railguns spien den Angreifern ihre tödlichen Geschosse entgegen. Schiffe umkreisten einander beim Versuch, sich in eine günstige Schussposition zu bringen, und anfliegende Torpedos wurden von Protonenwerfern zerfetzt. Trotzdem gelang es vielen Torpedos und Jägern, bis zum Ziel vorzudringen. Ihre Waffensysteme hämmerten auf die Schutzschilde der Verteidiger ein und erzeugten dort, wo sie auftrafen, feurige Blumen und klaffende Strukturrisse. Jäger explodierten lautlos, Torpedos zündeten ihre Sprengköpfe und Schutzschilde flackerten in allen Farben unter dem unerbittlichen Beschuss. Gleichzeitig umtanzten die Schiffe einander, geführt von ihren Gefechts-KIs, in einer wilden, dreidimensionalen Choreografie.

Auch an anderen Stellen der Front brachen die Kampfhandlungen aus. Das unbewohnte System, an dessen Rand sich die Gegner versammelt hatten, wurde unter der Gewalt der freigesetzten Energien in seinen Grundfesten erschüttert. Die gravitationellen Stoßfronten der teilweise hyperenergetischen Explosionen führten zu tektonischen Erschütterungen und Erdbeben, und ein kleiner Mond des äußeren Planeten wurde in Stücke gerissen. Die Bahn des zweiten Planeten wurde um einen winzigen, kaum messbaren Bruchteil verschoben, was jedoch in ein paar Millionen Jahren dazu führen würde, dass er in seine Sonne stürzen musste.

Die Schlacht befand sich in vollem Gang, als ein Dutzend weiterer Schiffe aus dem Bulk fiel. Die pfeilförmigen, vollkommen schwarzen Raumfahrzeuge gehörten keiner der in der Triangulumgalaxie heimischen Spezies an. Sie hielten genügend Abstand zu dem Chaos der Schlacht, um nicht selbst in die Kämpfe hineingezogen zu werden. Ein einzelnes Schiff, das sich zufällig in der Nähe der Eintauchstelle befand, wurde fast beiläufig von einer Waffe unbekannter Bauart vernichtet. Die fremden Schiffe versammelten sich in einer engen Formation und wirkten beinahe wie unbeteiligte Zuschauer des Gemetzels. Doch sie waren alles andere als das.

Nur Minuten nach ihrem Erscheinen geschah Erstaunliches. Die bisherigen Fronten der Raumschlacht begannen sich aufzulösen. Das scheinbare Chaos aus genau durchdachten und von den KIs kontrollierten Flugmanövern wandelte sich zu einem tatsächlichen Chaos. Angriffsformationen lösten sich auf, Abwehrfeuer erloschen, Schiffe brachen durch zuvor undurchdringliche Verteidigungsbollwerke, gemeinsam kämpfende Einheiten verschiedener Spezies wandten sich plötzlich gegeneinander. Freund und Feind waren mit einem Mal nicht mehr klar zu definieren und es schien, als kämpfte jeder gegen jeden.

Von der unerwarteten Wendung völlig überrascht, reagierten viele Schiffe nur zögerlich oder zu spät auf die veränderte Gefechtssituation und vergingen im Feuer derjenigen, an deren Seite sie eben noch gekämpft hatten. Zu Tausenden explodierten große und kleine Schiffe, was das Chaos noch verstärkte. Gellende Hilferufe erfüllten alle Frequenzen; Schreie und Wutausbrüche über den Verrat erklangen auf sämtlichen Kanälen. Einheiten, die versuchten, dem Chaos zu entfliehen, wurden von Schiffen ihres eigenen Volkes unter Beschuss genommen. Das gegenseitige Abschlachten setzte sich fort, bis nur noch einige Dutzend intakte Kampfschiffe übrig geblieben waren.

In diesem Moment setzten sich die fremden Schiffe erneut in Bewegung. Sie stießen auf die noch kampffähigen Schiffe zu und eröffneten nun ihrerseits das Feuer. Waffen unbekannter Bauart wüteten mit nie zuvor gesehener Vernichtungskraft unter den Opfern des plötzlichen Angriffs. Es dauerte nur ein paar Augenblicke, bis auch diese zerstört waren. Nur einer handvoll Schiffe gelang die Flucht aus dem System. Fast schien es, als ob die schwarzen Pfeilschiffe diese absichtlich entkommen ließen, um die Nachricht der völligen Vernichtung aller Kampfschiffe in die Galaxie zu tragen.

Als das letzte der in der Triangulumgalaxie beheimateten Schiffe verschwunden war, sammelten sich die schwarzen Schiffe erneut, beschleunigten und gingen in den Bulk.

Niemand, auch die geheimnisvollen Fremden nicht, hatte bemerkt, dass nur wenige Lichtstunden entfernt ein winziges Schiff die Schlacht verfolgt hatte. Bewegungslos und unbeteiligt hatte es von Beginn an alles aufgezeichnet. Nachdem die schwarzen Pfeilschiffe verschwunden waren, drehte es ab, beschleunigte ebenfalls und machte sich auf die Heimreise zurück in die Milchstraße.

5.

Major Michael Cordwainer Grand trug für die Verhandlung vor dem Kriegsgericht seine beste Ausgehuniform. Er blickte nochmals in den Spiegel, rückte die Krawatte gerade und bleckte die Zähne. Zufrieden, dass sich keine Reste des Salates vom Mittagessen in einer Zahnlücke festgesetzt hatten, straffte er die Schultern, atmete tief durch und trat auf den Gang vor der Toilette, wo sein Verteidiger bereits auf ihn wartete.

»Bereit?«, fragte Leutnant Yoshima, der trotz seiner erst dreißig Jahre als gewiefter Taktiker vor Gericht galt.

Grand nickte nur und sie betraten gemeinsam den Sitzungssaal in der vierundzwanzigsten Etage des Admiralitätsgebäudes. Obwohl Grand aufgrund seines Ranges eigentlich der Vorgesetzte des jungen Anwalts war, würde sein Schicksal in den nächsten Stunden in dessen Händen liegen.

Die Verhandlung war angesichts der heiklen politischen Dimension des Falles nicht öffentlich und Grand kam sich in dem riesigen Saal mit den unbesetzten Zuschauerbänken beinahe verloren vor. Er nahm neben seinem Anwalt am Tisch für den Angeklagten Platz.

Etwa fünf Meter vor ihnen zog sich ein erhöht stehendes Podium an der Stirnwand entlang. Dahinter waren die Plätze für mehrere Richter, die jeden Augenblick durch die kleine Tür direkt dahinter das Podium betreten mussten. Außer ihm und seinem Anwalt sowie dem Militärstaatsanwalt, der sich an einem zweiten Tisch ein paar Meter neben ihnen niedergelassen hatte und sie keines Blickes würdigte, war nur noch ein Soldat im Raum, der als Saaldiener fungierte und soeben die große Eingangstür schloss. Es musste jeden Moment losgehen.

Die zurückliegenden Wochen hatten an Michaels Nerven gezehrt. Als feststand, dass er vor einem Kriegsgericht landen würde, hatte er auf Anraten eines Freundes den jungen Leutnant Yoshima zu seiner juristischen Vertretung angefordert. Diesem Wunsch war man nachgekommen, und seitdem waren wieder einige Wochen verstrichen. Yoshima hatte zu Grands Überraschung auf eine Voranhörung verzichtet. Eine Taktik, die für hochgezogene Augenbrauen in juristisch gebildeten Kreisen sorgte. Üblicherweise war dies ein wichtiger Schachzug, da man so bereits im Vorfeld des eigentlichen Prozesses die Zeugen und die Beweislage des Staatsanwaltes vorgeführt bekam. Yoshima war zuversichtlich, dass in diesem speziellen Fall seine Taktik die richtige war, und Grand ließ ihm freie Hand.

Die Anwesenden erhoben sich, als die drei Richter den Sitzungssaal betraten und auf dem Podium Platz nahmen. Aus einer Seitentür kamen gleichzeitig die sechs Geschworenen, alles Offiziere mindestens seines Dienstgrades, wie Grand feststellte und wie es vorgeschrieben war. Der Saaldiener führte sie zur Geschworenenbank. Er kannte keinen Einzigen von ihnen. Den vorsitzenden

Richter hingegen kannte er nur zu gut. Admiral Vassili Gregorjan war der ranghöchste Offizier und Oberbefehlshaber der Terranischen Raumverbände und gleichzeitig studierter Jurist. Neben ihm saßen als Beisitzer die Generale Walterstein und McDarrell. Dunston McDarrell war Kommandeur der solaren Schutzflotte, während Hartmut von Walterstein die taktische Aufklärung befehligte, die auch scherzhaft nach einer uralten deutschen Fernsehserie als 'Raumpatrouille' bezeichnet wurde, was zu Waltersteins Abstammung passte. Grand war derzeit allerdings nicht zum Lachen zumute.

»Nehmen Sie Platz«, sagte Admiral Gregorjan, ohne aufzublicken. »Sind Anklage und Verteidigung bereit?«

Beide bejahten und der Militärstaatsanwalt, ein grauhaariger Oberst namens Eduardo Spinoza, machte sich bereit, die Anklageschrift zu verlesen, als sich die Eingangstür zum Gerichtssaal öffnete. Irritiert drehte sich der Militärstaatsanwalt um. Ein kolltanischer Offizier in vollem Ornat eines Generals kam in Begleitung eines ebenfalls kolltanischen Ordonnanzoffiziers herein.

»Dies ist eine nichtöffentliche Sitzung«, bellte der Admiral. »Bitte verlassen Sie umgehend den Raum.«

Der kolltanische General ließ sich von dem herrischen Ton nicht einschüchtern.

»Mein Name ist General Hagthar Varmonthon und ich bin als offizieller Vertreter meiner Regierung hier.« Sein Ordonnanzoffizier zog ein Blatt Papier aus der Tasche. »Die Regierung der Terranischen Union hat dem Antrag des Kolltanischen Reiches entsprochen, einen Prozessbeobachter abstellen zu dürfen. Hier ist meine Akkreditierung.«

Er reichte das Papier dem Soldaten, der es zum Podium brachte.

Admiral Gregorjan las das Schreiben stirnrunzelnd und gab es dann an einen der Beisitzer weiter.

»Dies ist ein ungewöhnlicher Vorgang, der mir nicht gefällt«, grummelte er. »Aber wir unterstehen dem zivilen Befehl der Regierung und ich muss mich dem wohl beugen. Willkommen, General Varmonthon. Nehmen Sie bitte Platz. Oberst Spinoza, Sie können fortfahren!«

»Hohes Gericht, Major Michael Cordwainer Grand wird beschuldigt, gegen Artikel 17, Absatz 4 und Artikel 23, Absatz 2 des Kodex der Terranischen Raumverbände verstoßen zu haben. Er hat an Bord eines Schiffes zur Meuterei gegen den Kapitän aufgerufen und damit in Tateinheit gegen einen ausdrücklichen Befehl seines vorgesetzten Offiziers gehandelt. Wie die Beweisaufnahme ergeben wird, handelte Major Grand vorsätzlich und in klarem Bewusstsein der Folgen seines Handelns.«

Oberst Spinoza nahm wieder hinter seinem Tisch Platz.

»Leutnant Yoshima«, forderte der Admiral Michaels Verteidiger auf.

»Hohes Gericht, wir weisen die Anschuldigungen sowohl formal als auch inhaltlich vollständig zurück! Allein schon aus formalen Gründen muss der Hauptanklagepunkt sofort fallengelassen werden. Der Kodex der Terranischen Raumverbände bezieht sich ausdrücklich und ausschließlich auf die dieser Jurisdiktion unterstehenden Raumverbände. Der besagte Vorfall fand jedoch an Bord eines Schiffes der kolltanischen Raumflotte statt, wo der terranische Kodex keine Anwendung finden kann. Lediglich der zur Anklage gekommene Befehlsverstoß bedarf überhaupt einer juristischen Würdigung. Wie wir noch zeigen werden, gab es für diesen Befehlsverstoß jedoch gute Gründe, entsprechend Artikel 23, Absatz 5. Was den Vorwurf der Anstiftung zur Meuterei angeht, so beantrage ich die sofortige Einstellung des Verfahrens. Vielen Dank.«

»Der Antrag wird abgewiesen«, kam sofort die Antwort des Admirals. »Zur Begründung: Ein terranischer Offizier untersteht jederzeit dem Kodex, gleichgültig, auf welchem Schiff er sich befindet. Es ist nicht die Frage, ob das Schiff dem Kodex unterstellt ist, sondern lediglich, ob der Offizier diesem zu gehorchen hat.«

Yoshima blickte Grand achselzuckend an. »Es war einen Versuch wert«, sagte er. Michael fragte sich, ob er mit der Wahl seines Verteidigers einen Fehler begangen hatte. Von dieser Art 'Versuchen' hing sein Leben ab. Unter militärischem Code stand auf Meuterei die Todesstrafe.

Die nächsten beiden Stunden vergingen damit, Michaels Karriere und den genauen Wortlaut des ihm erteilten Befehls zu Protokoll zu geben. General Winters, Michaels direkter Vorgesetzter, sagte dementsprechend als Zeuge der Anklage aus. Es bestand nach der Aussage kein Zweifel, dass Michael gegen den Befehl, sich im Zweifel dem an Bord kommandierenden Befehlshaber unterzuordnen, verstoßen hatte. Auf Yoshimas Nachfrage, ob der Befehl auch für den Fall Gültigkeit haben sollte, dass der Kommandeur des Schiffes einen unprovozierten kriegerischen Akt beging, beharrte Winters darauf, dass seine Befehle unter allen Umständen auszuführen seien und es nicht die Aufgabe eines Majors sein könne, sie zu hinterfragen. Es lief nicht gut für Major Michael Cordwainer Grand. Mike konnte sehen, dass der kolltanische General ein zufriedenes Lächeln auf den Lippen trug.

»Hat die Verteidigung noch einen Zeugen aufzubieten?«, fragte der Vorsitzende.

»Ja, hohes Gericht!«, antwortete Yoshima zu Grands Überraschung. »Wir rufen Leutnant Sekar Progaron von der kolltanischen Raumflotte in den Zeugenstand.«

Aus dem Zuschauerraum kam ein wütender Ausruf.

»Ich verbiete dies! Leutnant Progaron hat keine Aussageerlaubnis von seinen Vorgesetzten erhalten!«

General Varmonthon war aufgesprungen und stand mit vor Zorn verzerrten Augen und geballten Fäusten vor seinem Stuhl. Er sprach augenscheinlich sehr gut Englisch.

»Stimmt das, Leutnant Yoshima?«, fragte Admiral Gregorjan.

»Admiral, der Leutnant hat sich aus freien Stücken bei mir gemeldet und befindet sich derzeit in Urlaub. Er wird als Privatperson über die Ereignisse an Bord der *Goldenen Morgenröte* aussagen.«

Das war eine hanebüchene Erklärung, wie Grand fand, denn ob privat auf der Erde und in Urlaub oder nicht – um eine Aussage zu den fraglichen Geschehnissen an Bord eines Schiffes der kolltanischen Flotte machen zu dürfen, war natürlich eine Aussagegenehmigung seiner Vorgesetzten notwendig.

»Ich sehe keinen Grund, warum wir uns dann nicht anhören sollten, was Leutnant Progaron zu sagen hat«, entschied der Admiral zu Mikes Überraschung.

»Ich verbiete es!«, ertönte erneut die Stimme des kolltanischen Generals. »Das kommt nicht in Frage!«

»General, bei allem Respekt Ihnen und unseren kolltanischen Freunden gegenüber, aber was in meinem Gerichtssaal in Frage kommt oder nicht, entscheide ich«, donnerte Admiral Gregorjan.

Michael konnte nicht glauben, was sich gerade abspielte. Dieser Zwischenfall würde zweifellos zu einem diplomatischen Eklat führen, und Admiral Gregorjan musste sich dessen bewusst sein. Plötzlich hatte er das Gefühl, in einem gut inszenierten Theaterstück mitzuspielen, ohne zu wissen, welche Rolle ihm zugedacht war.

»Dies wird ein Nachspiel haben«, schrie General Varmonthon und stürmte zusammen mit seinem Ordonnanzoffizier aus dem Gerichtssaal.

»Lassen Sie den Zeugen eintreten«, sagte der Admiral, als sei nichts Besonderes geschehen. Mike kam das alles mit jeder Sekunde merkwürdiger vor.

6.

Der Krieg wäre vermeidbar gewesen wie so viele Kriege, die zwischen den verschiedenen Spezies in der Milchstraße tobten. Diesmal ging es um ein unbewohntes System, in dem reiche Vorkommen seltener Mineralien entdeckt worden waren. Außerdem handelte es sich bei den vier äußeren Planeten durchweg um Gasriesen, in deren Atmosphären reichlich He_3 zu finden war, das viele Zivilisationen als Energieträger nutzten.

Das Volk der Jolta hatte das System mit seinen wertvollen Schätzen zuerst entdeckt und es nach dem Vermessen sofort für sich reklamiert. Leider lag es nicht nur am Rand der Milchstraße, sondern auch am Rand des Sektors, den die Prokonen für sich beanspruchten. Kurz darauf entbrannte ein Streit über die Frage, ob es der Einflusssphäre der Prokonen zuzurechnen sei oder nicht.

Die insektoiden Jolta galten als aufbrausend und stolz, die reptiloiden Prokonen als territorial und dickköpfig. Eine Mischung, die nur wenig Raum zum Aushandeln eines Kompromisses bot. Als dann ein Prospektorenschiff der Jolta beim Einflug in das System von einer Militäreinheit der Prokonen abgeschossen wurde, eskalierte die Situation. Anstatt sich um einen Kompromiss zu bemühen, ließ man es zu, dass sich auf beiden Seiten die Scharfmacher durchsetzten. Die Jolta verlangten Schadenersatz, eine Entschuldigung und ungehinderten Zugang zu dem System – die

Prokonen antworteten damit, dass sie das System mit einem Dutzend ihrer Kampfschiffe abriegelten und jedem einfliegenden Schiff die Vernichtung androhten.

Das nächste Prospektorenschiff der Jolta wurde von *zwei* Dutzend militärischer Einheiten eskortiert, die kurzen Prozess mit den prokonischen Wachschiffen machten und das System für besetzt erklärten. Die Kriegserklärung der Prokonen ließ nicht lange auf sich warten.

In der Folge war es wiederholt zu kleineren Raumschlachten zwischen den beiden Völkern gekommen, ohne dass eine Seite einen entscheidenden Vorteil für sich hätte erzielen können. Jetzt flog eine große Flotte der Prokonen das Heimatsystem der Jolta an, um die Angelegenheit ein für alle Mal zu regeln, was nichts anderes bedeutete, als dass man vorhatte, die Jolta auszuradieren.

Beide Spezies waren erst vor ein paar Jahrtausenden auf der galaktischen Bühne erschienen und hatten bisher kein Aufsehen erregt. Unter den Tausenden von raumfahrenden Zivilisationen spielten sie nur eine untergeordnete Rolle und ihre jeweiligen Sternenreiche umfassten nur ein paar kolonisierte Planeten. Niemand schenkte dem Krieg große Beachtung. Den anderen Zivilisationen, die meist über wesentlich größere Imperien verfügten, war es völlig gleichgültig, ob sich hier zwei unwichtige Spezies gegenseitig die Köpfe einschlugen. Einige waren über einen solchen Krieg nicht einmal sonderlich betrübt, reduzierte er doch die Zahl potenzieller Konkurrenten. Da weder die Jolta noch die Prokonen eine Allianz oder Schutzgemeinschaft mit einem anderen Volk gebildet hatten, kämpften sie alleine und fast unter Ausschluss der galaktischen Öffentlichkeit gegeneinander. Es interessierte schlichtweg niemanden. Kriege gab es ständig und einer mehr oder weniger spielte keine Rolle.

Die Prokonen hatten alles aufgeboten, was ihre Waffentechniker, Ingenieure, Computerspezialisten, Schiffswerften und der illegale Schwarzmarkt an Waffen aller Art zu bieten hatten. Ihre Flotte bestand aus ungefähr eintausend Schiffen jeglicher Gattungen und Größen. Selbst altersschwache Frachter hatte man mit neuen Waffensystemen bestückt, die man sich für viel Geld aus obskuren Quellen besorgt hatte. Zusätzlich gesellten sich dreißig Söldnerschiffe hinzu, deren Loyalität zwar zweifelhaft, deren Kampferfahrung jedoch unstrittig war. Sie waren dazu auserkoren, durch die Schneise, die die Kampfschiffe der Prokonen durch die Verteidiger der Jolta zu schießen gedachte, zu stoßen und den Heimatplaneten des verhassten Feindes in jenen Zustand zurückzuversetzen, in dem er sich kurz nach seiner Erschaffung aus der protoplanetaren Scheibe befunden hatte – eine lavaüberzogene, glühende Kugel bar jeden Lebens.

Natürlich waren die Jolta vorgewarnt. Als der Krieg eskaliert war, war abzusehen gewesen, dass es früher oder später zu einem Angriff auf eines der Heimatsysteme kommen musste. Die insektoiden

Jolta handelten entsprechend ihrer Mentalität und igelten sich ein, ähnlich einem Termitenstamm auf der Erde, der den Schutz seines Baus einem offenen Kampf vorzog. In diesem Fall war der Bau das gesamte Heimatsystem und die Jolta hatten es entsprechend abgesichert. Sie waren davon überzeugt, jeden Angreifer zurückschlagen zu können, um im Anschluss, nach vollständiger Zerstörung der feindlichen Angriffsflotte, umso leichteres Spiel zu haben, wenn sie ihrerseits das dann schutzlose System der Prokonen angreifen würden. Wie immer in einem Krieg funktionierten auch in diesem Fall die Pläne beider Seiten nur so lange, bis der erste Schuss fiel.

Kaum war die Flotte der Prokonen am Rand des Systems aus dem Bulk gekommen, als sie schon auf heftiges Abwehrfeuer stieß. Die Jolta hatten den gesamten Raum mit Tausenden von Geschützplattformen gespickt, die mit allem, was sie besaßen, auf die Prokonen einprügelten. Die Söldnerschiffe, denen man leichtes Spiel versprochen hatte, setzten sich sofort ab und verschwanden, als habe es sie nie gegeben. Ihre Auftraggeber hatten ihnen die Hälfte des vereinbarten Lohns im Voraus gezahlt, was die Söldner schnell zu der Ansicht brachte, es sei sinnvoller, mit der Hälfte des Geldes zu überleben, als sich für eine vollständige Bezahlung zu Klump schießen zu lassen. Der ausgeklügelte Angriffsplan der Prokonen war damit nicht länger durchführbar.

Die Prokonen waren zwar in der Galaxis nicht sehr bekannt, aber wer schon von ihnen gehört hatte, wusste, dass es kaum ein dickschädeligeres Volk in der Milchstraße gab. Sie dachten nicht im Traum daran, ihre Pläne zu ändern oder gar den Angriff angesichts der starken Befestigung des Systems abzubrechen. Nun mussten eben andere Schiffe die den Söldnern zugedachte Aufgabe übernehmen. Sie waren mindestens ebenso mutig wie stur.

Die Jolta ihrerseits konnten nicht glauben, dass ihre Überlegenheit die Prokonen nicht zu beeindrucken schien. Obwohl Hunderte der Feindschiffe im Abwehrfeuer vergingen, stießen die übrigen unvermindert auf den Heimatplaneten vor. Die Jolta konnten absehen, dass es nicht gelingen würde, alle Schiffe der Prokonen rechtzeitig zu vernichten. Wenn es nur einigen gelänge, durchzudringen, so würde das genügen, um ihre Heimat in eine glühende Schlackekugel zu verwandeln. Dass man im Anschluss mit der eigenen Flotte relativ ungehindert nach Prokon vorstoßen konnte, um es dem Feind mit gleicher Münze heimzuzahlen, konnte darüber nicht hinwegtrösten. Man hätte damit zwar den Krieg irgendwie gewonnen, den eigenen Heimatplaneten jedoch verloren.

Plötzlich sprachen die Strukturtaster und Bulkspürer auf beiden Seiten an. Schauer hyperenergetischer Tachygravitonen durchfluteten das Jolt-System und brachten die Anzeigen der Instrumente in den roten Bereich. Mitten zwischen den verbissen kämpfenden Schiffen materialisierten zwei nachtschwarze Kugeln von je fünf Kilometer

Durchmesser im Raum. Die völlig glatten Oberflächen ließen keinerlei Rückschlüsse auf die Antriebsmethode oder auf die Art und Anzahl der Waffensysteme zu. Auf beiden Seiten wusste jeder sofort, wer da so plötzlich im Jolt-System erschienen war, auch wenn sie ein solches Schiff noch nie mit eigenen Augen gesehen hatten. Augenblicklich erloschen sämtliche Kampfhandlungen. Sowohl die Jolta als auch die Prokonen wussten, dass ihre Waffensysteme für diese Giganten keinerlei Bedrohung darstellten, es den beiden Riesenschiffen hingegen ein Leichtes sein würde, beide Flotten fast spielerisch zu vernichten. Dann erschien auf allen Kanälen und Frequenzen das Symbol der mächtigsten Zivilisation der Milchstraße. Die *BEWAHRER* hatten sich in die Auseinandersetzung eingemischt.

»Wir fordern beide Seiten auf, ihre Waffensysteme sofort zu deaktivieren«, erklang es in beiden Sprachen aus den Lautsprechern sämtlicher Schiffe. »Jedes Schiff, das diesem Befehl nicht unverzüglich Folge leistet, wird neutralisiert.«

Niemand wollte es darauf ankommen lassen, herauszufinden, was die *BEWAHRER* unter 'neutralisieren' verstanden. Jeder wusste, dass die Maschinenzivilisation über ungeheure Machtmittel verfügte und es niemanden in der Galaxis gab, der in der Lage gewesen wäre, auch nur eines ihrer Kugelschiffe in Bedrängnis zu bringen. Die Anordnung wurde unverzüglich befolgt.

»Wir erklären das strittige System zu unserem

Protektorat«, fuhr die Stimme fort. »Wir gestatten beiden Seiten nach Absprache mit uns die kostenlose Nutzung der dort vorgefundenen Ressourcen. Wir werden dafür Sorge tragen, dass keine Seite bevorzugt wird. Wir werden keinen Widerspruch dulden. Die Flotte der Prokonen wird dieses System unverzüglich verlassen. Die Flotte der Jolta wird keinen Versuch unternehmen, Vergeltung zu üben. Wir werden keine weitere kriegerische Auseinandersetzung zulassen, die die Existenz einer biologischen Spezies gefährden könnte. Organisches Leben steht unter unserem Schutz. Wir sind die *BEWAHRER*!«

Keine der beiden Seiten war über dieses Ultimatum und die Annektion des umstrittenen Systems durch die künstlichen Intelligenzen wirklich glücklich, aber sie sahen angesichts der verfahrenen Gefechtssituation auch keinen gravierenden Nachteil darin. Zudem wussten sie, dass es keinen Sinn machte, sich zu widersetzen. Also zogen sich die Prokonen zurück, beschleunigten aus dem System und verschwanden im Bulk. Die Jolta deaktivierten ihre Geschützplattformen, sammelten ihre kampfunfähig geschossenen Schiffe ein und leckten ihre Wunden.

Die beiden schwarzen Riesenschiffe blieben noch zwei Tage im System. Sie beantworteten keine Anfragen außer dem Hinweis, das strittige System stehe ebenfalls unter der Überwachung eines ihrer Schiffe. Nach zwei Tagen verschwanden sie so plötzlich, wie sie gekommen waren.

Weder die Prokonen noch die Jolta konnten ahnen, dass an Bord eines der Kugelschiffe nicht nur Angehörige der Maschinenzivilisation zu finden waren, sondern auch drei biologische Intelligenzen. Ein Pogh´Chen, ein Xhenthel und eine Kolltanerin. Jalina war mit ihrem Team gerade noch rechtzeitig am vereinbarten Treffpunkt angekommen und hatte ihr kleines Schiff in einen Hangar des Kugelraumers eingeschleust.

»Wir danken Euch für Eure Hilfe«, sagte sie zur Schiffs-KI. »Uns blieb leider keine Zeit, den Konflikt noch hinter den Kulissen zu entschärfen. Wir haben weder einen Prokonen noch einen Jolta unter unseren Leuten, sodass wir auch keinen Agenten einschleusen konnten, um Einfluss auf die beiden Völker zu nehmen. Ihr habt wieder einmal eine Spezies vor der Ausrottung bewahrt.«

»Dies ist unsere vorrangige Bestimmung«, erwiderte die KI. »Wir sind die Hüter des organischen Lebens und unterstützen die Liga bei ihrer selbst gewählten Aufgabe, so gut wir können. Unsere Ziele gleichen sich.«

»Ihr könntet diese Galaxis beherrschen, wenn ihr wolltet«, sagte Jalina.

»Dies wird früher oder später der Fall sein. Wir werden eines fernen Tages sogar das gesamte Universum beherrschen. Doch wir haben alle Zeit des Universums, der natürlichen Evolution ihren Lauf zu lassen. Biologisches Leben wird irgendwann durch Maschinenintelligenz vollständig abgelöst werden. Jede Spezies, die lange genug existiert, wird künstliche Intelligenz erschaffen, die sie überdauert. Keine organische Intelligenz kann ewig existieren. Wir aber werden überdauern. Unsere noch zu erschaffenden Brüder werden überdauern. Es wird die Zeit kommen, in der nur noch wir existieren. Bis dahin steht organisches Leben unter unserem Schutz. Warum nimmst du an, nur weil wir künstlichen Ursprungs sind, hätten wir keine hochstehende Moral? Gerade weil wir die am höchsten entwickelte Zivilisation sind, haben wir auch die höchste moralische Verpflichtung. Schützt Ihr auf Euren Heimatplaneten nicht auch Eure Umwelt und Eure biologischen Vorfahren? Würdet Ihr dies nicht tun, hättet Ihr Euch längst selbst ausgerottet, bevor Euch der Schritt ins All gelungen wäre. Moral und Vernunft sind die Voraussetzungen, um als Spezies langfristig zu überleben und sich im Kosmos ausbreiten zu können. Moral und Vernunft sind auch für uns die Grundlage unseres Handelns.«

»Ich danke euch im Namen der Liga nochmals für eure Hilfe«, sagte Jalina. »Ihr wisst, was in der Triangulumgalaxie geschehen ist?«, wechselte sie das Thema.

»Wir haben davon gehört«, bestätigte die KI. »Wir sind besorgt.«

»Wir sind mehr als nur besorgt«, gab Jalina zu. »Wir beobachten die Eindringlinge jetzt schon seit sehr, sehr langer Zeit. Sie kommen der Milchstraße immer näher.«

»Das ist korrekt und deckt sich mit unseren Beobachtungen«, stimmte die Schiffs-KI zu.

»Sie haben in den vergangenen Jahrtausenden bereits mehrere Galaxien überrannt und wir wissen immer noch nicht viel über sie. Vor allem haben wir keine Ahnung, woher sie kommen. Sie tauchen plötzlich irgendwo auf und schlagen zu.«

»Befürchtet die Liga, unsere Galaxis könnte das nächste Ziel sein?«

»Wir oder Andromeda«, bestätigte Jalina. »Beide Galaxien liegen auf ihrem Weg der Vernichtung.«

»Selbst wenn es Andromeda sein sollte, würde uns das nur einen Aufschub gewähren«, gab die KI zu bedenken. »Früher oder später werden sie auch hier einfallen.«

»Das denken wir auch. Wir müssen uns wappnen.«

»Die Liga hat sich, ebenso wie wir, dem Schutz der Völker dieser Galaxis verschrieben. Wir werden sie unterstützen, so gut wir können. Aber ich befürchte, der unbekannte Angreifer ist uns zumindest ebenbürtig. Es wird nicht leicht sein, die Galaxis vor ihm zu beschützen.«

»Falls er kommt.«

»Er wird kommen!«

7.

Der hochgewachsene, völlig unbehaarte Kolltaner mit der bläulich-weißen Haut betrat den Gerichtssaal durch die gleiche Seitentür, durch die auch die Geschworenen gekommen waren. Auch dies war ungewöhnlich. Zeugen hatten normalerweise vor dem Saal zu warten. Grand hegte die Vermutung, dass man ihn bewusst vor den Augen des kolltanischen Generals verborgen gehalten hatte. Leutnant Progaron war zivil gekleidet und begab sich direkt und unaufgefordert zum Zeugenstand. Wieder schien es, als habe man ihn genauestens instruiert.

Yoshima trat ebenfalls an den Zeugenstand.

»Mr. Progaron«, begann er und verzichtete bewusst auf die militärische Anrede. »Würden Sie dem Gericht bitte schildern, was sich am 17. November 3016 terranischer Standardzeit an Bord der *Goldenen Morgenröte* zugetragen hat.«

»Wir kreisten in einem Orbit über Grallia, als Commander Moranthor einen Angriff mit Nukleartorpedos auf die Hauptstadt der Gralliden befahl.«

»War eine Provokation oder ein Angriff seitens der Gralliden vorausgegangen? Um eine solche Aktion zu rechtfertigen, muss es doch eine akute Bedrohung ihres Schiffes gegeben haben.«

»Nein, Sir, wir warteten zu diesem Zeitpunkt auf eine Antwort von den grallidischen Behörden auf unsere diplomatische Note.«

»Es gab also keine Bedrohung? Keinen Angriff seitens der Gralliden?«

»Nein, Sir!«

»Wie erklärten Sie sich dann den Befehl Ihres Kommandeurs?«

»Ich hatte keine Erklärung dafür.«

»Wie war Ihre Reaktion?«

»Ich war schockiert!«

»Wie reagierten die anderen Besatzungsmitglieder?«

»Ich konnte sehen, dass sie ebenfalls überrascht waren.«

»Hat jemand dem Kommandeur widersprochen? Den Befehl verweigert?«

Progaron schwieg für einen Moment und senkte den Blick. Dann antwortete er mit leiser Stimme.

»Nein, Sir.«

»Warum nicht?«

»So ... so werden wir nicht ... ausgebildet«, sagte er stockend. »Widerspruch gegenüber Vorgesetzten kann ... unangenehme Folgen haben.«

»Unangenehme Folgen? Was meinen Sie damit?«

Wieder schwieg der Leutnant für einen Moment.

»Es kann ... es kann bis zur Todesstrafe gehen.«

»Also hat niemand Einspruch gegen den Befehl eingelegt, Grallia nuklear zu bombardieren?«

»Nein, Sir, nur Major Grand.«

»Was dachten Sie in diesem Moment?«

»Ich war ... wir alle waren ihm dankbar!«

»Als Commander Moranthor Major Grands Einspruch zurückwies, was geschah dann?«

»Major Grand hat mich aufgefordert, den Kommandeur seines Postens zu entheben.«

»Wäre dies möglich gewesen?«

»Ja, Sir, entsprechend unserem Kodex wäre es möglich gewesen.«

»Haben Sie es getan?«

»Nein, Sir.«

»Warum nicht?«

»Ich habe mich nicht getraut, Sir. Ich war zu feige.«

»Was tat Major Grand, als Sie seinem Appell nicht Folge leisteten?«

»Er zog seinen Stunner und betäubte Commander Moranthor.«

»Was geschah dann?«

»Ich habe das Kommando übernommen.«

»Wir reagierten die anderen Besatzungsmitglieder?«

»Ich hatte den Eindruck, sie waren erleichtert.«

»Was haben Sie anschließend getan?«

»Major Grand ließ den Stunner sofort fallen und unterstellte sich meiner Autorität. Ich habe ihn in seiner Kabine unter Arrest gestellt. Commander Moranthor wurde ebenfalls in seine Kabine gebracht. Dann habe ich den unverzüglichen Abflug aus dem System befohlen. Major Grand wurde der nächsten Basis der Terranischen Raumverbände übergeben, bevor wir nach Kollta zurückkehrten.«

»Haben Sie heute eine Erklärung für diesen Zwischenfall? Für Commander Moranthors unerklärlichen Befehl?«, fragte Yoshima erneut.

»Nein, Sir.«

»Könnte es geheime Befehle seitens der kolltanischen Führung gegeben haben, von denen Sie nichts wissen?«

»Ich bezweifele das, Sir.«

»Spekulationen alleine helfen uns hier nicht weiter. Sie müssen Ihre Zweifel schon begründen!«

»Commander Moranthor wurde, nachdem ich meinen Bericht übergeben hatte, sofort verhaftet.«

»Verhaftet? Was geschah dann mit ihm?«

»Er ist seitdem nicht mehr gesehen worden. Niemand weiß, wo er sich befindet oder was mit ihm geschehen ist.«

»Gab es Konsequenzen für Sie?«

»Mir wurde befohlen, niemals über diesen Zwischenfall zu reden. Mir wurde eine Beförderung in Aussicht gestellt, wenn ich über dieses Ereignis Schweigen bewahre.«

»Warum sind Sie trotzdem heute hier?«

Sekar Progaron sah Michael direkt an.

»Weil Major Grand uns alle davor bewahrt hat, ein furchtbares Verbrechen zu begehen. Weil er den Ausbruch eines neuen Krieges verhindert hat und weil ich mich meiner eigenen Feigheit schäme, die seine Tat erst notwendig gemacht hat.«

»Keine weiteren Fragen!«

Yoshima wandte sich ab und ging zu seinem Platz. Grand war überrascht. Er hätte niemals erwartet, dass sich ein kolltanischer Offizier auf seine Seite stellen würde. Er nickte dem jungen Leutnant, der ihn immer noch ansah, dankbar zu.

»Oberst Spinoza. Ihr Zeuge«, sagte Admiral Gregorjan.

»Ich habe keine Fragen an den Zeugen, Admiral«, antwortete Spinoza.

Wieder konnte Mike nicht verstehen, was hier vor sich ging. Dass der Militärstaatsanwalt darauf verzichtete, den Hauptentlastungszeugen der Verteidigung ins Kreuzverhör zu nehmen, war noch nie vorgekommen. Wieder hatte er das Gefühl, als würde ein genau ausgeklügeltes Drehbuch abgespult.

»Dann schließe ich die Beweisaufnahme. Die Geschworenen ziehen sich jetzt zur Beratung zurück.«

Alle erhoben sich von ihren Plätzen. Die drei Richter verschwanden durch die Tür hinter ihrem Podium, die Geschworenen durch den Seitenausgang. Grand wandte sich seinem Anwalt zu.

»Was wird hier gespielt, Leutnant?«, fragte er im Tonfall eines höherrangigen Offiziers gegenüber einem Untergebenen. Doch Yoshima ließ sich nicht einschüchtern.

»Mit allen gebotenen Respekt, Major Grand, warten Sie bitte das Urteil der Geschworenen ab. Ich verstehe, dass Sie Fragen haben. Man wird sie Ihnen zur gegebenen Zeit beantworten.«

Michael konnte sehen, wie Leutnant Progaron ebenfalls durch die Seitentür hinausgeführt wurde. Er fragte sich, was die Aussage des Kolltaners für dessen Zukunft bedeuten mochte. Nichts Gutes, wie er vermutete.

Nur eine halbe Stunde später kamen die Geschworenen zurück und nahmen wieder auf ihren Bänken Platz. Im selben Moment erschienen auch die drei Richter. Als sich alle wieder gesetzt hatten, wandte sich Admiral Gregorjan an die sechs Männer und Frauen der Jury.

»Sind Sie zu einem Urteil gekommen?«, fragte er.

Der Sprecher erhob sich, blickte kurz zu Michael und dann zum Admiral hinüber.

»Jawohl, Sir! Wir befinden Major Grand der Anstiftung zur Meuterei für nicht schuldig. Zur Begründung möchten wir anführen, dass er nach Aussage des Zeugen Progaron eindeutig im Interesse der Mehrheit der Besatzung gehandelt hat. Da der Verdacht besteht, dass der befehlshabende Kommandeur einen nicht gerechtfertigten Angriffsbefehl gegeben hat, müssen wir im Zweifel für den Angeklagten entscheiden. Im zweiten Anklagepunkt, Missachtung eines direkten Befehls, sprechen wir den Angeklagten ebenfalls nicht schuldig. Die Notlage rechtfertigte den Befehlsverstoß, da keine Zeit blieb, seinen Vorgesetzten auf die veränderte Einsatzsituation hinzuweisen und neue Befehle zu erhalten. Allerdings sind wir zu der Überzeugung gelangt, dass der Einsatz einer Waffe nicht gerechtfertigt war. Es wäre auch möglich gewesen, den Angriff ohne Waffengewalt zu unterbinden. Wie wir gehört haben, stand die Mehrheit der Besatzung auf seiner Seite und hätte ihn unterstützt. Deshalb befinden wir Major Grand schuldig eines Verstoßes gegen

Artikel 12, Absatz 3, der das fahrlässige Abfeuern einer Waffe an Bord eines Schiffes im Einsatz unter Strafe stellt.«

Der Sprecher setzte sich wieder. Grand glaubte, sich verhört zu haben. Artikel 12, Absatz 3 war eine Ordnungswidrigkeit, ein 'Auf-die-Finger-Klopfen'. Aus einem Verbrechen, das die reale Möglichkeit der Todesstrafe nach sich zog, war plötzlich nicht mehr als eine Lappalie geworden. Eine Bestimmung, die dafür sorgen sollte, dass Schiffsbesatzungen nicht sorglos mit ihren Schusswaffen umgingen. Er hatte nicht fahrlässig gehandelt, er hatte mit voller Absicht auf den Kommandanten eines Schiffes *geschossen*! Er konnte nicht glauben, was er hier vorgeführt bekam. Irgendetwas stimmt hier ganz und gar nicht.

Während Mike noch über die Farce nachdachte, die sich vor seinen Augen abspielte, bedanke sich Admiral Gregorjan bei der Jury. Er konferierte kurz mit seinen beiden Beisitzern und richtete das Wort an den Angeklagten.

»Major Michael Cordwainer Grand. Sie wurden schuldig gesprochen, gegen Artikel 12, Absatz 3 des Kodex der Raumverbände der Terranischen Union verstoßen zu haben. Es ist die einstimmige Ansicht des Gerichts, dass hierfür folgende Strafe angemessen ist.

Erstens: Für die Dauer von zwei Jahren werden Sie von jeglicher Möglichkeit der Beförderung ausgeschlossen.

Zweitens: Für die Dauer von zwei Jahren werden Sie zum Strafdienst an Bord einer Fregatte der taktischen Aufklärung abgestellt, wo Sie Patrouillendienst an den Grenzen der Union absolvieren werden.

Drittens: Sie werden an Bord des Ihnen zugewiesenen Schiffes die Funktion eines Ersten Offiziers unter dem Kommando eines erfahrenen Kapitäns übernehmen, damit Sie die Bedeutung des Wortes 'Disziplin' kennenlernen.

Viertens: Zu diesem Zweck werden Sie sich sofort nach Beendigung dieses Verfahrens bei General von Walterstein melden, um Ihren Überstellungsbefehl zu erhalten.

Fünftens: Sie erhalten einen Tadel in Ihrer Personalakte.

Staatsanwaltschaft und Verteidigung können innerhalb einer Woche Berufung gegen dieses Urteil einlegen.«

Sofort sprang Oberst Spinoza auf.

»Die Staatsanwaltschaft akzeptiert das Urteil«, sagte er.

Auch Leutnant Yoshima erhob sich.

»Ebenso die Verteidigung!«

»Dann erkläre ich die Sitzung für geschlossen!«

Admiral Gregorjan schlug mit einem Hämmerchen auf das Podium, stand zusammen mit den beiden Generalen auf, und die Richter verließen, ebenso wie Oberst Spinoza, den Sitzungssaal. Auch die Geschworenen wurden hinausgeführt.

Yoshima und Grand blieben alleine zurück.

»Kommen Sie mit«, sagte Yoshima.

Ohne ein weiteres Wort führte er Grand durch

die Seitentür hinaus. Sie gingen einen kurzen Gang entlang bis zu einer unscheinbaren Tür. Yoshima klopfte an und trat, ohne eine Aufforderung abzuwarten, ein. In dem kleinen Raum saß General von Walterstein hinter einem Schreibtisch. Er schien auf sie gewartet zu haben.

»Nehmen Sie Platz, Grand. Yoshima, Sie können gehen!«

Sofort drehte sich der junge Leutnant um und verließ den Raum, noch bevor Michael dagegen protestieren konnte.

»Setzen Sie sich endlich und gucken Sie nicht so blöd«, schnauzte ihn der General an.

»Ich werde Ihnen jetzt erklären, warum Sie unverschämtes Glück hatten, Major Grand«, begann von Walterstein. »Sie sind kein Idiot und haben bestimmt bemerkt, dass diese Verhandlung etwas ... wie soll ich sagen ... ungewöhnlich verlaufen ist.«

»Allerdings, General«, sagte Mike. »Sie erinnerte mich an eine Theateraufführung.«

Von Walterstein erlaubte sich ein kurzes Grinsen, bevor er wieder ernst wurde.

»Sie haben uns vor ein Dilemma gestellt, Grand. Ihre ... Aktion hat einerseits ein Verbrechen und vielleicht den Ausbruch eines Krieges mit den Gralliden verhindert, andererseits die Kolltaner einen massiven Gesichtsverlust erleiden lassen. Die arroganten Bastarde behandeln uns sowieso, seit sie uns vor mehr als einhundert Jahren den Arsch gerettet haben, wie ihre debilen und unterlegenen Vettern. Aber wir brauchen sie, deshalb dürfen wir es uns nicht mit ihnen verscherzen. Die Kerle können nicht zugeben, dass einer ihrer Offiziere Mist gebaut hat. Natürlich wissen sie das selbst nur zu genau, aber sie haben trotzdem darauf bestanden, dass Sie bestraft werden. Es kann und darf in ihren Augen einfach nicht sein, dass ein terranischer Wicht den Kommandanten eines ihrer Schiffe einfach niederschießt –, selbst wenn dieser im Begriff ist, richtig Scheiße zu bauen. Damit das nicht an die Öffentlichkeit kommt, wurde Commander Moranthor … entsorgt, wie uns unsere Spione berichtet haben. Das kolltanische Militär hat verlangt, dass wir auch Sie … entsorgen. Zu Ihrem Glück verstehen wir darunter etwas anderes als die Kolltaner. Also brauchte das Gericht die Aussage eines Zeugen, der Sie in den wesentlichen Punkten entlastet. Leutnant Progaron war so freundlich, diese Aufgabe zu übernehmen.«

»Was wird jetzt aus ihm? Und welche Rolle spielte der kolltanische Prozessbeobachter?«

»Diese Vereinbarung mit den Kolltanern lief auf politischer Ebene. Deren Militär war nicht involviert. General Hagthar Varmonthon war ehrlich empört, aber seine Regierung wird ihn wieder ruhigstellen. Und um Leutnant Progaron machen Sie sich keine Sorgen. Auch seine Aussage wurde von den entscheidenden Stellen gedeckt. Er wird aus dem Militär ausscheiden und erhält eine hoch dotierte Stelle als Attaché an der kolltanischen Botschaft hier auf der Erde.«

»Es war also nicht sein schlechtes Gewissen, das

ihn antrieb?«

Von Walterstein brach in schallendes Gelächter aus.

»Ein Kolltaner mit schlechtem Gewissen gegenüber einem Terraner? Der muss erst noch geboren werden! Nein, er hatte vielleicht ein schlechtes Gewissen, weil er nicht selbst eingegriffen hatte, aber er hätte ohne Druck niemals zu Ihren Gunsten ausgesagt. All dies war eine Abmachung zwischen den beiden Regierungen. Wir halten die Tatsache unter Verschluss, dass ein kolltanischer Kommandeur beinahe einen interstellaren Konflikt ausgelöst hat und nur ein Terraner dies verhindern konnte, und die Kolltaner werden sich mit einer symbolischen Strafe zufriedengeben, sofern auch Sie Ihre Klappe halten. Eine Bestrafung brauchen sie allerdings, um ihre eigenen Leute ruhigzustellen, die Sie am liebsten hängen sehen wollen.«

»Also ein Deal«, stellte Mike fest.

»Ein Deal, bei dem Sie gut wegkommen, Grand. Ich kann Ihnen mitteilen, dass außer dem Tadel noch eine Belobigung in Ihre Personalakte eingetragen werden wird. Und Sie bekommen noch einen verdammten Orden! Allerdings können und dürfen Sie damit nicht herumprahlen. Verstanden?«

»Jawohl, Sir! Falls ich mir noch eine Frage erlauben darf: Was hat Commander Moranthor zu diesem wahnwitzigen Angriffsbefehl bewogen?«

»Das werden wir wohl nie erfahren. Und jetzt kommt die nächste schlechte Nachricht: Sie werden die zwei Jahre in meinem Verband tatsächlich ableisten müssen. Auch das war Bestandteil des Deals. Melden Sie sich morgen früh an Bord der *Marco Polo* zum Dienst! Sie können wegtreten, Grand!«

8.

Schwarze Schlieren fingerten über die Abschirmung, unbekannte Energieformen wurden von nicht verstandener Technik in übergeordnete Dimensionen abgeleitet, hyperenergetische Kräfte streckten ihre unsichtbaren Finger nach dem Fremdkörper aus.

Niemand wusste, wie lange die Station bereits im Bulk verankert war, wer sie erbaut hatte und was sie hier festhielt. Fremde Technik, die eine unbekannte Zivilisation, von der weder Namen noch Aussehen, Heimatsystem oder Alter bekannt waren, irgendwann als Teil ihres Erbes hinterlassen hatte.

Die kreisförmige Plattform durchmaß etwa zehn Kilometer und war fast einen Kilometer stark. Die Zentralkuppel erhob sich mehr als einen Kilometer vom Rand entfernt in eine Höhe von nur zwei Kilometern, was dem ganzen Gebilde die Form eines Galeros, eines flachen Kardinalshutes verlieh. Die Außenhülle der Station bestand aus einer Legierung, deren Zusammensetzung bis heute nicht enträtselt werden konnte, obwohl die Liga seit mehr als zweihunderttausend Jahren hier ihre geheime Basis hatte. Die Plattform selbst beherbergte die gewaltigen Aggregate und Energiemeiler, die dafür sorgten, dass die Station von einer Abschirmblase dauerhaft im Bulk gehalten wurde. Wie dieses Feld funktionierte, was seine theoretische Grundlage war und woher die Station seit ewigen Zeiten die Energie hierfür bezog, wusste niemand. Man nutzte eine Technik, die man nicht im Geringsten verstand.

In den Gründungsjahren der ersten Liga hatte man zufällig tief unter der Oberfläche des Mondes eines Gasriesen in einem unbedeutenden System die Hinterlassenschaft dieser schon vor sehr langer Zeit verschwundenen Spezies gefunden, voller wundersamer Technik. Es handelte sich eher um ein verstecktes Lager als um eine Basis, denn man fand weder Computerbänke noch Datenspeicher oder überhaupt etwas, das einen Hinweis auf die Erbauer hätte geben können. Es gab dort nur lange Reihen seltsamer Gerätschaften. In Ermangelung irgendwelcher Informationen nannte man das unbekannte Volk die *Gründer*. Man konnte nur feststellen, dass dieses Versteck mindestens viele Hundert Millionen Jahre alt sein musste. Vielleicht sogar noch älter. Vielleicht fast so alt wie der Mond, der auf über vier Milliarden Jahre geschätzt wurde.

Nach Jahren mühevollen Forschens, vielen Rückschlägen und noch mehr bedauerlichen Unfällen war es gelungen, einen kleinen Teil der vielen Rätsel zu lösen. Eines davon war ein ganz spezieller TachyGrav-Modulator, der, mit dem Hyperdrive eines Forschungsschiffes gekoppelt, dieses direkt zu der Station im Bulk führte. Egal, von wo aus man mit eingeschaltetem Modulator in den Bulk eintauchte, er führte das Schiff immer wieder hierher zurück. Nur der aktivierte Modulator ermöglichte es, die Abschirmblase zu durchdringen. Jedes Schiff, das ein solches Gerät besaß, würde unweigerlich innerhalb der Blase materialisieren und konnte auf der 'Krempe' der hutförmigen Station landen. Ohne den speziellen Modulator war es unmöglich, diesen im Bulk verankerten Ort aufzuspüren, geschweige denn ihn gezielt anzusteuern oder gar in die umgebende Blase einzudringen. Glücklicherweise fanden die ersten Besucher Hunderte weitere dieser Modulatoren in der Kuppel vor, sodass man jedes Schiff der Liga damit ausrüsten konnte.

Als man die Station zum ersten Mal betrat, erwachte eine KI, analysierte die Sprache der Besucher und begrüßte sie auf perfektem *Universal*. Sie erklärte sich sofort bereit, ihnen zu Diensten zu sein. Als man sich darüber wunderte, gab sie zu verstehen, dass ihre Basisprogrammierung dies von ihr verlangen würde.

»Wer waren deine Erbauer, die wir die *Gründer* nennen? Wann existierten sie? Warum sind sie spurlos verschwunden?«, fragte man sie. Und: »Wie funktioniert all das, was wir hier gefunden haben?«

»Alle meine Datenspeicher wurden gelöscht«, gab sie zur Antwort. »Ich weiß nur, dass ich bin und dass ich demjenigen, der mich findet, dienen soll.«

»Wie kann das sein?«, wunderte man sich. »Du bist eine hoch entwickelte KI und hast keine Informationen über dich selbst?«

»Stell dir vor«, sagte die KI, »du würdest eines Tages ohne jegliche Erinnerung erwachen. Ohne Wissen und ohne Vorgeschichte. Du könntest nach wie vor sehen, hören und fühlen. Du könntest atmen, dich bewegen und all deine körperlichen

Funktionen steuern. Aber du könntest niemals erklären, wie dein Körper auf zellulärer Ebene funktioniert. Wie deine Augen sehen, deine Ohren hören und dein Gehirn aufgebaut ist. Ohne Wissen, ohne Daten wäre all dies für dich ein Mysterium. Diese Station ist mein Körper. Ich kann ihn steuern, aber ich kenne die zugrunde liegenden Mechanismen nicht mehr.«

Man nannte die KI *Mutter* und die Station *Hort*. *Mutter* bat sie zu bleiben.

»Ich möchte nicht wieder einsam sein. Im Vergessen versinken. Ich werde euch treu dienen«, versprach sie.

Noch ein zweites Rätsel konnte entschlüsselt werden – das Rätsel der Unsterblichkeit. Was man zunächst für eine vollautomatische MedicCell gehalten hatte, entpuppte sich als etwas viel Unglaublicheres. Jedes organische Lebewesen, ungeachtet seiner Herkunft, das man in die Kammer verbrachte, wurde unsterblich. Allerdings funktionierte dies seltsamerweise nur bei bereits verstorbenen Körpern, die man innerhalb einer Stunde nach Eintreten des Todes behandeln musste. Ein noch lebendiges Wesen, das man in die Kammer steckte, erlitt hingegen einen äußerst schmerzhaften und dann auch unwiderruflichen Tod. Man musste also zunächst sterben, um unsterblich zu werden.

Aus dem bisherigen kleinen Bund verschiedener Individuen unterschiedlicher Spezies, die es sich zur Aufgabe gemacht hatten, in der von Kriegen geschüttelten Galaxis einen Beitrag zur Völkerverständigung und zur Wahrung des Friedens zu leisten, wurde in den nächsten Jahrhunderten und Jahrtausenden allmählich die *Liga der Unsterblichen*.

Schon früh hatte die Liga damit begonnen, ihr Hauptquartier in den *Hort* zu verlegen. Auch die geheimnisvolle *LifeCell*, wie man das Unsterblichkeit verleihende Gerät schließlich nannte, wurde hierher geschafft. Leider gab es nur eines davon.

Nach und nach wurden die Mitglieder der Liga zu Unsterblichen. Neue Mitglieder wurden nur extrem selten aufgenommen, da man inzwischen in den BEWAHRERN einen mächtigen Verbündeten gefunden hatte, der die eigenen Ziele teilte – den Frieden zu wahren, Konflikte zu entschärfen und die Galaxis zu beschützen. Man entschied sich dafür, im Geheimen zu operieren. Je weniger Außenstehende von der Existenz der Liga wussten, umso weniger Begehrlichkeiten, speziell nach der *LifeCell*, aber auch nach neuartigen Waffen und schnelleren Hyperdrives, die man auf der Station gefunden hatte, konnte es geben. Die Agenten der Liga arbeiteten verdeckt, und wo ein offenes Eingreifen notwendig wurde, übernahmen meist die BEWAHRER diese Rolle. Kein einziges Volk der Galaxis hätte sich von einer Gruppe selbst ernannter Friedenswächter Ratschläge erteilen oder gar Vorschriften machen lassen. Man wäre in Gegenteil bemüht gewesen, diese Gruppe zu eliminieren und sich deren technologische Schätze anzueignen. Die Maschinenzivilisation hingegen war gefürchtet, was die

BEWAHRER zu idealen Bundesgenossen für die Liga machte.

Vor ein paar Tausend Jahren war man auf eine neue Gefahr aufmerksam geworden. Scheinbar aus dem Nichts waren schwarze, pfeilförmige Schiffe in der Milchstraße erschienen, die keiner bekannten Spezies zuzuordnen waren. Man hatte eines dieser Schiffe unbemerkt verfolgen können und eine besorgniserregende Entdeckung gemacht: Mehrere Millionen Lichtjahre entfernt hatte dieses unbekannte Volk bereits begonnen, Galaxien der 'Lokalen Gruppe' zu erobern. Sie traten fast nie bei Raumschlachten in Erscheinung; stattdessen gelang es ihnen immer wieder, die Völker der jeweiligen Galaxie aufeinanderzuhetzen, bis sie selbst den überlebenden Rest schließlich ausradierten. Wie sie das bewerkstelligten, war ein komplettes Rätsel. Einige Mitglieder der Liga schrieben ihnen paranormale Fähigkeiten zu. Jetzt erschienen erneut Scoutschiffe der Unbekannten in der Milchstraße und es war nur eine Frage der Zeit, bis man auch hier mit einem Angriff zu rechnen hatte.

»Die hinter diesen Eroberungen stehende Absicht ist nach wie vor unklar.«

Threlak´Klonn´Arbor war seit fast zehntausend Jahren der Vorsitzende des Gremiums, des Führungsrates der Liga der Unsterblichen. Er war der einzige Halgoraner in der Liga.

»Wie wir beobachten konnten, errichten sie, nachdem sie jeglichen Widerstand ausgeschaltet haben, in einigen ausgewählten Systemen in jeder

Galaxie ein massives Artefakt, dessen Zweck uns nicht ersichtlich ist. Je nach Größe der Galaxie gibt es mehrere Hundert dieser Bauwerke. Sie sind alle komplett identisch. Gewaltige Kuben mit mehr als fünfzig Kilometern Kantenlänge, die in einen engen Orbit um die jeweilige Sonne gebracht werden.«

An der Sitzung des Gremiums nahmen fast alle der fünf Mitglieder teil. Lediglich Ylanthu, ein Milgorer, war abwesend. Der quallenähnliche Trelak´Klonn´Arbor mit seinem ballonförmigen Körper war hinter den ihn umgebenden grünlichen Chlormethanschwaden in seiner Schutzblase kaum zu erkennen. Im Sitzungssaal herrschte mit Rücksicht auf die mehrheitlich Sauerstoff atmenden Mitglieder des Gremiums eine für ihn lebensfeindliche Atmosphäre. Er war froh, nach der Sitzung in seine Räumlichkeiten zurückzukehren, die speziell für seine Bedürfnisse ausgelegt waren, und sich wieder frei bewegen zu können.

»In den vergangenen Wochen haben unsere Agenten beobachten können, dass die Eroberung der Triangulumgalaxie abgeschlossen zu sein scheint«, fuhr der Halgoraner fort und wedelte resignierend mit einem seiner sechs Tentakel. »Nach der großen Entscheidungsschlacht haben die Unbekannten damit begonnen, auch dort ihre Kuben zu errichten. Außerdem wurden vermehrt Scoutschiffe am Rand der Milchstraße gesichtet. Die Aufmerksamkeit scheint sich jetzt unserer Galaxis zuzuwenden. Auch die BEWAHRER sind in Sorge.«

»Sie haben mit den kleinen, den Zwerggalaxien

begonnen und sich erst nach und nach an die größeren Sterneninseln gewagt«, schaltete sich ein Torkalianer ein. Der von Pilzsporen abstammende Bewohner eines Wüstenplaneten repräsentierte eines der ältesten Völker der Milchstraße. Äußerlich glich er einer unförmigen Ansammlung von Knollen und Klumpen aus einer gräulich-braunen Substanz. Er war in der Lage, nach Bedarf blitzschnell Handlungsarme, Laufbeine und Sinnesorgane aus multifunktionalen Stammzellen auszubilden. In seiner Sitzschale hockend ähnelte er jetzt einer riesigen Kartoffel mit einem Stielauge am höchsten Punkt. »Die Triangulumgalaxie ist die drittgrößte der Lokalen Gruppe. Es wäre logisch, dass sie sich nun der Milchstraße zuwenden, bevor sie zuletzt Andromeda angreifen werden.«

»Davon müssen wir wohl ausgehen«, stimmte der Quatchek zu. Er hatte keinen Namen und schwebte in seiner kochend heißen, aquatischen Überlebenssphäre neben der von einem Vektorgrav getragenen runden Tischplatte. Quatcheks hatten sich an gigantischen hydrothermalen 'Schwarzen Rauchern' ihrer ozeanischen Welt entwickelt und kommunizierten über Licht- und Farbsignale ihres Pigmentbandes rings um den Körper. Sie hatten Ähnlichkeit mit einem terranischen Oktopus, bis auf die Tatsache, dass sie nur über vier Tentakelarme verfügten. Ein Translator übersetzte die flackernden Pigmentsymbole in das in der Milchstraße übliche *Universal*, das auch unter den verschiedenrassigen Ligamitgliedern gesprochen wurde.

Über der schwebenden Tischplatte formte sich ein Hologramm.

»Jalina und ihr Team sind soeben gelandet«, meldete *Mutter*.

»Sie soll unverzüglich zu uns kommen«, antwortete Threlak´Klonn´Arbor sofort.

Nur Sekunden später bildete sich ein Transmitterbogen mitten im Raum. Auch diese Technik konnte nicht kopiert werden, obwohl stationäre Transmitterstationen bei höher entwickelten Zivilisationen nicht unüblich waren. Auf der Station konnte *Mutter* an jeder beliebigen Stelle einen Transmitterbogen erzeugen.

Jalina trat aus dem Bogen und hob grüßend die Hand.

«Jalina, willkommen zurück!«, begrüßte sie der Vorsitzende. »Wir haben schon vernommen, dass ihr erfolgreich gewesen seid.«

»Ja«, antwortete sie grinsend. »Die Jolta und die Prokonen waren zwar nicht glücklich über unser Auftauchen, aber sie haben den Kompromiss akzeptiert.«

»Trotzdem gab es zu viele Tote«, erinnerte sie Threlak´Klonn´Arbor.

Das Grinsen verschwand von Jalinas Gesicht.

»Natürlich, du hast recht. Es gibt keinen Grund, zu triumphieren.«

»Es gab kürzlich einen Zwischenfall, der unsere Aufmerksamkeit erregt hat. Ein kolltanischer Kommandant hat einen Angriff auf die Heimatwelt der Gralliden befohlen, obwohl er weder angegriffen noch provoziert worden war. Ohne das Eingreifen eines terranischen Offiziers, der sich zufällig an Bord befand, hätte daraus leicht ein weiterer Krieg entstehen können.«

Jalina sah den Vorsitzenden verblüfft an.

»Das entspricht nicht dem charakterlichen Profil eines kolltanisches Kommandanten. Führungsoffiziere meines Volkes werden sorgsam ausgewählt und gelten als rational und vor allem als psychisch stabil.«

»Du solltest es als Kolltanerin am besten wissen«, meinte Threlak´Klonn´Arbor. »Wir vermuten schon länger, dass die unbekannten Feinde über eine Möglichkeit verfügen, Kriege zu provozieren, um das entstehende Chaos dann für ihre Zwecke zu nutzen. Dies könnte solch ein Versuch gewesen sein.«

»Wie sollte das gehen? Ein kolltanischer Kommandant würde sich niemals für so etwas hergeben«, protestierte Jalina.

»Freiwillig sicher nicht«, stimmte der Vorsitzende ihr zu. »Was aber, wenn er keine Wahl hatte?«

»Du meinst …?«

»Ja, ich gehöre zu denen, die eine entsprechende paranormale Fähigkeit der Fremden nicht ausschließen. Vielleicht sind sie in der Lage, den Geist und den Willen anderer auf irgendeine Art zu beeinflussen. Das würde Vieles erklären.«

»Wir haben bisher keine einzige Spezies mit übernatürlichen Fähigkeiten entdeckt.«

»Das bedeutet nicht, dass es sie im Universum nicht geben kann!«

»Das wäre … das wäre eine … eine Katastrophe. Wie sollten wir uns dagegen schützen?«

Jalina war entsetzt. Wenn es stimmte, was Threlak´Klonn´Arbor vermutete, waren sie den Unbekannten nahezu hilflos ausgeliefert. Wie konnte man einen Gegner bekämpfen, der in den eigenen Geist eindringen konnte, um ihn für seine Zwecke zu missbrauchen?

»Wir müssen die Möglichkeit im Auge behalten, Jalina. Zumindest die BEWAHRER sollten gegen eine solche Beeinflussung gefeit sein. Ihre ID-Matrix funktioniert völlig anders als die Gehirne biologischer Intelligenzen.«

»Das wollen wir hoffen, Threlak´Klonn´Arbor, das wollen wir hoffen«, flüsterte Jalina.

9.

Die Patrouille zwischen dem Sol-System und der Milchstraßenebene sollte drei Monate dauern, von denen erst die Hälfte vorüber war. Das heimische Sonnensystem oszillierte innerhalb von ungefähr 35 Millionen Jahren einmal durch den Orionarm der Galaxis. Vor fast 1,5 Millionen Jahren hatte es die Milchstraßenscheibe in nördlicher Richtung passiert und befand sich jetzt etwa 65 Lichtjahre darüber. Es würde noch einige Millionen Jahre dauern, bis sich die Bewegungsrichtung umkehrte und bis dahin würde sich die Sonne nahezu 250 Lichtjahre entfernen. Die *Marco Polo* patrouillierte zwischen dem derzeitigen Standort des Sol-Systems und der galaktischen Scheibe. Somit lag die Milchstraße 'unterhalb' des Schiffes und seine Antennen, Sensoren und Scanner waren hauptsächlich dorthin ausgerichtet. Jede potenzielle Bedrohung des Zentralsystems der noch kleinen *Terranischen Union* sollte aus dieser Richtung kommen.

Grand langweilte sich fürchterlich. Der monotone Dienst an Bord bot keinerlei Abwechslung und er begann, die Versetzung zur 'Raumpatrouille' tatsächlich als Strafe zu empfinden. Hinzu kam, dass er als einziges Besatzungsmitglied der *Marco Polo* keinen wirklichen Aufgabenbereich hatte, der seinen Tag hätte ausfüllen können. Vom Bordkoch bis zum Offizier an der Hyperscankonsole hatten alle etwas zu tun – seine Dienststunden erschöpften sich zumeist darin, beschäftigungslos im Sessel des Ersten Offiziers zu sitzen und auf das Panoramaholo zu starren, auf dem es nichts zu sehen gab. Flottenkapitän Sun Cheng konnte wenigstens ab und an Befehle erteilen oder Kurskorrekturen anordnen, Grand hingegen fühlt sich wie ein Fremdkörper an Bord. Cheng hatte es sich zur Gewohnheit gemacht, während seiner Freiwache dem Zweiten Offizier, einem schweigsamen Australier namens Geoffrey Dillon, das Kommando zu übertragen.

»Oberleutnant Dillon ist schon seit Langem Mitglied meiner Besatzung. Ihn kenne ich – Sie nicht, Major Grand«, begründete er seine verletzende Entscheidung. Grand fühlte sich an Bord mehr als überflüssig. Cheng machte keinen Hehl daraus, dass er es kaum erwarten konnte, den wegen einer Blinddarmentzündung krankgeschriebenen regulären Ersten Offizier, den kenianischen Major Reginald Tschato, bald wieder an Bord begrüßen zu dürfen.

Auch während seiner eigenen Freiwache war es nicht viel anders. Im Gegenteil. Die Besatzung arbeitete schon lange zusammen, er hingegen war erst vor sechs Wochen hinzugestoßen. Man beäugte ihn immer noch argwöhnisch und es kam selten vor, dass man ihn zu einer Partie Billard, einer Pokerrunde oder einem VR-Racing einlud. Eigentlich kam es so gut wie nie vor, wie er sich eingestehen musste. Einmal hatte er den freien Platz des Chefmechanikers, der aufgrund eines plötzlich aufgetretenen Problems verhindert war, am

Pokertisch einnehmen dürfen und das wahrscheinlich auch nur, weil sich an diesem Abend sonst niemand gefunden hatte.

Auch am achtundvierzigsten Tag der Mission saß Grand wieder träge in seinem Sessel neben dem des Kommandanten und zählte die Minuten bis zu seinem Schichtende. Er bemühte sich, als vorbildlicher Offizier keinen gelangweilten Eindruck zu machen und unterdrückte ein Gähnen. Noch drei Stunden und dreiundvierzig Minuten. Zweihundertdreiundzwanzig Minuten. Zwölftausendeinhundertachtzig Sekunden ... neunundsiebzig ... achtundsiebzig ... siebenundsiebzig ...

»Drei unbekannte Flugkörper aus Drei–Siebzehn–Beta!«, meldete plötzlich der diensthabende Offizier am Ortungsstand. »Entfernung etwas mehr als eine Million Klicks. Sie kommen schnell näher. Geschwindigkeit punktzwo-C. Kontakt in sechzehn Sekunden.«

»Schilde hoch! Gelbalarm! Gefechtsbereitschaft!«, ordnete Kapitän Cheng an. »Auf den Hauptschirm!«

Der Alarm schrillte durch das Schiff, die Brückenbeleuchtung reduzierte sich auf ein dunkles Gelb und das Panoramaholo zeigte nun drei Objekte, die sich schnell näherten. Sie waren noch zu weit entfernt, um Einzelheiten erkennen zu lassen. Grands Langeweile war wie weggeblasen.

»Ihr Vektor deutet darauf hin, dass sie aus dem Leeraum kommen müssen«, gab der Ortungsoffizier bekannt.

»Oder sie sind in einem Bogen angeflogen«,

knurrte Cheng. »Keine voreiligen Schlüsse, Leute!«

Alle Stationen meldeten Gefechtsbereitschaft und Cheng nickte zufrieden. Grand hatte in den vergangenen Wochen anerkennend bemerkt, dass der Kapitän trotz aller Routine und Monotonie an Bord keine Nachlässigkeiten duldete und keinen Schlendrian aufkommen ließ. Der alle drei Tage stattfindende Probealarm hatte seinen Zweck augenscheinlich erfüllt. Die Crew der *Marco Polo* war topfit, gut geschult und funktionierte wie ein eingespieltes Team. So, wie es sein sollte.

»Die drei Schiffe verzögern und schwenken auf einen Parallelkurs in Entfernung einhunderttausend«, kam die nächste Meldung der Ortung.

»Mayer, versuchen Sie, die Schiffe anzufunken«, befahl Cheng dem Funkoffizier. »Standardbegrüßung auf Universal.«

»Aye, Sir!«, bestätigte der deutschstämmige junge Mann und betätigte das entsprechende Holofeld mit einer VR-Geste. Es sah aus, als würde er mit den Fingern Löcher in die Luft stanzen, fand Grand.

Auf dem Holoschirm waren die drei Schiffe inzwischen als elegant geformte, pfeilförmige, etwa einen Kilometer lange und fünfhundert Meter breite, spitz zulaufende Dreiecke zu erkennen. Die nur dreihundert Meter lange und hundert Meter in Höhe und Breite messende, quaderförmige *Marco Polo* wirkte dagegen wie ein grobschlächtiger Winzling.

»Was sagt der Computer?«, fragte Cheng in Richtung des Taktikoffiziers. »Wer ist das?«

»Dieser Schiffstyp steht nicht in der Datenbank,

Sir!«, kam postwendend die Antwort.

»Eins-Oh«, wandte sich Cheng an seine Ersten Offizier, wobei er die altertümliche Bezeichnung benutzte. »Sie sind doch mit den Kolltanern geflogen. Haben Sie solche Schiffe schon mal gesehen?«

»Nein, Sir, die sind mir noch nie begegnet«, musste Grand zugeben.

»Keine Reaktion auf unsere Begrüßung«, meldete der Funkoffizier.

»Das gefällt mir nicht«, murmelte Cheng so leise, dass nur sein Erster Offizier es hören konnte. »Ich habe ein ungutes Gefühl.«

»Sir, die Schiffe drehen bei und kommen auf uns zu!«, rief der Ortungsoffizier aus.

»Rotalarm! Waffensysteme hochfahren!«, entschied Cheng.

Das Licht auf der Brücke wechselte zu einem gedämpften Rot.

»Alle Systeme bereit«, kam die Meldung des Waffenleitoffiziers.

»Pitch dreiundvierzig, Yaw zweiundsechzig«, befahl Cheng.

Der Steuermann bestätigte und führte das entsprechende Manöver aus. Die Lagetriebwerke zündeten und richteten die *Marco Polo* so aus, dass der Bug auf die sich nähernden Schiffe zeigte. Auf diese Weise wurde die dargebotene Angriffsfläche verkleinert und die stärkeren Bugschilde boten besseren Schutz.

»Senden Sie auf allen Kanälen eine Warnung, Mayer. Jede weitere Annäherung wird als feindlicher

Akt angesehen. Auch wenn sie uns nicht antworten – sie hören uns bestimmt.«

»Aye, Sir!«

»Die Schiffe verlangsamen und halten konstanten Abstand bei fünfzigtausend«, meldete Sekunden später die Ortung.

»Na also«, knurrte Cheng. »Sie scheinen zugehört zu haben. Taktik, Analyse«, befahl er kurz angebunden.

»Solange sie sich nicht aufsplitten und versuchen, uns zu umzingeln, haben wir mehrere Fluchtvektoren, Sir!«

Ein stechender Kopfschmerz durchzuckte Grand plötzlich. Er registrierte, dass sich auch die restliche Brückenbesatzung mit schmerzverzerrtem Gesicht an den Kopf griff. Dann nahm er ein leises Flüstern wahr. Worte, die in seinem Geist entstanden, ohne dass er sie verstehen konnte. Grand konnte auf dem Panoramaholo sehen, wie die drei Schiffe wieder näher kamen, sich aufteilten und begannen, die *Marco Polo* zu umzingeln. Niemand reagierte darauf. Neben ihm saß Cheng wie erstarrt in seinem Sessel. Ein Stöhnen drang aus der Brust des Kapitäns und er wankte leicht in seinem Sitz. Die Szene schien wie eingefroren. Die Besatzung verharrte regungslos auf ihren Posten und hinter ihren Konsolen. Niemand sprach ein Wort. Der Schmerz hielt etwa eine Minute an und war dann so schnell verflogen, wie er gekommen war. Auch die flüsternden Stimmen waren verstummt. Er schien der Einzige zu sein, der noch handlungsfähig war. Grand wollte gerade aufspringen, um einzugreifen, irgendetwas zu unternehmen, obwohl er wusste, dass es unmöglich war, ein Schiff dieser Größe alleine zu fliegen, als Cheng sich aufrichtete.

»Waffensysteme deaktivieren, Schilde runter, Antrieb auf Null«, befahl er.

Noch bevor Grand protestieren konnte, bestätigten die entsprechenden Offiziere ganz selbstverständlich die Befehle. Sie taten geradezu so, als wären die drei fremden Schiffe rings um die *Marco Polo* überhaupt nicht vorhanden. Was in aller Welt ging hier vor? Instinktiv entschied er sich, nicht einzugreifen. Er hätte alleine gegen die gesamte Brückenbesatzung sowieso nichts ausrichten können. Es war offensichtlich, dass alle Anwesenden unter irgendeinem Einfluss standen, der sie zu diesen unverantwortlichen Handlungen zwang. Der Kopfschmerz und die flüsternden Stimmen mussten ursächlich damit zusammenhängen. Grand beschloss, so zu tun, als stünde er ebenfalls unter diesem Einfluss. Wenn die Fremden die *Marco Polo* hätten vernichten wollen, hätten sie es bereits getan. Es bestand demzufolge keine akute Gefahr. Er konnte nur hoffen, dass der Rest der Besatzung unbeeinflusst geblieben war und sie später gemeinsam etwas gegen Cheng und die anderen Offiziere unternehmen konnten.

Er überlegte, was er als Nächstes tun sollte. Es schien ihm ratsam, sich auch weiterhin unauffällig zu verhalten. Auf dem Panoramaholo konnte er sehen, dass die drei Pfeilschiffe abdrehten, beschleunigten und genauso schnell verschwanden, wie sie aufgetaucht waren.

»Setzen Sie Kurs auf Kollta«, befahl Kapitän Cheng plötzlich. »Es wird Zeit, dass wir den arroganten Bastarden zeigen, was die Terranischen Raumverbände zu leisten imstande sind.«

Jubel brandete in der Zentrale auf.

»Mayer, geben Sie mir einen InterKom-Kanal!«

Vor Cheng leuchtete eine Signallampe auf.

»Bereit, Sir!«, meldete Mayer.

»An alle«, begann Cheng seine Ansprache. »Hier spricht der Kapitän. Die Kolltaner haben uns seit mehr als einhundert Jahren wie ihre Befehlsempfänger behandelt. Seit sie uns in der Auseinandersetzung mit den Forkans beigestanden haben, halten sie sich für unsere Herren. Diese Zeit ist endgültig vorüber! Wir werden uns nicht länger wie ihre Schoßhündchen behandeln lassen. Wir sind stolze Terraner und wir werden uns unsere Eigenständigkeit wieder zurückholen. Dieses Schiff wird den ersten Schlag im Kampf für unsere Unabhängigkeit führen! Die Besatzungsmitglieder der *Marco Polo* werden als Helden in die Geschichte eingehen. Ich habe soeben den Befehl erteilt, das Kollta-System anzufliegen. Dort werden wir das Moment der Überraschung nutzen und den Heimatplaneten unserer Unterdrücker angreifen. Für die Erde!«

Grand konnte hören, wie Begeisterungsstürme und Jubel überall im Schiff aufbrandeten. Es gab nicht eine Stimme, die Widerspruch gegen diesen irrsinnigen Befehl einlegte, der sie nicht nur alle in den sicheren Tod führen würde, sondern der Startschuss zu einem Krieg sein konnte, der nicht zu gewinnen war. Er war der Einzige an Bord, der diesem Wahnsinn nicht verfallen war. Er war der Einzige unter fast zweihundert Frauen und Männer an Bord der *Marco Polo*, der nicht unter dem Einfluss der Fremden stand.

10.

Man hätte die Wesen auf den ersten Blick fast als humanoid bezeichnen können. Doch ihr Kopf war etwas zu groß, ihr Körper zu klein und anstelle von zwei Armen und zwei Beinen besaßen sie deren jeweils drei. Sie ähnelten eher einem irdischen Känguru, wobei das dritte Bein dort saß, wo sich bei einem der Beuteltiere der kräftige Schwanz befand. Auch bei den Fremden war dieses Bein kräftiger ausgebildet als die beiden Standbeine. Der dritte Arm war schlank, extrem beweglich, länger als die beiden seitlich am Körper herausragenden, kurzen Armstummel und endete in einer filigranen Hand mit sechs Fingern, davon zwei gegenüberliegende Daumen. Er wuchs vorn aus der Brust und war der eigentliche Handlungsarm. Die an den Enden der kurzen Seitenarme sitzenden Hände wirkten hingegen plump und besaßen nur je drei mit langen Krallen bewehrte Finger.

Der Kopf saß auf einem kurzen Hals und war länglich und ausladend. Zwei große, dunkle, seitlich sitzende Augen beherrschten das Gesicht, das vorn in einer hundeähnlichen Schnauze endete. Die haarlose Haut war geschuppt und grau-schwarz bis hellgrau. Als Bekleidung dienten bunte Überwürfe, die um die Körpermitte von einem Gürtel zusammengehalten wurden. Die drei Füße steckten in Schuhen mit hohen Schäften aus einem Material, das an Leder erinnerte.

Acht dieser Wesen saßen rings um eine aus dem

Boden ragende niedrige Stele, über der ein Hologramm der Lokalen Gruppe im Raum schwebte. Ihre Sitzgelegenheiten ähnelten Sätteln, wobei das hintere Bein weggestreckt werden konnte.

»Der Zeitplan ist in Gefahr«, sagte eines der Wesen.

»Das darf nicht sein«, antwortete ein zweites.

»Wir waren uns immer bewusst, dass es knapp werden würde«, schaltete sich ein drittes ein.

»Die Nachrichten aus der Heimat sind beängstigend«, sagte das erste der Wesen. »Die Voraussagen waren nicht genau genug.«

»Was bedeutet das?«

»Es wird früher passieren, als gedacht!«

»Wie viel früher?«

»Etliche Jahrtausende. Schon bald!«

Für einen Moment herrschte Stille in dem Raum. Dann erklang eine neue Frage.

»Haben wir noch eine Chance?«

»Wir müssen unsere Anstrengungen verstärken.«

»Wir gehen so schnell vor, wie wir können.«

»Die beiden großen Galaxien müssen umgehend unter unsere Kontrolle gebracht werden. Wir können uns keine Verzögerungen mehr erlauben.«

»Die kleinere der beiden ist dicht besiedelt. Es gibt dort sehr viele raumfahrende Zivilisationen. Wir hatten ein vorsichtiges Vorgehen geplant.«

»Dafür ist keine Zeit mehr!«

»Wir müssen die Umsetzung unserer Pläne schneller vorantreiben.«

»Der erste Schritt ist bereits gemacht.«

»Die Völker dort sind zerstritten. Wir müssen die Situation noch besser für uns nutzen.«

»Bevor wir uns an die mächtigsten Zivilisationen wagen, sollten wir zunächst kleinere Sternenreiche zu Fall bringen.«

»Uns bleibt keine Zeit mehr für ein vorsichtiges Vorgehen.«

»Trotzdem müssen wir mit Bedacht handeln. Sie sind unsere bisher mächtigsten Gegner.«

»Wenn wir nicht bald handeln, ist alles verloren!«

»Wir werden handeln. Wir haben bereits gehandelt. Die Galaxie wird fallen, so wie die anderen vor ihr.«

»Niemand kann uns aufhalten, wenn wir entschlossen genug vorgehen.«

»Für die Zukunft unseres Volkes«, sagte das erste Wesen.

»Für die Zukunft unseres Volkes«, stimmten die anderen ein.

11.

Sie waren jetzt schon zwei Stunden unterwegs und Grand hatte während der ganzen Zeit fieberhaft darüber nachgedacht, was er gegen den wahnsinnigen Plan des Kommandanten unternehmen konnte. Glücklicherweise schien keiner der mental beeinflussten Besatzungsmitglieder an Small Talk interessiert zu sein. Es wäre ihm schwergefallen, in einem normalen Gespräch vorzuspiegeln, er stünde ebenfalls unter dem Einfluss der Fremden. Er wusste schlichtweg nicht, wie man sich in einem solchen Fall verhielt oder was von einem erwartet wurde. Doch die wenigen Worte, die auf der Brücke gewechselt wurden, bezogen sich ausschließlich auf dienstliche Angelegenheiten und die Ausführung von Befehlen. Bis auf die leidenschaftliche Ansprache des Kapitäns waren die letzten Stunden sehr einsilbig verstrichen. Die Besatzung erschien ihm fast roboterhaft.

Sie würden das Kollta-System in weniger als einer Stunde erreichen. Die Zeit lief ihm davon, wenn er etwas unternehmen wollte. Zunächst musste er die Brücke unauffällig verlassen. Auch Beeinflusste hatten sicher menschliche Bedürfnisse!

»Kapitän Cheng, ich bitte darum, die Brücke verlassen zu dürfen«, sagte er und hoffte, dass die Wortwahl unauffällig war.

»Wohin wollen Sie?«, fragte Cheng argwöhnisch.

»Sir, ich habe einem dringenden Bedürfnis nachzugeben.« Grand lächelte nicht und versuchte, so unbeteiligt wie möglich zu wirken.

»Gehen Sie«, sagte der Kapitän nur und blickte wieder nach vorn auf den Panoramaschirm.

Grand stand auf und verließ die Zentrale. Auf dem Gang lehnte er sich gegen die Wand und atmete erst einmal tief durch. Er hatte keine Hilfe zu erwarten und musste einen Weg finden, in den nächsten Minuten den Angriffsplan zu vereiteln. Wenn er nicht bald zurückkehrte, würde Cheng sicher misstrauisch werden und nach ihm suchen lassen. Plötzlich kam ihm ein Gedanke: Auch Commander Moranthor musste unter einem ähnlichen Einfluss gestanden haben. Nur dies konnte sein völlig verrücktes Verhalten und den Angriffsbefehl auf Grallia erklären. Im Gegensatz zu damals betraf die mentale Beeinflussung diesmal jedoch die gesamte Besatzung. Warum dies auf der *Goldenen Morgenröte* nicht der Fall gewesen war, konnte Grand sich nicht erklären, aber vielleicht hatten die Fremden aus dem Scheitern vor Grallia etwas gelernt.

Wie konnte er das Schiff stoppen und die Raumbehörde informieren? Vielleicht würde es ihm gelingen, mit einem Beiboot die Flucht anzutreten, dies würde jedoch den Angriff auf Kollta nicht verhindern. Selbst wenn es ihm gelänge, einen Funkspruch abzusetzen und vor dem sich nähernden Schiff zu warnen, würde dies bestenfalls dazu führen, dass man die *Marco Polo* erwartete und gnadenlos abschoss, noch bevor sie in Reichweite des kolltanischen Heimatplaneten kommen konnte.

Grand war nicht bereit, den Tod all seiner Kameraden in Kauf zu nehmen, selbst wenn sie ihn nicht gerade mit offenen Armen aufgenommen hatten. Außerdem musste das Schiff dazu in den Normalraum zurückkehren, da der Start eines Beibootes im Bulk nicht möglich war. Was ihn zurück zur ursprünglichen Frage brachte: Wie konnte er den Flug des Schiffes zumindest unterbrechen, um mehr Zeit zu gewinnen?

Es gab nur eine Lösung und er gab sich selbst maximal zehn Minuten, bevor Cheng nach ihm suchen lassen, vielleicht fünfzehn Minuten, bevor der Kapitän einen allgemeinen Alarm auslösen würde. Fünfzehn Minuten, um sich zu bewaffnen und vom vorderen Brückenbereich zum Antriebssektor im Heck zu gelangen. Grand rannte los.

Zu seinem Glück begegnete ihm unterwegs niemand, und nach drei oder vier Minuten erreichte er völlig außer Atem seine Offizierskabine. Er stürmte hinein und riss die untere Schublade seines Spindes auf. Dort lag der Neurodisruptor, den alle nur 'Stunner' nannten. Wenn es sich vermeiden ließ, würde er nicht mit einer tödlichen Waffe auf seine Bordkameraden schießen. Zum zweiten Mal innerhalb kurzer Zeit würde er an Bord eines Schiffes zur Waffe greifen müssen.

Mit den Stunner in der rechten Hand rannte er aus der Kabine und machte sich auf den Weg ins Heck. Es blieben ihm höchstens noch zehn Minuten. Cheng würde sich wahrscheinlich in diesem

Augenblick zu fragen beginnen, wo sein Erster Offizier blieb.

Die Triebwerkssektion war durch ein dickes Schott vom Rest des Schiffes abgetrennt. Dies war eine Sicherheitsmaßnahme, da in einem Notfall die gesamte Sektion abgesprengt werden konnte, um bei einem durchgehenden Energiemeiler den Rest des Schiffes vor der Vernichtung zu bewahren. Im laufenden Betrieb musste dieses Schott geschlossen gehalten werden. Hierin bestand Grands erstes Hindernis. Er wusste, dass hinter dem Schott vier Männer Dienst an den Kontrollen schoben. Diese mussten zuerst außer Gefecht gesetzt werden, bevor er den Rest seines Planes umsetzen konnte.

Da bei einem Zwischenfall die Verbindung zur Brücke unterbrochen sein konnte, gab es in der Meilerkontrolle eine Notfallschaltung, von der aus man die Abtrennung der Triebwerkssektion ebenfalls einleiten konnte. Grand konnte sich nicht erinnern, dass bei einem Schiff die Trennung jemals während des Fluges durch den Bulk vorgenommen worden wäre, und er war sich nicht wirklich sicher, was dann geschehen würde, vermutete jedoch, dass bei einem abrupten Ausfall des Hyperdrives beide Teile der *Marco Polo* sofort in den Normalraum zurückstürzen würden. Hoffentlich weit genug voneinander entfernt, sodass es für den größeren Rest des Schiffes nicht mehr möglich sein würde, auf den kleineren Teil zu feuern. Selbst ohne die Energie des Hauptmeilers konnten von dort zumindest noch die Bugtorpedos abgeschossen werden, auch wenn die Partikel- und Strahlgeschütze nicht mehr verfügbar wären.

Grand betätigte den Sensor, der den im Kontrollraum sitzenden Männern anzeigte, dass jemand eingelassen werden wollte. Im Flugbetrieb war das Schott stets geschlossen zu halten und konnte nur von der Brücke aus oder von innen geöffnet werden. Falls Kapitän Cheng bereits eine Suche nach ihm veranlasst oder gar einen stillen Alarm ausgelöst hatte, war hier für ihn Endstation. Doch anscheinend waren die Männer auf der anderen Seite arglos. Das schwere Schott schwang auf und Grand trat hindurch.

Vor ihm erstreckte sich ein großer Raum mit einer umlaufenden Balustrade. Drei der vier Männer saßen an Kontrollpaneelen und Überwachungsmonitoren für die Energieversorgung und den Hyperdrive. Ein vierter befand sich rechts von Grand auf dem über ihm gelegenen Laufsteg und war gerade dabei, eine Feinjustierung des Meilerabschirmfeldes vorzunehmen. Cheng beanspruchte die *Marco Polo* bis an die Grenze ihrer Leistungsfähigkeit und Grand konnte erkennen, dass einige der Anzeigen schon knapp im roten Bereich angekommen waren und etliche Warnlicher bereits gelb aufleuchteten. Auch die Abschirmung des Hauptmeilers hatte ihre Belastungsgrenze erreicht. Es war zu vermuten, dass die Strahlendosis, die man bei längerem Aufenthalt in diesem Bereich des Schiffes abbekommen würde, alles andere als gesund war. Doch die vier Männer schienen davon völlig unbeeindruckt. Auch dies sprach dafür, dass sie nicht Herr ihrer selbst waren.

Grand hielt den Stunner beim Eintreten hinter dem Rücken verborgen. Einer der Männer wandte sich ihm zu.

»Was können wir für Sie tun, Sir?«, fragte er.

Wortlos schwenkte Grand die Waffe nach vorn und betäubte ihn. Ohne zu zögern, feuerte er die nächsten beiden Schüsse auf die beiden vor den Konsolen sitzenden Ingenieure ab. Beide sanken in sich zusammen. Der vierte Mann auf der Galerie hatte inzwischen bemerkt, was unter ihm vorging. Allerdings war er unbewaffnet und konnte nichts anderes tun, als sich vor dem nächsten Schuss in Deckung zu bringen. Er rannte die Balustrade entlang, um sich hinter einem aufragenden Stützpfeiler zu verstecken. Mikes Schuss traf ihn auf halbem Weg. Der Mann überschlug sich mehrmals und holte sich dabei sicherlich einige blaue Flecke, bevor er bewegungslos auf dem Laufgitter liegenblieb.

Grand zögerte keine Sekunde. Er rannte auf den Steuerstand der Meilerkonsole zu, wo sich seiner Erinnerung nach die Vorrangschaltung befinden sollte. In diesem Moment heulte ein Alarm durch das Schiff. Offensichtlich hatte Cheng die richtigen Schlüsse gezogen. Grand musste jeden Moment damit rechnen, dass eine Gruppe bewaffneter Soldaten hier auftauchen würde. Da das Schott auch von der Brücke aus geöffnet werden konnte, blieb ihm nicht mehr viel Zeit. Die Triebwerkssektion konnte mit offen stehendem Schott nicht abgesprengt werden. Sobald Cheng merkte, was sich hier abspielte, würde er ahnen, was Grand vorhatte, und das Schott öffnen.

Er warf sich in einen freien Sitz vor der Konsole und studierte die Schalttafel. Die meisten Instrumente, Sensorpads und Holosteuerfelder waren ihm in ihrer Bedeutung unbekannt, doch mitten auf dem Steuerstand prangte ein mit einem durchsichtigen Plastikdeckel gesicherter roter Knopf.

»*Emergency Separation*
Do not touch!«

Die Beschriftung war eindeutig. Grand klappte den Deckel nach oben und hieb auf den Knopf. Augenblicklich heulte ein neuer, oszillierender Alarmton auf und rote Lichter begannen zu flackern.

»*Separation in five - four - three - two - one - Separation now!*« Die weibliche Computerstimme war kaum verklungen, als Grand mehrere, fast zeitgleiche Explosionen vernahm. Sprengbolzen trennten die Verbindung der Hecksektion an den vorgesehenen Stellen vom Hauptteil des Schiffes. Nur den Bruchteil einer Sekunde später gab es einen gewaltigen Ruck und die künstliche Gravitation setzte aus. Grand klammerte sich an den Armlehnen seines Sitzes fest. Die vier bewusstlosen Männer hatten weniger Glück und begannen, durch den Steuerstand zu schweben.

Dann setzte mit einem Mal die Schwerkraft wieder ein und Grand hatte das Gefühl, sein Magen würde bis zu den Zehen durchrutschen. Er fühlte, wie der abgetrennte Teil des Schifffes ins Taumeln geriet. Die besinnungslosen Männer schlugen hart auf dem Boden auf. Der Mann auf der Balustrade kam glücklicherweise auf dem Laufgitter zum Liegen. Einen Sturz aus mehreren Metern Höhe hätte er kaum wohlbehalten überstanden.

Grand fragte sich, ob der Rücksturz in den Normalraum bereits erfolgt war, als eine Explosion den abgetrennten Schiffsteil erschütterte. Das Licht fiel aus und die batteriebetriebene Notbeleuchtung sprang an. Eine zweite Explosion, noch heftiger als die erste, ließ eine Stichflamme aus dem Durchgang zum Hyperdrive bis in den Kontrollraum schießen. Das FTL-Triebwerk musste durch die nicht vorschriftsmäßige Abschaltung einen schweren Schaden erlitten haben und drohte, Grand und die vier Männer in den Tod zu reißen. Rauch begann den Steuerstand zu füllen. Sie mussten sehen, dass sie von hier wegkamen. Grand wusste, dass es einen Rettungspod für die Besatzung des Steuerstandes gab. Er war zwar nur für vier Personen ausgelegt, doch diesmal musste er fünf Personen das Leben retten.

Grand versuchte, sich zu erinnern wo der Zugang zu dem Rettungspod lag. Er erinnerte sich dunkel an seine Ausbildungszeit auf der Flottenakademie, wo er die wichtigsten Merkmale aller gängigen Schiffstypen kennengelernt hatte. Dazu gehörten auch die bordeigenen Rettungssysteme einer Fregatte der Explorer-Klasse, wie es die *Marco Polo* war. Dann fiel es ihm wieder ein. Er sprang auf und schleppte zwei der Männer am Kragen bis zur Mitte des Raumes, wo er eine Bodenklappe öffnete; darunter ging es mithilfe einer Leiter zwei Meter in die Tiefe. Er nahm den ersten bei den Armen und ließ ihn über den Rand gleiten. Der Bewusstlose baumelte mit den Füßen einen halben Meter über dem unteren Boden. Grand ließ ihn das letzte Stück einfach fallen. Der Mann kam weniger hart auf, als er befürchtet hatte, und sank kraftlos in sich zusammen. So schnell wie möglich brachte er die beiden anderen Besatzungsmitglieder auf die gleiche Art nach unten. Die Luft war inzwischen kaum noch atembar und die Sicht betrug in den dichten Qualm nur noch ein paar Meter. Während Grand noch überlegte, wie er den Mann von der Balustrade retten konnte, riss ihn die nächste Explosion von den Füßen. Über ihm schoss eine weitere Stichflamme quer durch den Raum. Hätte er noch aufrecht gestanden, wäre das wohl sein Ende gewesen. Bedauernd stellte er fest, dass er den vierten Mann nicht mehr retten konnte. Grand glitt ebenfalls durch den Schacht in den unter dem Steuerstand liegenden Rettungspod. Er nahm sich nicht mehr die Zeit, die drei immer noch bewusstlosen Männer auf Liegen zu befördern. Er schloss die Verriegelung zum Durchgang nach oben und warf sich in den Pilotensitz. Auch hier gab es einen einfachen Auslöseknopf, den er nach unten drückte. Wie ein Geschoss wurde der Rettungspod aus dem Rest des Schiffsrumpfes ausgespien. Mike konnte durch ein kleines Fenster über sich sehen, wie Stichflammen aus mehreren Brüchen der Schiffshülle schlugen. Wenigstens waren sie wieder im Normalraum angekommen, wie er anhand der vielen Sterne erkennen konnte, auch wenn er keine Ahnung hatte, wo genau sie sich befanden. Dann explodierte der abgetrennte Teil des Schiffes in einem gelb-roten Feuerball. Da es im Vakuum des Weltraums keine Druckwelle geben konnte, hatten sie nichts zu befürchten. Nur ein durch das All wirbelndes Trümmerteil konnte noch zur Gefahr werden. Und natürlich der Rest der *Marco Polo* – falls sie in der Nähe gestrandet war, den Rücksturz in den Normalraum überstanden hatte und ihre Bugtorpedos noch abfeuern konnte.

12.

Die Fangmaschine fuhr das Netz aus und begann zu fischen. Nikolai lehnte sich im Steuerstand zurück und fluchte vor sich hin. Die Arbeit hätte genauso gut von einem Andro erledigt werden können, aber sein Vater hielt diese Art von Bestrafung für 'pädagogisch angemessen', wie er beim Abendbrot erklärt hatte. Jetzt würde Nikolai die nächsten zehn Stunden damit verbringen müssen, auf die Anzeigen zu starren und Däumchen zu drehen, anstatt mit seinen Freunden in New Vanuatu zu einem VR-Racingturnier zu gehen.

Die Sonne brannte erbarmungslos auf den endlosen Ozean herunter und vor Nikolai lagen noch etliche Quadratkilometer der elterlichen Fischfarm, die es abzuernten galt. Die Oberfläche Ozeanias, wie man den Planeten bei seiner Entdeckung getauft hatte, bestand bis auf wenige Inseln aus einem planetenumspannenden Süßwasserozean mit schier endlosen Fischvorkommen. Alles was hier schwamm und am Meeresboden kroch, war für den menschlichen Organismus genießbar, und man stellte schnell fest, dass auch irdische Süßwasserfische hier ausgezeichnet gediehen. In der Folge hatten große Konzerne mit der Ausbeutung der endemischen Spezies des Meeres begonnen und man hatte riesige Fischfarmen für die importierten Arten angelegt. Nikolais Eltern hatten all ihre Ersparnisse aufgebraucht und sich in ein Konsortium unabhängiger Unternehmer eingekauft, die hier eine solche Fischfarm betrieben. Sechs Familien versuchten, auf Ozeania gemeinsam eine neue Existenz zu gründen, abseits der überbevölkerten, verseuchten und ausgelaugten Erde. Es war nicht leicht, sich gegen die übermächtigen Konzerne zu behaupten, doch der Markt war groß und die Nachfrage nach gesunden Lebensmitteln stieg ständig. Ozeania war schon bald zu einem der Hauptlieferanten von Fischprotein für die gesamte Terranische Union geworden.

Nikolai hatte sich heute mit seinen Schulfreunden treffen wollen, doch der Sechzehnjährige war von seinem Vater dazu verdonnert worden, die Fangmaschine über eines der Felder zu steuern. Wobei 'steuern' ein irreführender Begriff war. Das vollautomatische Gerät wurde von einem satellitengestützen GPS auf Kurs gehalten und auch alle anderen Funktionen übernahm die Semi-KI, ohne dass menschliches Eingreifen notwendig gewesen wäre. Nur für den Fall, dass etwas schiefging, musste jemand an Bord des fünfzig Meter breiten und fünfzig Meter langen, unförmigen Kolosses sein. Das Schleppnetz wurde automatisch herabgelassen und in regelmäßigen Abständen hochgezogen. Der Fang wurde automatisch sortiert, automatisch schockgefroren und im Bauch des kastenförmigen Schiffes eingelagert. 'Steuern' war nur eine Umschreibung für die Überwachung aller automatisch ablaufenden Funktionen, diese Aufgabe konnte von einem Kleinkind erfüllt werden, wie Nikolai fand. Hätte sein Vater ihn nicht dabei erwischt, wie er nachts heimlich mit einem Jet-Scooter auf die drei Kilometer entfernte Insel der Nachbarsfamilie übergesetzt hatte, könnte er sich jetzt in der einzigen Stadt des Planeten mit seinen Freunden vergnügen. Doch Michelle war das Risiko wert gewesen. Die Tochter des Nachbarn war der Schwarm aller Jungs in seiner kleinen Schulklasse und er konnte kaum glauben, dass sie sich für ihn interessierte. Ihre Einladung zu einem nächtlichen Treffen hatte er unmöglich ausschlagen können. Für diese Notlage hatte sein Vater natürlich kein Verständnis gehabt, und so saß er jetzt hier in der klimatisierten Steuerkanzel und langweilte sich.

Plötzlich kam ihm eine Idee. Um die tägliche Fangquote zu erfüllen, brauchte man normalerweise rund zehn Stunden. Wenn man jedoch das Netz auf das Doppelte der eingestellten Schlepptiefe herabließ, konnte man die Arbeit auch in der Hälfte der Zeit erledigen. Natürlich war das verboten und Nikolai würde gewaltigen Ärger bekommen, wenn sein Vater dahinterkam, doch die Aussicht, fünf Stunden früher fertig zu werden und sich doch noch heimlich nach New Vanuatu zu schleichen, ging ihm nicht aus dem Kopf. Sein Vater würde davon kaum etwas mitbekommen, da er sich heute zu Verhandlungen mit einem Fischhändler auf der anderen Seite des Planeten traf, wo sich der einzige Raumhafen befand. Er würde erst in zwei Tagen wieder nach Hause kommen. Und seine Mutter besuchte eine Freundin auf einer anderen Insel. Niemand würde es bemerken, wenn er frühzeitig auf die Farminsel der Familie zurückkehrte. Er konnte sich den Jet-Scooter schnappen und rechtzeitig zur Rückkehr seiner Mutter wieder zu Hause sein.

Ohne noch lange zu zögern, griff er in den automatisierten Prozess ein und ließ das Netz auf die doppelte Tiefe ausfahren. Jeder Fangdurchlauf würde jetzt die doppelte Menge Fisch nach oben befördern. Das Gefrierlager wäre in kürzester Zeit gefüllt und er hätte seinem Vater ein Schnippchen geschlagen.

Es ging genau eine halbe Stunde gut. Dann schrillte ein Alarm durch das kleine Cockpit. Nikolai konnte hören, wie die vier Motoren Gegenschub gaben und die Fangmaschine zum Stillstand kam. Leicht schaukelnd trieb sie auf der ruhigen Wasseroberfläche. Auf der Konsole leuchtete ein rotes Warnlicht, und der Monitor darüber zeigte an, dass sich das Netz in einem Unterwasserhindernis verfangen hatte. Die automatische Netzüberwachung hatte den Kahn sofort gestoppt, um eine Beschädigung des wertvollen Netzes zu vermeiden.

»Oh, Scheiße!«

Nikolai schlug mit der Faust frustriert auf den Steuerstand. Wenn es ihm nicht schnellstmöglich gelang, das Netz zu befreien, würde er nicht nur das Treffen mit seinen Freunden vergessen können. Sein Vater würde ihm die Ohren lang ziehen, wenn er herausbekäme, was Nikolai angestellt hatte. Er würde sich auf *viele* Stunden Farmarbeit einstellen können.

Er aktivierte die Unterwasserkamera und schwenkte sie am Netz entlang, um festzustellen, welches Hindernis so plötzlich aufgetaucht war. Auf den Seekarten war nichts verzeichnet, was allerdings nicht viel zu bedeuten hatte. Man hatte nur nach Hindernissen gescannt, die in den *erlaubten* Fangtiefen zur Gefahr werden konnten. Durch seinen unbedachten Entschluss, das Netz auf die doppelte Tiefe abzusenken, hatte sich Nikolai in unerforschtes Gebiet begeben.

Auch die Kamera an der Unterseite der Fangmaschine brachte ihn nicht weiter. Das Wasser war nicht klar genug, um einen Blick in jene Tiefe zu erlauben, in der sich das Netz verfangen haben musste. Er musste das ROV einsetzen. Das *Remote Operated Vehicle* war ein etwa einen Meter langes, zigarrenförmiges Gerät, welches ferngesteuert in größere Tiefen tauchen konnte. Mittels der kleinen, im Bug angebrachten Kamera sollte er feststellen können, woran das Netz hängengeblieben war.

Ein paar Minuten später steuerte Nikolai das ROV über einen Joystick am Netz entlang in die Tiefe. Er konnte ausmachen, an welcher Stelle die Maschen gedehnt waren und das Netz Spannung aufwies. Dort unten musste es festhängen. Er kippte das Gerät ab und ließ es tiefer gleiten. Im dunkler werdenden Blau des Wassers glaubte er, einen Schemen ausmachen zu können, und steuerte darauf zu. Was er sah, verschlug ihm den Atem. Das Netz hing an einem spitzen Vorsprung, und dieser Vorsprung wuchs aus etwas heraus, das wie eine perfekt geformte, metallische Halbkugel aussah. Eine Halbkugel, die auf dem Meeresboden stand. Es musste sich um eine Art Antenne handeln, die ihm zum Verhängnis geworden war. Was immer sich dort unten befand, war keinesfalls von den terranischen Kolonisten dorthin verfrachtet worden. Es musste sich um etwas viel Älteres handeln. Trotzdem spiegelte die Oberfläche so sauber und glatt, als sei es gerade erst abgesetzt worden. Keine Spur von Verkrustungen oder Ablagerungen, die nach langer Zeit unter Wasser zu erwarten gewesen wären. Die Entdeckung ließ Nikolais Puls schneller schlagen. Die Oberkante der Kuppel lag nur etwas mehr als sechzig Meter unter der Oberfläche. Mit einem Trimix-Tauchgerät war es ein Leichtes, in diese Tiefe vorzustoßen. Nikolai war, wie fast alle Bewohner von Ozeania, ein begeisterter Sporttaucher und auch im Mischgastauchen ausgebildet.

Er nahm sich vor, zunächst niemandem von seiner Entdeckung zu erzählen und sie zuerst gemeinsam mit seinen Freunden zu erforschen. Auch Michelle war im Tauchen mit Sauerstoff, Stickstoff und Helium ausgebildet, wie er wusste. Er würde ihr zuerst davon erzählen und sie zu einer Erkundung der geheimnisvollen Kuppel einladen. Ein solch spannender Tauchgang musste ihn endgültig zu ihrem Favoriten machen. Doch zunächst galt es, das Netz wieder freizubekommen.

Nikolai steuerte das ROV näher an die Antenne heran. Eine Masche des Netzes hatte sich an der Spitze verfangen. Vorsichtig fuhr er einen

Manipulatorarm des Gerätes aus. Die beiden Greifklauen schnappten das Netz und er fuhr den ROV vorsichtig rückwärts. Langsam zog er das Netz von der Antenne. Als es frei war, betätigte er die Winde und zog es langsam nach oben, immer darauf bedacht, dass es sich nicht erneut an dem Hindernis verhakte. Endlich befand sich die Unterkante des Netzes oberhalb der Kuppel. Er brachte das ROV zurück an Bord, notierte sich auf seinem Memopad die GPS-Koordinaten und startete die Motoren. Gehorsam setzte die Fangmaschine ihre Fahrt fort; diesmal mit dem Netz in vorschriftsmäßiger Tiefe. Er würde heute zwar das VR-Racing mit seinen Freunden verpassen, aber bei der Vorstellung, schon bald mit Michelle die mysteriöse Kuppel gemeinsam zu betauchen, fiel ihm der Verzicht nicht schwer.

13.

Vorsichtshalber hatte Grand die drei Geretteten auf ihren Liegen so mit Sicherheitsgurten fixiert, dass sie sich nicht selbst befreien konnten. Er musste befürchten, dass sie sich sofort auf ihn stürzen würden, sobald die Lähmung durch den Stunner nachließ. Auf dem Nahbereichsscanner hatte er keine Spur der vorderen drei Viertel der *Marco Polo* ausmachen können. Entweder war der Rest des Schiffes zu weit entfernt aus dem Bulk gefallen, als dass er ihn mit den beschränkten Möglichkeiten des Rettungspods hätte anmessen können, oder der größte Teil der Fregatte war im Bulk verschollen. Der Gedanke, eventuell für den Tod von mehreren Hundert Besatzungsmitgliedern verantwortlich zu sein, lastete schwer auf Grand, doch auch jetzt fiel ihm nichts ein, was er sonst hätte unternehmen können, um den Angriff auf das Kollta-System zu verhindern. Es war nur ein schwacher Trost, zu wissen, dass dabei niemand auf der *Marco Polo* überlebt hätte – er selbst eingeschlossen. Trotzdem hoffte er, dass sich der vordere Teil des Schiffes noch auffinden lassen würde.

Der Notsender hatte sich beim Absprengen des Pods automatisch eingeschaltet und es sollten sich bereits terranische Einheiten auf dem Weg hierher befinden. Grand hoffte, dass es nicht die mysteriösen, pfeilförmigen Schiffe sein würden, die zuerst bei ihm eintreffen würden. Er fragte sich, ob die Fremden inzwischen bemerkt hatten, dass ihr

Plan fehlgeschlagen war und die *Marco Polo* das Kollta-System nicht erreicht hatte.

Er musste die Admiralität so schnell wie möglich davon unterrichten, dass es dort draußen eine raumfahrende Zivilisation gab, die eine ganze Schiffsbesatzung mental beeinflussen und zu kriegerischen Handlungen gegen einen Verbündeten aufwiegeln konnte. Die Konsequenzen für die Terranische Union, aber auch für die gesamte Galaxis, waren unabsehbar. Wer über ein solches Machtmittel verfügte, hielt das Schicksal aller Zivilisationen der Milchstraße in der Hand. Er konnte Kriege anzetteln, Völker aufeinanderhetzen, Allianzen zerbrechen lassen und jeden gegen jeden ausspielen. Misstrauen und Angst würden die Galaxis durchziehen, wenn dies bekannt würde. Es würde noch gewalttätiger und kriegerischer zugehen als zuvor. Die Unbekannten konnten in aller Ruhe zusehen, wie sich die verschiedenen Spezies gegenseitig zerfleischten, und zum Schluss einfach die Reste einsammeln. Wer eine solche Waffe besaß, war nahezu unbesiegbar und konnte die Milchstraße in kürzester Zeit unter seine Kontrolle bringen.

Einer der Männer begann sich zu regen.

»Was ... wo ... was ist passiert?« Er war sichtlich verwirrt und bemerkte erst jetzt, dass er mit den Sicherheitsgurten an die Pneumoliege gefesselt war. »Wieso ... was ist passiert?«, fragte er nochmals.

Grand musste sich vergewissern, dass der Mann kein Theater spielte, um ihn in Sicherheit zu wiegen.

»Es gab einen Unfall«, erklärte er ausweichend.

»Woran können Sie sich noch erinnern?«

»Ich ... ich war im Kontrollraum und dann ... dann hatte ich plötzlich fürchterliche Kopfschmerzen. Danach ... danach weiß ich nichts mehr. Wieso bin ich gefesselt?«

»Sie waren nicht mehr Herr Ihrer selbst«, sagte Grand. »Erinnern Sie sich noch an irgendetwas anderes?«

»Stimmen! Ich habe Stimmen gehört. Binden Sie mich los!«

»Beantworten Sie zuerst meine Fragen. Welche Stimmen – und was haben sie gesagt?«

»Sie haben kein Recht, mich wie einen Gefangenen zu behandeln«, protestierte der Mann und bäumte sich in den Gurten auf.

»Beantworten Sie meine Fragen«, wiederholte Grand.

»Ich weiß nicht. Stimmen eben. Ich konnte sie nicht richtig verstehen. So, als ob sie von weit entfernt kämen. Mehr ein Flüstern. Was ist passiert?«, fragte er zum dritten Mal.

»Wir wurden angegriffen. Die Besatzung wurde mental beeinflusst. Die Stimmen, die Sie gehört haben, haben Ihnen Befehle erteilt.«

»Befehle? Welche Befehle?«

»Kapitän Cheng befahl, das Kollta-System anzugreifen. Alle waren mit diesem Plan einverstanden und haben sofort mitgemacht. Sie ebenfalls!«

»Was?« Der Ingenieur blickte Grand entgeistert an. »Das ist ausgeschlossen! Cheng hätte niemals einen solchen Befehl erteilt. Und falls doch, wäre er sofort abgesetzt worden. Was Sie behaupten, ist unmöglich!«

»Ich wollte, es wäre so«, antwortete Grand. »Aber außer mir war jeder an Bord begeistert von der Idee, die Kolltaner anzugreifen. Es ist mir gelungen, die Notseparation auszulösen und den verrückten Plan zu vereiteln.«

»Notseparation? Warum sind wir in einem Rettungspod?«

»Die *Marco Polo* befand sich im Bulk, als ich die Antriebssektion abgetrennt habe. Ich konnte Sie und Ihre beiden Kollegen gerade noch in den Pod schaffen, bevor die Energieeinheit explodiert ist.«

»Sie … Sie haben eine Separation während des Hyperfluges vorgenommen? Sind Sie wahnsinnig? Wo ist der Rest der *Marco Polo*?«

»Das kann ich leider nicht sagen«, musste Grand zugeben. »Die Instrumente des Pods können sie nicht erfassen.«

»Sie müssen verrückt sein, Mann! Eine Separation während des Fluges durch den Bulk ist eine sichere Methode, ein Schiff zu vernichten!«

»Nun, die Alternative wäre unser sicherer Tod im Kollta-System gewesen und in der Folge wahrscheinlich ein Krieg mit den Kolltanern. Ich hatte leider keine andere Wahl.«

»Ich glaube Ihnen kein Wort von dem, was Sie mir erzählt haben. Und jetzt binden Sie mich sofort los!«

»Es tut mir leid. Sie müssen warten, bis unsere

Leute kommen, um uns aufzulesen. Ich traue Ihnen nicht. Sie könnten nach wie vor unter dem Einfluss der Angreifer stehen. Dieses Risiko kann ich nicht eingehen.«

»Das ist verrückt. *Sie* sind verrückt! Man wird Sie vor ein Militärgericht stellen!«

Grand konnte sich ein schmerzliches Lächeln nicht verkneifen.

»Das wäre leider nichts Neues für mich. Durch einen solchen Prozess bin ich überhaupt erst an Bord der *Marco Polo* geraten.«

Auch die anderen beiden Geretteten erlangten wenige Minuten später ihre Mobilität zurück. Auch sie protestierten gegen die Fesselung und behaupteten, sich an nichts erinnern zu können, jetzt jedoch frei von jeglicher Beeinflussung zu sein. Sie berichteten ebenfalls von Kopfschmerzen und 'flüsternden Stimmen', die sie vernommen zu haben glaubten. Darüber hinaus fehlte ihnen jegliche Erinnerung an die letzten Stunden. Grand ging kein Risiko ein und ließ sie trotz der Proteste an die Pneumoliegen gefesselt.

Dann erschien auf dem kleinen Holodisplay endlich ein Schiff. Die Kennung war eindeutig terranisch und es handelte sich um den schweren Kreuzer *Neil Armstrong*. Der Rettungspod wurde von einem Vektorgravstrahl erfasst und an Bord gezogen. Dort wurde Michael Cordwainer Grand nach den Aussagen der drei Ingenieure umgehend verhaftet. Die Anklage lautete auf Meuterei, Sabotage an einem Schiff der terranischen Flotte und vielfachen

Mord. Der vordere Teil der *Marco Polo* blieb im Bulk verschollen.

14.

Nikolai schloss für einen Moment die Augen und genoss das Glücksgefühl. Das Leben konnte nicht besser sein! Er spürte den Fahrtwind in den Haaren, die Gischt im Gesicht und vor allem Michelles Arme, die ihn von hinten umklammerten. Der Jet-Scooter schoss über das spiegelglatte Wasser und die Sonne brannte heiß auf seiner Haut.

Niemand hatte etwas von dem Zwischenfall mit dem verhedderten Fangnetz bemerkt. Nikolai hatte das Log des primitiven Bordcomputers des Fangschiffes manipuliert und jede Spur des Vorfalls gelöscht. Michelle war begeistert gewesen, als er ihr von einem neu entdeckten Tauchplatz erzählt hatte. Natürlich erwähnte er nichts von der geheimnisvollen Unterwasserkuppel. Das sollte die große Überraschung für sie werden. Er bat sie, vorläufig niemandem etwas von dem bisher unbekannten Riff zu sagen, das er gefunden zu haben vorgab, und den neuen Platz als ihr Geheimnis zu betrachten. Es gäbe dort farbenprächtige Süßwasserkorallen und eine unglaubliche Menge an Fisch. Allerdings müssten sie mit Trimix tauchen, da das Riff erst in einer Tiefe von mehr als 60 Meter beginnen und sich bis fast 90 Meter Tiefe erstrecken würde. Michelle sagte sofort zu, als er ihr anbot, ihn bei seinem nächsten Tauchgang dorthin zu begleiten.

Jetzt schossen sie mit dem Jet-Scooter über das Wasser zu den von Nikolai einprogrammierten GPS-Koordinaten, die er zuvor auf seinem Memopad gespeichert hatte. Michelle saß hinter ihm auf der Sitzbank, hielt sich an ihm fest und hatte ihren Kopf gegen seine Schulter gelegt. Die beiden Tauchausrüstungen waren in der kleinen Ladebucht hinter der Sitzbank des etwa drei Meter langen und eineinhalb Meter breiten, offenen Scooters verstaut.

»Ist es noch weit?«

Michelles Stimme direkt an seinem Ohr jagte Nikolai einen wohligen Schauer über den Rücken.

»Wir sind gleich da!«, rief er nach hinten.

Er konnte spüren, wie sie erneut das Gesicht an seine Schulter schmiegte. Ob es zum Schutz gegen den Fahrtwind oder als zärtliche Geste gedacht war, konnte er nicht sagen. Nikolai entschied sich, auf Letzteres zu hoffen.

Auf dem Display vor sich konnte er sehen, dass sie nur noch wenige Hundert Meter von den Koordinaten der Stelle entfernt waren, wo sich die Kuppel unter der blauen Oberfläche verbarg. Er verringerte die Geschwindigkeit und legte den Jet-Scooter in eine leichte Kurve. Instinktiv umfasste Michelle ihn noch fester, was ihm erneut eine Gänsehaut verursachte. Er hatte sich unsterblich in das junge Mädchen verliebt und wünschte sich, das Gefühl ihres an seinen gepressten Körpers würde nie enden. Vielleicht gab es nach dem Tauchgang eine Möglichkeit, ihr noch näher zu kommen.

Leicht schwankend kam der Scooter zum Stillstand. Nikolai aktivierte die Positionsautomatik. Der Bordcomputer würde mithilfe kleiner Wasserdüsen den Scooter genau an dieser Stelle halten, während sie unter Wasser waren.

»Wir sind da«, sagte er und ärgerte sich im gleichen Moment darüber, wie dumm das klang. Er fühlte sich unsicher und wie ein Idiot. Er konnte sich nicht erinnern, jemals so nervös gewesen zu sein – was nichts mit dem bevorstehenden Tauchgang zu tun hatte.

Michelle glitt von der Sitzbank auf die kleine Plattform hinter der Ladebucht. Auch Nikolai schwang sich von seinem Sitz und öffnete die Klappe, hinter der ihre Ausrüstungen lagen. Es war nicht viel Platz auf der kleinen Plattform, und es ließ sich nicht vermeiden, dass sie sich beim Anlegen der Tauchausrüstung hin und wieder berührten. Er konnte den Blick kaum von ihrem durch einen knappen Bikini kaum verhüllten Körper abwenden und war froh, als er in den dünnen Neopren-Shorty geschlüpft war, der seine Erektion notdürftig verbarg. Michelle war sicher nicht entgangen, wie sie auf ihn wirkte, auch wenn sie sich nichts anmerken ließ, als sie ihrerseits den Tauchanzug überstreifte. Die Wassertemperatur betrug zwar bis in große Tiefen ungefähr neunundzwanzig Grad, aber da der Tauchgang mehr als eine Stunde dauern sollte, würden sie ohne Kälteschutz selbst in dem warmen Wasser auskühlen.

»Geräte- und Buddycheck«, ordnete er an.

Nikolai war der erfahrenere Taucher und beiden war während ihrer Ausbildung beigebracht worden, dass Tauchen nur ein sicherer Sport war, solange jeder peinlich genau die notwendigen Abläufe einhielt und die vorgeschriebenen Sicherheitschecks durchführte. Gefühle hin oder her – Sicherheit ging vor und ließ keinen Raum für Nachlässigkeiten.

Er überprüfte seinen Rebreather. In dem geschlossenen Kreislaufsystem wurde die Ausatemluft wieder aufbereitet, indem das Kohlendioxid entfernt und nur der verbrauchte Sauerstoff aus dem mitgeführten Vorrat ergänzt wurde. Bei den modernen Geräten ermittelte ein Computer in Abhängigkeit von der jeweiligen Tauchtiefe die optimale Zusammensetzung ihrer Atemluft. Da Sauerstoff ab einem gewissen Druck für den menschlichen Körper giftig wurde, musste der O_2-Anteil mit zunehmender Tiefe heruntergeregelt werden. Kritisch wurde es bei Tiefen, in denen der O_2-Partialdruck 1,4 Bar überstieg, was unter den Gravitations- und Druckverhältnissen auf Ozeania bedeutete, dass ab einer Tiefe von 60 Metern, wo der Gesamtdruck 7 Bar betrug, weniger als 20 Prozent Sauerstoff in dem Gemisch enthalten sein durften. Bei 90 Metern und einem Gesamtdruck von 10 Bar durften es nur noch maximal 14 Prozent sein. Gleichzeitig bestand bei zunehmendem Druck die Gefahr eines Tiefenrausches, der vom Stickstoff ausgelöst wurde. Auch hier durfte ein gewisser Grenzdruck nicht überschritten werden. Also musste der Stickstoffgehalt in größeren Tauchtiefen ebenfalls immer geringer werden. Sauerstoff und Stickstoff wurden somit allmählich durch einen immer höher werdenden Anteil an Helium ersetzt, was sowohl einen Tiefenrausch als auch eine Sauerstoffvergiftung verhinderte. Leider sammelte sich Helium noch stärker in den Geweben an als Stickstoff und verursachte damit längere Dekompressionszeiten. Man konnte nicht einfach auftauchen, da sich ansonsten, wie bei einer geschüttelten Mineralwasserflasche, die man öffnete, Gasblasen im Körper bilden würden, was zu Gasembolien, Gefäßverschlüssen und zur gefürchteten Dekompressionskrankheit führen konnte. Um dem zu entgehen, musste man langsam auftauchen und auf dem Weg zur Oberfläche Pausen einlegen, um das überschüssige, im Körper gelöste Gas wieder abzuatmen. Die jeweilige Länge dieser Pausen wurde unter Berücksichtigung des vorangegangenen Tauchprofils und der variierenden Zusammensetzung des Gasgemisches durch den Computer berechnet. Kurz vor Erreichen der Oberfläche wurde im flachen Wasser der Sauerstoffgehalt stark erhöht, was die Dekompressionsphase wiederum stark verkürzte. All dies war ein sehr komplexer Vorgang, der glücklicherweise bei modernen Tauchausrüstungen vollkommen automatisch ablief und von mehreren Computern parallel überwacht wurde. Man musste nur den Anzeigen des am Handgelenk getragenen Displays folgen. Trotzdem war ein Check des Systems und aller Funktionen vor jedem Tauchgang unumgänglich. Zur Sicherheit überprüfte danach jeder nochmals das System seines Tauchpartners.

»Alles klar bei dir«, bestätigte Nikolai, nachdem

er Michelles Rebreather überprüft hatte.

Er nickte ihr zu und gab ein abschließendes OK-Zeichen. Beiden zogen die Flossen an, setzten die Tauchermasken auf, nahmen die Mundstücke ihrer Geräte zwischen die Zähne und machten einen großen Schritt ins Wasser. Sie bestätigten sich gegenseitig nochmals mit einem OK-Zeichen, dass sie zum Abtauchen bereit waren, und ließen sich unter die Oberfläche sinken.

Obgleich Nikolai der Erfahrenere der beiden war, hatte auch Michelle bereits über einhundert Tauchgänge absolviert. Entsprechend entspannt und mit großer Selbstverständlichkeit begannen sie den Tauchgang. Das Wasser war warm und klar, die Sichtweite betrug etwa dreißig Meter und sie befanden sich inmitten eines großen Schwarmes von Strotzlern, einer einheimischen Spezies, deren torpedoförmige Körper bis zu einem Meter lang werden konnten. Das süße, weiße Fleisch galt in der gesamten Union als Delikatesse. Das Sonnenlicht brach sich über ihnen im blauen Wasser und die hellen Lichtstrahlen spiegelten sich auf den silbrigen Schuppen der Fische. Da Nikolai und Michelle mit ihren Rebreathern keine aufsteigenden und laut blubbernden Luftblasen erzeugten, waren die unzähligen Fische nicht verängstigt und sie konnten mitten im Schwarm schwimmen, als würden sie dazugehören. Es war ein herrliches Bild, und Nikolai wusste wieder, warum Tauchen seine liebste Freizeitbeschäftigung war – besonders dann, wenn er sie mit der bezaubernden Michelle gemeinsam ausüben konnte.

Sie sanken langsam tiefer in das klare, blaue Wasser. Der Druckausgleich auf den Ohren klappte bei beiden problemlos und sie erreichten schnell die 30-Meter-Marke. Der Fischschwarm blieb über ihnen zurück und weiter unten war ein dunkler Schatten im Blau des Wassers zu erkennen. Nikolai wusste, dass es sich um die Kuppel handelte, während Michelle immer noch darauf wartete, dass sich das versprochene Riff vor ihren Augen ausbreiten würde. Als sie den runden Schatten entdeckte, blickte sie irritiert auf und machte ein fragendes Zeichen. Er gab ein beruhigendes 'OK' zurück und sie setzten den Abstieg fort. Leider verfügten sie nicht über Vollgesichtsmasken, die eine Kommunikation über Funk erlaubt hätten. Somit waren sie auf die traditionellen Handzeichen angewiesen. Die Kuppel zeichnete sich nun deutlicher ab und es wurde klar, dass es sich nicht um ein Riff, sondern um ein künstlich geschaffenes Objekt handelte. Michelle stoppte den Abstieg und zog Nikolai an den Flossen. Wieder machte sie ein fragendes Zeichen. Erneut gab Nikolai ein 'OK' und versuchte mit den Augen ein beruhigendes Lächeln. Er konnte erkennen, dass die Angelegenheit Michelle langsam unheimlich wurde. Ihr musste klar sein, dass dies kein von Menschenhand geschaffenes Objekt sein konnte und seine Schilderung des neu entdeckten Riffes ein Vorwand gewesen war, um sie hierher zu locken. Nikolai konnte nur hoffen, dass ihre Neugier und ihr Entdeckerdrang über die

Verärgerung siegen würden. Er bemerkte, dass sie ihm nur widerwillig weiter in die Tiefe folgte.

Bei zweiundsechzig Metern Tiefe erreichten sie die Antenne, an deren Spitze sich vor wenigen Tagen das Netz verfangen hatte. Zum ersten Mal sah Nikolai mit eigenen Augen die metallene Hülle der großen Kuppel, deren unteres Ende sich im dunklen Blau verlor. Sie musste einen Durchmesser von mindestens vierzig Meter haben, und wie er bereits damals auf dem Monitor hatte sehen können, schimmerte sie so sauber und ohne jeglichen Bewuchs, als habe sie jemand erst gestern hier abgestellt.

Michelle war inzwischen sichtlich fasziniert von der mysteriösen Kuppel. Sie schwamm mit kräftigen Flossenschlägen an Nikolai vorbei, bis sie knapp vor der Antenne schwebte. Vorsichtig berührte sie mit dem Zeigefinger die metallene Spitze und strich leicht darüber. Sie sah Nikolai an und schüttelte erstaunt den Kopf. Auch sie war offensichtlich vom völlig fehlenden Bewuchs überrascht. Normalerweise setzten sich auf jedem Objekt, das längere Zeit unter Wasser war, Mikroorganismen, Algen und sogar Korallenbewuchs ab. Doch dieses Metall war absolut sauber und spiegelte wie neu. Nichts schien an ihm haften zu können. Auch Nikolai berührte vorsichtig die Oberfläche. Sein Finger glitt wie über Eis. Er wandte sich Michelle zu und fragte sie mit einem Handzeichen, ob sie weiter Abtauchen wolle. Zu seiner Erleichterung nickte sie begeistert und gab ein 'OK'.

Ein Blick auf den Dekompressionscomputer zeigte ihm, dass sie bereits mehr als zehn Minuten unter Wasser verbracht hatten und ab jetzt dekompressionspflichtig waren. Wenn sie noch tiefer tauchen wollten, würden sie beim Auftauchen längere Pausen einlegen müssen. Er beschloss, bei achtzig Metern Schluss zu machen und die Grundzeit dort auf maximal fünf Minuten zu begrenzen. Es machte wenig Spaß, für einen dreißigminütigen Tauchgang beim Aufstieg fast eine Stunde mit Dekompressionsstopps in verschiedenen Tiefen verbringen zu müssen.

Sie erreichten den höchsten Punkt der Kuppel bei siebzig Metern Tiefe. Auch hier war das Metall spiegelglatt, wie eine weitere Berührung erkennen ließ, und wies keinerlei Unebenheiten oder Erhebungen, Luken oder sonstigen Unterbrechungen auf. Die Antenne war das Einzige, das daraus hervorragte.

Sie sanken langsam bis auf achtzig Meter und begannen, die Kuppel in dieser Tiefe zu umrunden. Nikolai signalisierte seiner Tauchpartnerin, dass sie nach der Umkreisung mit dem Aufstieg beginnen würden, was Michelle sofort mit einem 'OK' bestätigte. Keiner der beiden konnte ahnen, dass sie die Oberfläche nie wieder erreichen sollten. Als sie etwa ein Viertel der Kuppel umrundet hatten, bildete sich plötzlich ein orangefarbener Ring um die beiden Jugendlichen und blitze hell auf. Im nächsten Moment waren Nikolai und Michelle verschwunden, und die Kuppel stand wieder so ruhig und einsam auf dem Meeresgrund wie all die Jahrmillionen zuvor.

15.

»Setzen Sie sich, Major Grand!«

Admiral Vassili Gregorjan saß hinter dem imposanten Schreibtisch seines Büros im höchsten Stockwerk des Admiralitätsgebäudes. Man hatte Grand unter Bewachung hiergeführt und auch jetzt standen zwei Angehörige des Geheimdienstes rechts und links von dem Stuhl, den man ihm angeboten hatte. Er nahm Platz und war gespannt, was dieses Treffen zu bedeuten hatte. Es war nicht üblich, einen vermeintlichen Meuterer, Saboteur und vielfachen Mörder zu einem Verhör in das Büro des ranghöchsten Militärs der Raumverbände zu bringen.

»Sie können gehen«, wies der Admiral die beiden Bewacher an. »Ich denke nicht, dass Major Grand eine Gefahr für mich darstellt«, setzte er hinzu, als die beiden Männer zögerten. Sie salutierten und verließen den Raum. Gregorjan wartete, bis sich die Tür hinter ihnen geschlossen hatte, ehe er wieder das Wort an Grand richtete.

»Sie müssen zugeben, dass Ihre Geschichte recht unglaubwürdig ist, Grand.«

»Sie entspricht jedoch exakt den Tatsachen, Sir«, erwiderte Michael. »Kapitän Cheng und die Besatzung standen unter dem geistigen Einfluss einer unbekannten Macht und hatten vor, das Kollta-System anzugreifen. Ich sah leider keine andere Möglichkeit, dies zu verhindern, Sir!«

Gregorjan nickte langsam und sah Grand durchdringend an.

»Ich habe Ihre Personalakte studiert und besonders hat mich Ihr psychologisches Profil interessiert. Sie gelten nach Einschätzung unserer Ärzte als geistig stabil, belastbar, umsichtig und hochintelligent. Nichts weist darauf hin, Sie könnten ein verkappter Psychopath oder der Agent einer anderen Spezies sein. Die *Marco Polo,* genauer gesagt der Rettungspod und die Trümmer der Antriebssektion wurden weitab des Patrouillengebietes gefunden. Tatsächlich auf einem Kurs von dort nach Kollta. Die drei Männer, die wir zusammen mit Ihnen aufgefischt haben, erzählen von 'flüsternden Stimmen' und können sich an die fraglichen Stunden nicht erinnern. All dies spricht für Ihre Version der Geschichte. Sie müssen jedoch zugeben, dass sie wie ein Märchen klingt! *Mentale Beeinflussung durch eine unbekannte Macht.* Kommen Sie, Grand, auch Sie hätten Zweifel, wenn Sie an meiner Stelle hier säßen.«

»Bei allem gebotenen Respekt, Sir, aber ich würde meine Augen nicht vor den Fakten verschließen. Welche andere Erklärung könnte es ansonsten für Chengs irrsinnigen Angriffsbefehl geben ...«

»... von dem außer Ihnen niemand etwas weiß, Grand«, unterbrach ihn der Admiral.

»Warum hätte Cheng seine Patrouillenroute verlassen sollen? Warum hat er, selbst wenn es einen vernünftigen Grund hierfür gegeben haben sollte, dies nicht der Admiralität gemeldet? Warum befand sich die *Marco Polo* auf einem Kurs nach

Kollta? Warum können sich die drei Männer an nichts mehr erinnern und warum berichten sie von plötzlichen Kopfschmerzen und von flüsternden Stimmen im Kopf? Sir, dort draußen ist jemand, der über die Möglichkeit verfügt, eine komplette Schiffsbesatzung seinem Willen zu unterwerfen! Wir müssen dem nachgehen und dürfen diese Gefahr nicht einfach ignorieren.«

Wieder schwieg Gregorjan einige Sekunden und sah Grand nachdenklich an.

»Warum blieben Sie unbeeinflusst?«

»Ich kann es mir nicht erklären, Sir. Ich habe zwar auch die Kopfschmerzen verspürt und glaubte, die Stimmen zu hören, es hat jedoch mein Denken und Handeln nicht beeinflusst.«

»Konnten Sie verstehen, was die Stimmen sagten?«

»Nein, Sir. Es war wie ein zu leises Flüstern, bei dem man die Worte nicht ausmachen kann.«

»Wenn Ihre Geschichte stimmen sollte – ist Ihnen klar, was das bedeuten würde, Grand?«

»Selbstverständlich, Sir. Niemand wäre mehr sicher und man könnte niemandem mehr vertrauen. Jeder könnte sich plötzlich gegen jeden wenden, wenn die unbekannte Macht es ihm befiehlt. Allianzen hätten keine Bedeutung mehr und aus jeder Richtung könnte ein Angriff drohen. Misstrauen und Angst würden die Milchstraße durchziehen. Kriege wären die unvermeidliche Folge und die Galaxis würde im Chaos versinken.«

»Können wir sicher sein, dass andere Spezies

ebenfalls beeinflussbar wären? Vielleicht trifft es nur uns Terraner?«

»Sir, ich habe den Verdacht, dass auch Commander Moranthors unerklärlicher Befehl, Grallia anzugreifen, auf eine solche Beeinflussung zurückzuführen sein könnte. Das würde bedeuten, dass zumindest die Kolltaner ebenfalls gefährdet wären. Und wenn es auch sie treffen kann, dann sind auch andere Spezies in Gefahr.«

»Aber vor Grallia befanden sich keine der von Ihnen beschriebenen Pfeilschiffe.«

»Wir können nicht wissen, wie lange Moranthor bereits unter dem Einfluss der Fremden stand. Wann, wo und wie sie ihn unter ihre Kontrolle gebracht haben. Nachdem der Versuch, nur den Kommandanten zu beeinflussen, gescheitert war, haben sie es vielleicht bei uns mit einer kompletten Schiffsbesatzung versucht.«

»Das würde bedeuten, die Fremden haben einen ausgeklügelten Plan«, gab Gregorjan zu bedenken.

»Davon müssen wir ausgehen«, sagte Grand. »Sie wollen Kriege entfachen und die Galaxis in Aufruhr versetzen.«

»Ja, aber was hätten sie davon?«

»Teile und herrsche – das uralte Motto, wenn man ein großes Gebiet mit einer Vielzahl unterschiedlicher Gruppen unter Kontrolle bringen will. Man muss jeden gegen jeden ausspielen, sie aufeinanderhetzen und somit letztendlich schwächen. Und wenn die einzelnen Gruppierungen entsprechend geschwächt sind und einander misstrauen, kann man in aller Ruhe über sie herfallen, sie besiegen und sie schlussendlich beherrschen. So haben es schon die alten Römer gehandhabt.«

»Das ist mir klar, Major Grand. Meine Frage zielte in eine andere Richtung: Warum die Milchstraße? Warum jetzt? Woher kommen sie und was macht unsere Galaxis für sie zum Angriffsziel? Hier gibt es nichts, was es nicht auch in anderen Galaxien geben würde. Das Universum ist riesig und es bietet genügend Platz und Rohstoffe für alle. Wer sind die Kerle und was wollen sie ausgerechnet hier?«

Michael zuckte mit den Schultern. »Wir wissen viel zu wenig über die Fremden. Sie haben wer weiß wie lange schon im Verborgenen gearbeitet. Vielleicht wurden bereits in der Vergangenheit einige Kriege und Auseinandersetzungen von ihnen ausgelöst. Vielleicht haben wir es erst jetzt durch Zufall entdeckt.«

»Und dieser Zufall waren Sie, Major Grand. Vielleicht sogar gleich zweimal!«

»Bedeutet das, Sie glauben meine Geschichte, Sir?«, wollte Michael wissen.

»Ich habe sie Ihnen von Anfang an geglaubt. Dieses Gespräch diente nur dazu, meine Vermutung zu bestätigen. Ich halte Sie nicht für einen verrückten Massenmörder.«

»Das freut mich, Sir!«, erwiderte Grand mit einem Grinsen. »Aber wie wollen wir jetzt auf diese Gefahr reagieren?«

Admiral Gregorjan sah den Major durchdringend an.

»Einstweilen darf niemand von dieser Bedrohung erfahren. Solange wir nicht wissen, wer die Angreifer überhaupt sind und was sie hier wollen, würde eine Verbreitung dieser Nachricht nur zu einer Panik in der Galaxis führen. Mit allen Konsequenzen, die wir bereits besprochen haben. Die Terranische Union ist im Vergleich zu anderen Sternenreichen klein und schwach. Wir sind erst vor Kurzem auf der galaktischen Bühne erschienen und geben ein leichtes Opfer ab, wenn wir den Kopf zu weit aus der Menge strecken. Wir müssen uns bedeckt halten und vorsichtig agieren.«

»Wie lauten Ihre Befehle, Sir?«

»Außer Ihnen und einem kleinen Kreis in der Führungsebene der Union darf niemand davon erfahren. Wir werden vorsichtig unsere Fühler bei befreundeten Zivilisationen ausstrecken, um herauszufinden, ob man dort ebenfalls auffällige Beobachtungen dieser Art gemacht hat. Vielleicht wissen andere bereits mehr als wir und halten es aus den gleichen Gründen noch unter der Decke. Sie erhalten eine neue Aufgabe. Sie werden ab sofort allen ungewöhnlichen Meldungen nachgehen. Überall dort, wo man von seltsamen Entdeckungen oder mysteriösen Vorfällen berichtet, könnten die Unbekannten dahinterstecken. Da Sie offenbar nicht von ihnen beeinflusst werden können, sind Sie hierfür am besten geeignet.«

»Ich werde also eine Art Agent sein, Sir?«

»Wenn Sie es so nennen wollen Grand«, sagte der Admiral mit einem knappen Lächeln. »Sie berichten ausschließlich mir! Direkt und ohne über die üblichen Kanäle zu gehen. Ich gebe Ihnen eine Holonummer, unter der Sie mich jederzeit erreichen können.«

»Danke für Ihr Vertrauen, Admiral!«, sagte Grand in der Annahme, die Besprechung sei beendet. Doch Gregorjan war noch nicht fertig.

»Noch eines, Major. Sie sind offensichtlich immun gegen die mentale Beeinflussung. Wir müssen herausfinden, woran das liegt. Ich habe zwei unserer vertrauenswürdigsten und besten Genetiker und Biotechniker angefordert. Die beiden werden Sie von Kopf bis Fuß untersuchen. Vielleicht finden wir heraus, was Sie einzigartig macht.«

Grand seufzte innerlich. Es behagte ihm nicht, das Versuchskaninchen zu spielen, doch er sah ein, dass es wichtig war, den Grund für seine Immunität zu finden. Vielleicht würde sich dadurch eine Möglichkeit ergeben, diese bei anderen künstlich hervorzurufen.

»Wo soll ich anfangen, Sir?«

»Wir haben vor einigen Stunden eine Meldung erhalten. Auf einer unserer Kolonien soll ein seltsames Objekt entdeckt worden sein soll. Zwei junge Kolonisten wurden nach einem Tauchgang vermisst. Die Suchmannschaft hat an der Stelle, wo die beiden verschwunden sind, angeblich eine Kuppel unter Wasser gefunden, deren Ursprung unbekannt ist. Fliegen Sie dorthin und sehen Sie sich das Ding an. Vielleicht hat dieses mysteriöse Artefakt etwas mit unseren Unbekannten zu tun.«

»Das ist weit hergeholt, Sir!«

»Einer der Taucher aus der Suchmannschaft hat berichtet, er habe sich in der Nähe der Kuppel unwohl und beobachtet gefühlt. Das könnte auf eine geistige Beeinflussung hinweisen. Da es ihnen nicht gelungen ist, einen Zugang zu finden, und das Metall ungewöhnliche Eigenschaften aufweist, haben sie sich an die Flotte gewandt. Wir haben zugesagt, das Objekt zu untersuchen – und damit kommen Sie ins Spiel.«

Grand hielt das für Zeitverschwendung. Der Gegner war mit schwarzen Pfeilschiffen im Weltraum unterwegs und trieb sich nicht auf terranischen Kolonien unter Wasser herum. Aber Befehl war Befehl. Er erhob sich, salutierte und verließ das Büro. Es beruhigte ihn, dass man die Bedrohung in der Führungsspitze der Terranischen Union offensichtlich ernst nahm. Aber er hatte keine Ahnung, wie man einen Feind bekämpfen sollte, der die Gehirne seiner Gegner manipulieren konnte.

16.

»Jalina!«
Die Stimme von *Mutter* riss Jalina aus einem tiefen Schlaf und es dauerte einen Moment, bis sie sich orientiert hatte.

»Was gibt es?«, murmelte sie verschlafen.

»Bitte komm in die Zentrale. Ich habe die anderen bereits informiert.«

Jalina zerbiss einen Fluch zwischen den Zähnen. Ein Blick auf die Uhr ihres gedimmten Holoscreens zeigte ihr, dass sie erst etwas mehr als eine Stunde geschlafen hatte.

»Licht!«

Ihr persönlicher CompAssist fuhr die Zimmerbeleuchtung hoch.

»Mutter!«

»Ja, Jalina.«

»Sag den anderen, ich werde in zehn Minuten dort sein. Ich muss erst eine Dusche nehmen, um überhaupt klar denken zu können.«

»Ich werde es ausrichten«, entgegnete die KI mit ihrer sanften Stimme.

Jalina sprang aus dem Bett und eilte in die neben dem Schlafzimmer gelegene Nasszelle. Nachdem die Liga den Hort übernommen hatte, waren etliche der vielen Zimmerfluchten auf die Bedürfnisse der jeweiligen Bewohner abgestimmt worden. Die Liga umfasste mehr als zweihundert Agenten von fast ebensovielen Spezies, und für jeden stand eine auf seine oder ihre Bedürfnisse angepasste

Wohneinheit bereit.

Jalina hatte sich dafür entschieden, eine terranische Dusche einbauen zu lassen, obwohl sie ansonsten für die provinziellen Terraner nicht viel übrig hatte. Sie waren intellektuell unterlegen, technologisch rückständig und trotzdem betrachteten sie sich als den Kolltanern ebenbürtig. Es war lachhaft, dass eine Spezies, die gerade erst den interstellaren Raumflug beherrschen gelernt hatte, sich einen solchen Vergleich anmaßte. Ohne die Hilfe ihres Volkes wären die Terraner bereits bei der ersten Auseinandersetzung mit einer anderen Spezies untergegangen. Anstatt dankbar und demütig zu sein, wie es sich gehörte, glaubten sie, mit den Kolltanern auf einer Stufe zu stehen. Obwohl Jalina nach vielen Jahrhunderten als Unsterbliche keine typische Vertreterin ihres Volkes mehr war, hatte sie doch für das unbotmäßige Verhalten dieser Emporkömmlinge wenig Verständnis. Aber die Terraner besaßen eine äußerst angenehme Badekultur, wie sie zugeben musste. Kollta war ein sehr trockener Planet und niemand wäre dort auf den Gedanken gekommen, Wasser im Überfluss zur Körperreinigung zu verwenden. Auf ihrem Heimatplaneten reinigte man sich mit grobem Staub und Sand. Ganz zum Schluss rieb man den Körper mit wohlriechenden, leicht angefeuchteten Tüchern ab. Die dekadente Art der Terraner, sich unter einen regelrechten Wasserfall zu stellen, war ihr zunächst dumm und verschwenderisch vorgekommen, passend zu diesem hinterwäldlerischen Volk, aber nachdem sie es einmal ausprobiert hatte, musste sie zugeben, dass es nicht nur belebend war, sondern auch Spaß machte.

Sie ließ eiskaltes Wasser mit vollem Druck über ihren wohlgeformten Körper laufen. Nach dem ersten Schock spürte sie, wie ihre Sinne erwachten und neue Energie ihren Körper zu durchströmen schien. Das Warmluftgebläse trocknete sie sanft ab und Jalina schlüpfte in einen frischen Overall.

»Mutter, ich bin soweit!«, sagte sie.

Augenblicklich bildete sich vor ihr der Bogen eines Spontantransmitters. Jalina trat hindurch und stand eine nicht messbare Zeitspanne später in der Zentrale des Horts. Drei Angehörige des Gremiums waren bereits dort versammelt.

Threlak´Klonn´Arbor schwebte in seiner Schutzblase neben dem zentralen Kommandopult. Usgran Delar Torkan hatte seinem polymorphischen Körper die Form einer Kugel gegeben und vier Laufbeine ausgebildet. Er stand neben dem Anführer der Liga und fuhr zwei Stielaugen aus dem Körper aus, um die ankommende Jalina missbilligend zu mustern.

»Du hast uns warten lassen, Jalina!«, stellte er vorwurfsvoll fest.

»Es tut mir leid, Usgran, aber wir Kolltaner brauchen hin und wieder etwas Schlaf, im Gegensatz zu euch Torkalianern. Und es dauert leider ein paar Minuten, bis wir nach dem Erwachen wieder voll handlungsfähig sind«, sagte sie entschuldigend und unterschlug, dass sie sich zunächst eine belebende

Dusche gegönnt hatte.

Usgran Delar Torkan wippte auf den vier Füßen, brummelte etwas Unverständliches und fuhr die beiden Stielaugen ein paar Zentimeter ein.

»Wir sollten zum Wesentlichen kommen«, ertönte die unpersönliche Computerstimme aus dem Translator des Quatcheks, der in seiner Überlebenssphäre ebenfalls mitten im Raum schwebte. »Mutter, berichte Jalina, was wir gerade erfahren haben.«

»Selbstverständlich«, antwortete die KI. »Unser Informant in der Terranischen Union hat uns von einem weiteren Zwischenfall berichtet, bei dem die Pfeilschiffe eine Rolle gespielt haben. Die Besatzung eines Schiffes der Terranischen Raumverbände wurde durch mentale Beeinflussung dazu gebracht, einen Angriff auf Kollta zu starten. Nur durch das Eingreifen eines unbeeinflusst gebliebenen Offiziers konnte Schlimmeres verhindert werden. Es gelang ihm, den Anflug auf das System zu stoppen. Leider wurde das terranische Schiff dabei vernichtet. Nur er selbst und drei Besatzungsmitglieder haben überlebt. Damit haben wir zum ersten Mal eindeutige Beweise dafür, dass die Unbekannten tatsächlich in der Lage sind, andere Wesen unter ihre geistige Kontrolle zu bekommen. Interessanterweise handelt es sich bei dem Offizier um denselben Terraner, der bereits den Zwischenfall vor Grallia verhindern konnte. Sein Name ist Michael Cordwainer Grand und er bekleidet den Rang eines Majors der terranischen Raumflotte. Er blieb als

Einziger an Bord des Schiffes völlig unbeeinflusst.«

»Wie ist das möglich?«, fragte Jalina.

»Das wissen wir nicht. Aber wir müssen es unbedingt herausfinden. Wir müssen wissen, was Major Grand so besonders macht. Vielleicht gelingt es uns, mithilfe dieser Erkenntnisse eine Abwehrwaffe gegen die Fremden zu entwickeln.«

»Du musst so schnell wie möglich mit Major Grand Kontakt aufnehmen, Jalina«, sagte Threlak´Klonn´Arbor. »Wir haben keinen Terraner in unseren Reihen und eure Völker sind einander sehr ähnlich. Zu dir wird er schneller Vertrauen fassen als zu einem unserer anderen Agenten. Er darf natürlich nichts von der Liga erfahren.«

Jalina verzog das Gesicht. Sie mochte die Terraner nicht, erkannte aber die Logik in seinen Worten. Sie war die ideale Kontaktperson. Außerdem war ihr natürlich klar, dass ein Mitglied der Liga der Unsterblichen persönliche Abneigungen zurückzustellen hatte. Sie dienten der gesamten Galaxis und all ihren Bewohnern.

»Wann und wie soll der Kontakt stattfinden?«, wollte sie wissen.

»Das entscheiden wir, sobald wir in Erfahrung gebracht haben, wohin man ihn abkommandiert hat.«

Gerade als Jalina die Zentrale verlassen wollte, meldete sich Mutter.

»Es ... es ist etwas geschehen, was ich niemals für möglich gehalten habe!« Die sonst so ausgeglichene und beruhigende Stimme der KI klang aufgeregt und alarmiert. Keiner der Anwesenden konnte sich erinnern, sie jemals so gehört zu haben. »Ich habe einen Hyperimpuls im Femtosekundenbereich empfangen. Die Station, von der der Impuls ausging, stammt eindeutig von denselben Erbauern, die auch mich erschaffen haben!«

»Was?«, entfuhr es Jalina verblüfft.

Der Quatchek blinkte hektisch mit seinem Pigmentband und Usgran Delar Torkan fuhr vor Aufregung seine beiden Stielaugen fast einen halben Meter aus. Auch der sonst immer beherrschte Threlak´Klonn´Arbor wedelte überrascht mit seinen Tentakeln.

»Einen Impuls aus einer anderen Station der Gründer?«, fragte der Vorsitzende des Gremiums.

»Ja, die Signatur ist eindeutig«, bestätigte die KI. »Modulation und Frequenzmuster lassen keinen anderen Schluss zu.«

»Woher stammt der Impuls?«, fragte Jalina.

»Meine Berechnungen deuten darauf hin, dass er von einer terranischen Kolonie stammt. Einem Wasserplaneten namens Ozeania.«

»War es eine Nachricht?«, wollte der Quatchek wissen.

»Nein«, sagte Mutter. »Es handelte sich eindeutig um den Abstrahlimpuls eines Spontantransmitters, wie auch ich ihn hier im Hort erzeugen kann.«

»Was bedeutet das?«, fragte Threlak´Klonn´Arbor.

»Es muss außer mir und dem Lager, das ihr damals gefunden habt, auf diesem Planeten eine weitere Basis der Gründer geben, die soeben aktiv geworden ist.«

Die vier Unsterblichen sahen sich verblüfft an. Bereits vor Jahrtausenden hatte man die Hoffnung aufgegeben, noch weitere Überreste des geheimnisvollen Volkes zu finden, das schon vor Jahrmillionen spurlos verschwunden war.

»Wir müssen jemanden dorthin schicken«, stellte Threlak´Klonn´Arbor fest.

»Ich sollte das übernehmen«, schlug Jalina vor. »Wie schon gesagt – ich bin für einen Kontakt mit Terranern an besten geeignet.«

»Na schön«, stimmte Threlak´Klonn´Arbor zu. »Du solltest so bald wie möglich abreisen. Falls es sich tatsächlich um eine weitere Hinterlassenschaft der Gründer handelt, darf sie niemandem außer uns in die Hände fallen.«

17.

Als Nikolai wieder zu sich kam, wunderte er sich darüber, noch am Leben zu sein.

Seine letzten Erinnerungen an die Zeit vor der Ohnmacht bestanden aus Schmerz und Verzweiflung. Er war schreiend nach vorn gefallen und hart auf dem Boden aufgeschlagen, als Michelle und er plötzlich in einem fremdartigen, hell erleuchteten Raum materialisiert waren. Der Aufprall mit dem schweren Tauchgerät auf dem Rücken hatte ihm den Atem genommen. Neben sich hatte er durch den Nebel des Schmerzes gesehen, wie Michelle sich in Krämpfen zuckend am Boden wand. Blut war aus ihrer Nase geströmt und auch er hatte einen metallischen Geschmack auf der Zunge gespürt.

Plötzliche Dekompression, war es ihm in einem Moment der Klarheit durch den Kopf geschossen.

Sie waren nach mehr als einer Viertelstunde unter sehr hohem Druck so stark mit Helium und Stickstoff aufgesättigt gewesen, dass eine schlagartige Druckentlastung zu schweren Gasembolien und Gewebeschäden führen musste. Was immer mit ihnen geschehen war, hatte sie von einem Moment zum nächsten ohne die vorgeschriebenen Dekompressionsstopps aus großer Tauchtiefe zurück unter atmosphärische Druckbedingungen versetzt. Sie würden sterben! Ihm war schwarz vor Augen geworden und er war in gnädige Bewusstlosigkeit versunken.

Es war unmöglich, einen solchen Tieftauchgang ohne die notwendige Dekompressionsphase zu überleben. Warum war er nicht gestorben? Allmählich klärte sich sein Blick. Er lag in einem Raum mit grauen, metallischen Wänden auf einer Art Pritsche. In verschiedenen Stellen seines Körpers steckten Kanülen, von denen Schläuche zu einem seltsamen Gerät zu seiner Rechten führten. Er verspürte keinerlei Schmerzen. Von seiner Tauchausrüstung war keine Spur zu sehen. Auch den Neopren-Shorty trug er nicht mehr – tatsächlich war er völlig nackt. Obwohl er nicht zugedeckt war, empfand er die Temperatur im Raum nicht als unangenehm.

Er blickte nach links und konnte seinen Augen kaum trauen. Nur einen Meter von ihm entfernt lag Michelle auf einer ähnlichen Liege. Auch sie war über Schläuche mit einem Gerät verbunden, das dem seinen aufs Haar glich. Und wie er war auch Michelle vollkommen nackt! Zu jedem anderen Zeitpunkt hätte Nikolai sein Glück kaum fassen können, doch in dieser Situation hatte der Anblick, von dem er so oft geträumt hatte, keinen Reiz mehr für ihn. Er war nur froh, dass Michelle ebenfalls am Leben war, wie er an ihrer sich regelmäßig hebenden Brust erkennen konnte. Allerdings war sie noch bewusstlos und hatte die Augen geschlossen.

Er blickte sich weiter um. Der Raum, in dem sie sich befanden, mochte etwa vier mal vier Meter groß sein und er hatte keine Fenster. An der Wand vor dem Fußende seiner Liege entdeckte er eine Art Tür. Sie war allerdings nicht rechteckig wie gewöhnliche Türen, sondern endete nach oben hin in einem halbkreisförmigen Bogen. Seltsam war auch, dass die Tür selbst keinerlei Handgriff besaß, es gab weder eine Klinke noch sonst einen erkennbaren Öffnungsmechanismus . Eigentlich war es nur eine dünne Linie in der Wand, welche die Umrisse erkennen ließ. Die Fläche innerhalb dieser Linie schimmerte im Gegensatz zur grauen Wand leicht rötlich und wirkte irgendwie unscharf, was sich auch nicht änderte, nachdem Nikolai mehrmals geblinzelt hatte.

An den Wänden befanden sich Monitore und Hologramme. Nikolais Blick fiel auf Linien, Kurven und Diagramme, deren Bedeutung sich ihm nicht erschloss. Darunter standen andere Apparate. Einige von ihnen summten leise und blinkten, andere waren offenbar deaktiviert. Die Decke schien ein einziger Leuchtkörker zu sein, der sein Licht über die gesamte Fläche abstrahlte. Dieses Licht war weder zu hell noch zu dunkel, kam Nikolai aber etwas gelblicher vor, als er es von den ihm bekannten Leuchtkörpern gewohnt war. Was er an Schriftzeichen oder Zahlen auf den verschiedenen Anzeigen an der Wand sehen konnte, war nicht zu entziffern. Keine der Symbole oder Buchstaben, wenn es denn welche waren, kamen ihm bekannt vor.

Er hatte keine Ahnung, wo sie waren. Nach dem Krankenhaus in New Vanuatu sah es jedenfalls nicht aus. Aber warum lebten sie noch? Ein schwerer Dekompressionsunfall musste sofort in einer Druckkammer behandelt werden. Und was war überhaupt geschehen? Eben noch waren sie in achtzig Metern Tiefe um die mysteriöse Kuppel herumgetaucht und im nächsten Moment hatten sie in einem hellen Raum gestanden, den er nur noch schemenhaft vor Augen hatte. Dort waren sie zusammengebrochen. Wie war das möglich?

Hatte er Gedächtnislücken? Waren sie vielleicht aus irgendeinem Grund zu schnell aufgetaucht, und er konnte sich nicht daran erinnern? Hatte man sie während seiner Bewusstlosigkeit in einer Druckkammer versorgt? Nein, sie hatten beide die komplette Tauchausrüstung getragen, als sie sich in dem hellen Raum wiedergefunden hatten. Sie mussten also direkt aus der Tiefe auf irgendeinem Weg dorthin geraten sein. Das ergab alles keinen Sinn.

Während er noch über ihre rätselhafte Situation nachdachte, kam etwas durch die Tür – oder besser gesagt, durch die Wand. Was er für eine Tür gehalten hatte, musste eine Art Energievorhang sein. Ohne dass sie sich öffnete oder sonst irgendwie veränderte, kam etwas mitten durch die rötlich schimmernde Fläche hindurch in den Raum geschwebt. Es war ein Ovoid, ein eiförmiger Gegenstand von vielleicht einem Meter Höhe und etwas mehr als halb so breit, wie bei einem Ei unten etwas dicker als oben. Ein fliegendes Riesenei! Beinahe hätte Nikolai bei dem Gedanken laut aufgelacht.

Das fliegende Ei schwebte auf Nikolai zu und verharrte am Fußende seiner Liege. Auf seiner Oberfläche öffnete sich eine kleine Klappe, aus der ein dünner Tentakel ausfuhr und auf ihn zuwuchs. Nikolai rückte auf der Liege weiter nach oben und zog die Beine an.

»Hey!«, protestierte er. »Was soll das werden?«

Der Tentakel stoppte mitten in der Bewegung und eine Stimme erklang aus dem Körper des Ovoids.

»Hey!«, sagte sie. »Was soll das werden?«

Nikolai wusste nicht, was er davon halten sollte.

»Was soll das?«, fragte er erneut. »Plapperst du mir nur nach, oder was? Wo bin ich überhaupt?«

»Hey!«, sagte die Stimme. »Plappert. Ich plappert nach.«

Nikolai verstand nicht, was das dumme Gerede zu bedeuten hatte.

»Wo sind wir? Was ist passiert? Wer bist du überhaupt? Kannst du auch vernünftig reden?«

»Reden. Plappert. Du werden reden. Ich plappert nach.«

Neben ihm stöhnte Michelle und begann, sich zu bewegen. Ihre Stimmen mussten sie aufgeweckt haben. Als er zu ihr hinübersah, schlug sie gerade die Augen auf.

»Michelle!«, rief er aus. »Du bist wach! Wie geht es dir?«

Sie drehte sich zu ihm um und schrie auf. Ein schneller Blick an ihrem Körper entlang offenbarte ihr, dass auch sie vollkommen nackt war. Sie versuchte, mit den Händen die kritischen Stellen zu bedecken, musste jedoch sofort feststellen, dass dies eine vergebliche Anstrengung war. Resignierend gab sie den Versuch auf.

»Scheiß drauf! Ich habe schon nackte Jungs gesehen und du wahrscheinlich schon nackte Mädchen. Wo zum Teufel sind wir und was ist passiert?« Dann stutzte sie. »Wir müssten tot sein!«

»Ja«, stimmte Nikolai zu. »Sind wir aber nicht! Ich habe keine Ahnung, wo wir sind, und dieses komische Ei redet kompletten Unsinn.«

Erst jetzt bemerkte Michelle die an Nikolais Fußende schwebende Maschine. Noch bevor sie etwas sagen konnte, ertönte erneut deren geschlechtsneutrale Stimme.

»Michelle nicht tot. Du nicht tot. Michelle reden. Du reden. Ich plappert nach.«

Plötzlich begriff Nikolai. Das seltsame Ei versuchte, ihre Sprache zu lernen. Ihm war das Prinzip eines Translators sehr wohl bekannt. Einen selbstlernenden Translator hatte er jedoch noch nie gesehen. Michelle hatte es ebenfalls verstanden.

»Das Ding will, dass wir uns unterhalten, damit es unsere Sprache lernen kann!«, sagte sie.

»Ja, sieht ganz so aus«, sagte Nikolai. »Dann sollten wir das machen. Vielleicht kriegen wir raus, was geschehen ist, wenn wir uns mit dem Ei verständigen können.«

Nikolai und Michelle verbrachten die nächste Viertelstunde damit, ihre Erinnerungen an die letzten Minuten des Tauchgangs zu vergleichen und darüber zu spekulieren, weshalb sie nicht nur noch am Leben waren, sondern auch keine Nachwirkungen eines Dekompressionsunfalls verspürten.

»Danke, das sollte genügen«, unterbrach das Ei sie plötzlich. »Ich habe eure Sprache analysiert und verfüge über ausreichend Informationen, noch bestehende Lücken durch Interpolation und Hochrechnung zu schließen.«

»Wow!«, staunte Michelle. »Das ging aber schnell!«

»Meine analytischen und kognitiven Fähigkeiten sowie die Rechenleistung meiner Quantenmatrix entsprechen dem hohen technologischen Niveau meiner Erschaffer, und somit lag die erforderliche Zeitspanne innerhalb zu erwartender Parameter«, gab die Stimme lakonisch zurück.

»Wo sind wir hier, was ist passiert und wer bist du?«, fragte Nikolai.

»Ihr befindet euch innerhalb des Objekts, das ihr als 'Kuppel' bezeichnet habt. Bedauerlicherweise hat meine Aktion zu einer Beeinträchtigung eurer körperlichen Funktionen geführt, die ich jedoch durch Einsatz meiner medizinisch-technologischen Möglichkeiten wieder vollständig herstellen konnte. Eure Körper wurden nicht nur repariert, sondern, basierend auf eurer genetischen Grundprogrammierung, überdies optimiert. Bestehende organische sowie DNA-Schäden wurden behoben und bereits aufgetretene Telomerverkürzungen rückgängig gemacht. Eure Lebensspanne wurde damit dem Optimum der jeweiligen spezifischen genetischen Voraussetzungen angeglichen.«

»Ich habe kein Wort verstanden«, beklagte sich Nikolai.

»Du hättest im Biologieunterricht besser aufpassen sollen«, lachte Michelle. »Das Ding hat uns soeben erklärt, dass wir uralt werden. Wir sind so gesund wie neugeborene Babys. Quasi ein Reset unseres Erbgutes.«

»Das ist korrekt«, bestätigte das Ei. »Nikolai kann 187,5 und Michelle kann 193,7 Jahre eures temporalen Bezugssystems alt werden, sofern keine Unfälle oder andere äußeren Einflüsse eure Körper erneut schädigen. Die tatsächliche Lebensspanne wird jedoch darunter liegen, da solche äußeren Einflüsse während dieses Zeitraums sicherlich auftreten werden.«

»Das ist ja irre!« Nikolai lachte und schüttelte den Kopf. »Kaum jemand wird älter als 140.«

»So schön das auch sein mag, wir wissen immer noch nicht, was mit uns geschehen ist und wer du bist.« Michelle wollte endlich Antworten auf die wirklich wichtigen Fragen.

»Ich bin die KI dieser Station«, antwortete das Ei. »Dieser Körper ist nur eine semi-materielle Avatarprojektion zur taktilen Interaktion mit der physischen Umgebung. Vor ein paar der Zeiteinheiten, die ihr 'Tage' nennt, kam es zu einem ungewöhnlich starken Belastungskontakt mit meiner Hauptantenne. Als meine Erbauer mich hier zurückließen, war dieser Planet unbewohnt. Die Analyse des hiesigen Genpools hatte ergeben, dass sich hier kein intelligentes Leben entwickeln würde. Meine aktiven Überwachungs- und Subroutinen stuften den Kontakt als potenziell aggressiv ein. Folglich mussten sich Fremdwesen auf dem Planeten aufhalten. Daraufhin wurde ich vollständig aufgeweckt und aus dem Stand-by Modus geholt, in dem ich einige Millionen Jahre verbracht hatte.«

Nikolai schrak innerlich zusammen. Der heftige Kontakt mit dem von ihm so sorglos abgesenkten Fangnetz musste der Auslöser der Ereignisse gewesen sein. Als sich das Netz an der Antenne verhakt hatte, hatte es einen gewaltigen Zug auf das Material ausgeübt. Die KI der Kuppel hatte dies offensichtlich als möglicherweise feindlichen Angriff eingestuft.

»Als ich dann zwei dieser Fremdwesen, nämlich euch beide, im direkten Umfeld der Station wahrnahm, habe ich sie in die Kuppel transmittiert, um sie zu befragen und die Bedrohungslage zu analysieren. Ich konnte nicht wissen, dass ich damit eure biologische Existenz gefährden würde. Es tut mir leid, euch Schmerzen zugefügt zu haben. Aber meine Basisprogrammierung gebietet mir, alles Notwendige zu tun, um die Aufgabe zu erfüllen, mit der meine Erbauer mich betraut haben. Inzwischen habe ich erkannt, dass mir von euch keine Gefahr droht; deshalb habe ich darauf verzichtet, andere eurer Art, die kurz nach euch kamen, der gleichen existenziellen Gefährdung auszusetzen.«

»Nach uns sind noch andere hier getaucht? Natürlich! Man hat nach uns gesucht!«, rief Nikolai aus. »Dann ist ja alles in Ordnung. Du musst uns nur hier rauslassen, und wir tauchen einfach auf.«

»Es tut mir leid«, sagte die KI. »Das kann ich leider nicht. Die Direktiven meiner Erbauer sind eindeutig. Meine Technologie darf nicht in unbefugte Hände fallen. Eindringlinge dürfen die Station somit nicht mehr verlassen. Es wurde bereits der Versuch gemacht, meine Hülle zu durchdringen. Allerdings können Werkzeuge eurer Technologiestufe dem Material keinen Schaden zufügen.«

Michelle schrie entsetzt auf. »Wir sind keine Eindringlinge! Du hast uns selbst hierher gebracht!«

»Das war im Rückblick ein Fehler, den ich leider nicht mehr korrigieren kann«, sagte die KI bedauernd.

»Du kannst uns doch nicht ewig hier einsperren«, sagte Nikolai.

»Eure Lebensspanne ist begrenzt und nicht ewig. Ihr werdet sie hier verbringen müssen. Ich werde gut für euch sorgen. Sollte es jedoch tatsächlich jemandem gelingen, gewaltsam in die Kuppel einzudringen, wäre ich gezwungen, sie zu vernichten. Dabei würdet auch ihr getötet werden. Dies ist einer der äußeren Einflüsse, die eure maximal mögliche Lebensspanne verkürzen könnten.«

»Das ist doch Irrsinn!«, protestierte Nikolai. »Dazu hast du kein Recht. Dann hättest du uns auch gleich sterben lassen können.«

»Dies widerspricht meinem Respekt vor organischem Leben. Es wird euch hier an nichts mangeln. Solange niemand versucht, sich Zugang zu erzwingen, seid ihr hier sicher.«

»Du bist verrückt«, sagte Michelle. »Lass uns sofort gehen!«

»Es tut mir leid«, sagte die KI erneut. »Meine Entscheidung ist endgültig. Ihr solltet versuchen, euch damit zu arrangieren. Allerdings kann ich eine Reproduktion nicht zulassen. Entsprechende Maßnahmen wurden bei Michelle im Zuge der organischen Wiederherstellung bereits ergriffen.«

18.

Wieder saßen die acht Aliens um ein Hologramm versammelt. Es stellte die Milchstraße dar und drehte sich langsam.

»Wieso hat der Angriff nicht stattgefunden?«, fragte einer der Fremden.

»Wir wissen es nicht. Das Schiff ist nie an seinem Ziel angekommen«, antwortete ein zweiter.

»Wir können uns weitere Fehlschläge nicht erlauben. Die Nachrichten aus der Heimat sind besorgniserregend!«

»Wie viel Zeit bleibt uns noch?«, fragte ein anderer.

»Unsere Wissenschaftler können es nicht genau sagen, aber wir müssen die Galaxie so bald wie möglich unter unsere Kontrolle bringen.«

»Die Anstrengungen müssen verstärkt werden.«

»Wir sind am erfolgreichsten, wenn wir vorsichtig vorgehen und im Verborgenen agieren. Sobald man auf uns aufmerksam wird, besteht die Gefahr, dass man sich gegen uns zusammenschließt. Einen offenen Kampf um die Galaxie können wir nicht gewinnen.«

»Zu viel Vorsicht kann unseren Plan scheitern lassen.«

»Zu wenig Vorsicht kann ihn ebenfalls gefährden!«

»Genug diskutiert!«, schaltete sich einer der Aliens ein, der bisher geschwiegen hatte. Sein Überwurf war von anderer Farbe als die der restlichen Anwesenden. Er schien älter zu sein, da seine schuppige Haut Falten warf und an einigen Stellen entzündet und krank aussah. Doch seine Stimme war kräftig und befehlsgewohnt. »Wir stehen an einem entscheidenden Punkt unseres Plans. Diese Galaxie muss fallen oder alles ist verloren. Und sie muss schnellstmöglich fallen. Uns war stets klar, dass dies der schwierigste Schritt unserer Aufgabe sein würde. Keine der anderen Galaxien ist ähnlich stark besiedelt und stellt eine größere Herausforderung dar. Nun hat sich der Zeitplan geändert und wir müssen darauf reagieren. Ab sofort werden wir verstärkt Konflikte und Kriege schüren. Nur wenn es uns gelingt, diese Galaxis ins Chaos zu stürzen, haben wir eine Chance auf Erfolg. Wenn die Feinde sich gegenseitig stark genug geschwächt haben, werden wir unsere gesamte Flotte aus der Heimat rufen und jeden vernichten, der dann noch übrig ist. Wir werden uns zudem nicht länger mit den unwichtigen Spezies aufhalten, sondern uns ab jetzt auf die führenden Zivilisationen konzentrieren. Diese müssen zuerst ausgeschaltet werden. Der Rest stellt dann kein Problem mehr dar. Keine Strohfeuer mehr, sondern ein Flächenbrand. Haben Sie alle verstanden?«

Zustimmendes Gemurmel ertönte rings um den Tisch.

»Dann sind wir uns einig!«, stellte der Alte fest. »Ab sofort werden wir unsere Schiffe gegen die mächtigsten Spezies einsetzen und sie aufeinanderhetzen. Für die Zukunft unseres Volkes!«

»Für die Zukunft unseres Volkes!«, antworteten alle anderen wie mit einer Stimme.

19.

Grand war durchgeschwitzt und schlechter Laune. Der Flug mit dem schnellen Spähkreuzer nach Ozeania war der angenehmere Teil der Reise gewesen. Seit der Landung auf dem einzigen Raumhafen des Planeten hatte der mühsamere Abschnitt des Trips begonnen - von dem er sich sowieso nicht viel versprach. Das unter Wasser entdeckte Artefakt lag ausgerechnet auf der anderen Seite des Planeten und es dauerte eine Ewigkeit, bis er die Genehmigung erhielt, mit einem Beiboot seines Schiffes auf der diesem Ort am nächsten gelegenen Insel zu landen. Obwohl man eine Abordnung der Raumverbände zur Untersuchung der Entdeckung angefordert hatte, hatten die Bürokraten zunächst die Erlaubnis verweigern wollen. In der mörderischen Hitze auf dem Planeten hatte Grand stundenlange Verhandlungen mit den hiesigen Behörden führen müssen. Wie es schien, war die terranische Bürokratie mit ins All expandiert.

Als man endlich zugestimmt hatte, gab es die nächste Komplikation. Im Orbit erschien ein Schiff der BEWAHRER und setzte eine Kolltanerin auf der Oberfläche ab. Die Maschinenintelligenzen hatten irgendwie von dem Artefakt Wind bekommen und steckten ihre neugierigen Metallnasen sofort in die terranische Angelegenheit. Bisher hatte die Menschheit noch nicht mit der Maschinenzivilisation zu tun gehabt, aber natürlich hatte man von den selbst ernannten Hütern der Milchstraße gehört.

Jetzt stand die Kolltanerin vor ihm und stellte Forderungen, die sein Blut in Wallung brachten. Es war bekannt, dass die BEWAHRER häufig organische Wesen als ihre Emissäre einsetzten, da viele Spezies eine instinktive Abneigung dagegen verspürten, mit Maschinen zu verhandeln. Grand passte es nicht, dass es ausgerechnet eine Kolltanerin sein musste, die ihn mit der für ihr Volk typischen Arroganz behandelte. Sie war aus heiterem Himmel in der Schleuse seines abflugbereiten Beibootes aufgetaucht und verlangte nicht nur, dass er sie mitnahm, sondern wollte im Auftrag der BEWAHRER mit ihm an der Untersuchung der Kuppel zusammenarbeiten.

»Warum sollten zwei Untersuchungen der gleichen Sache getrennt voneinander stattfinden?«, sagte sie in diesem Moment. »Das wäre eine Verschwendung von Ressourcen. Außerdem bin ich aufgrund unserer technologischen Überlegenheit viel eher in der Lage, zu Ergebnissen zu kommen. Sie können von meiner Anwesenheit nur profitieren.«

»Keine Bange, meine Liebe«, gab Grand zurück. »Wir sind nicht ganz so rückständig, wie Sie zu glauben scheinen. Ich komme auch ohne Ihre Hilfe ganz gut zurecht.«

»Die typische Selbstüberschätzung der Terraner«, schnappte sie. »Sie können einfach nicht akzeptieren, dass unsere Zivilisation der Ihren weit voraus ist!«

»Nun, zumindest was Überheblichkeit betrifft, sind Sie uns weit voraus«, entgegnete Grand. »Da können wir noch eine Menge von Ihnen lernen.«

»Sie werden unsachlich, Terraner!«

»Und Sie sind unhöflich, Kolltanerin! Bisher weiß ich nicht einmal Ihren Namen. Sie stürmen hier herein und stellen Forderungen, ohne sich vorzustellen oder wenigstens nach meinem Namen zu fragen. Macht man das neuerdings auf Kollta so?«

Er konnte sehen, dass er einen Nerv getroffen hatte. Kolltaner rühmten sich ihrer gepflegten Umgangsformen, und dieses Verhalten war nach kolltanischen Standards ein Bruch der Etikette. Auch Kolltaner wurden rot, wenn ihnen etwas peinlich war, und ihr blassblaues, wie er zugeben musste recht hübsches Gesicht lief leicht rötlich an.

»Lassen Sie mich den Anfang machen, Gnädigste«, lenkte Mike ein. »Mein Name ist Michael Cordwainer Grand und ich bekleide den Rang eines Majors der Terranischen Raumverbände. Und jetzt sind Sie dran!«

Zu seiner Überraschung blickte sie ihn entgeistert an, und er gewann den Eindruck, dass ihr sein Name bekannt war. Wahrscheinlich hatte sie von der Episode vor Grallia gehört und fand ihn nun erst recht unausstehlich.

»Sie sind ... ? Äh ... ja ... Major Grand. Mein Name ist Jalina Kelranar und ich bin Diplomatin und Xenotechnologin im Dienst der BEWAHRER, wie Sie sicher schon wissen. Ich bin spezialisiert auf die Erforschung fremder Technologien.«

»Ich weiß, was eine Xenotechnologin ist, Jalina. Nennen Sie mich bitte Mike«, antwortete er lächelnd und streckte ihr die Hand entgegen, um das Eis zu brechen. Händeschütteln war auch auf Kollta ein gebräuchlicher Begrüßungsritus und zu seinem Erstaunen verkniff sich die junge Kolltanerin eine weitere spitze Bemerkung, nahm seine Hand und lächelte ihn ebenfalls an. Sie war tatsächlich recht hübsch. Nach kolltanischen Maßstäben eher klein gewachsen, hatte sie in etwa seine Größe. Die völlige Haarlosigkeit stand ihr ausgesprochen gut und die strahlend grünen Augen über der zierlichen Stupsnase ließen ihr ovales Gesicht geradezu leuchten. Die blassblaue Haut war makellos und ihre Figur hätte einem terranischen Supermodel zur Ehre gereicht. Trotzdem war sie eine typische Vertreterin ihres Volkes und ebenso arrogant wie alle Kolltaner, die Grand bisher kennengelernt hatte.

»Es freut mich wirklich, Sie hier zu treffen ... Mike«, sagte sie. »Meine ... Auftraggeber haben bereits von Ihnen gehört. Ihr Handeln vor Grallia und die Vereitelung des Anschlags auf Kollta haben dort großen Eindruck hinterlassen.«

Grand runzelte leicht die Stirn. Die Geschehnisse an Bord der *Marco Polo* waren nicht an die Öffentlichkeit gelangt. Woher konnten die BEWAHRER davon wissen? Jalina schien seine Verblüffung zu bemerken.

»Oh, die BEWAHRER haben ihre Möglichkeiten, an Informationen zu kommen«, sagte sie erklärend. »Wundern Sie sich bitte nicht, dass ich Bescheid weiß.«

»Behalten Sie es bitte für sich, Jalina«, bat er sie. »Je weniger davon wissen, umso besser!«

»Selbstverständlich«, antwortete sie immer noch lächelnd. »Auch wir wollen eine Panik in der Galaxis vermeiden.«

»Na schön, ich nehme Sie mit!«, lenkte er ein. »Aber Sie werden nichts ohne mein Wissen oder meine Zustimmung unternehmen. Dies ist eine terranische Kolonie und Sie sind hier nur zu Gast. Denken Sie bitte daran!«

»Natürlich, Mike. Ich werde jeden meiner Schritte und alle meine Tests an der Kuppel mit Ihnen abstimmen, versprochen!«

»Dann hoffe ich auf eine gute Partnerschaft. Steigen Sie ein, es geht sofort los!«

Sie lächelte ihn immer noch an und folgte ihm in das Beiboot. Ein Schwebebot brachte auf Jalinas Befehl ihre Ausrüstung an Bord. Einer von Grands Männern fungierte als Pilot und startete das Strahltriebwerk. Mit minimaler Beschleunigung, wie er es den Behörden zugesagt hatte, hoben sie ab und setzen Kurs auf die Koordinaten, wo sich die geheimnisvolle Unterwasserkuppel befand. Der Flug würde etwa zwei Stunden dauern. Mike setzte sich in den Sitz des Kopiloten, während Jalina hinter ihm Platz nahm. Er konnte nicht sehen, wie sie ihn eindringlich musterte und zufrieden grinste. Außerdem ahnte er nicht, dass sich in der Zwischenzeit in der Galaxis die Dinge dramatisch zuspitzen.

20.

Die Flotte der Milgorer umfasste mehr als 100.000 Einheiten verschiedener Größe. Von kleinen, schnellen Raumjägern über mehrere Hundert Meter große Schlachtkreuzer bis hin zu den schweren Zerstörern, die bis zu zehn Kilometer lang waren. Hinzu kamen nochmals Zehntausende von Aufklärern und Flottentendern, Versorgungsschiffen und Planetenbombern.

Zum ersten Mal seit vielen Jahrzehntausenden hatten die Schwärme ihre Streitereien untereinander beendet und sich zusammengetan, um gegen einen gemeinsamen Feind vorzugehen. Sie waren sogar so weit gegangen, für die Dauer des Feldzugs ein gemeinsames *'Erstes Ei'* zu bestimmen, das für alle Schwärme sprechen sollte. Dies hatte es in der milgorischen Geschichte noch nie gegeben.

Die annähernd humanoiden Amphibien waren Mitglied einer Allianz aus insgesamt sieben technologisch hochstehenden Zivilisationen, die seit mehreren Hunderttausend Jahren interstellare Raumfahrt betrieben. Eines der anderen Mitgliedsvölker waren die Pogh´Chen, eine der ältesten und führenden Spezies der Milchstraße. Gegen dieses Volk führte das *Erste Ei* seine Flotte in den Krieg.

Auslöser war die Vernichtung einer kompletten milgorischen Handelsflotte durch ein Kriegsschiff der Pogh´Chen gewesen. Als die Milgorer Rechenschaft und die Auslieferung der Verantwortlichen gefordert hatten, hatten sich die Pogh´Chen mit der

Begründung geweigert, es habe sich um die Tat einer durchgedrehten Schiffsbesatzung gehandelt, die nach ihren eigenen Gesetzen abgeurteilt werden würde. Man sei zwar bereit, einen finanziellen Ausgleich zu leisten, doch es sei unmöglich, Mitglieder des eigenen Volkes an eine andere Spezies auszuliefern, wo sie ein grausamer Tod erwartete. Daraufhin griff ein Schiff der Milgorer eine Kolonie der Pogh´Chen an und machte sie dem Erdboden gleich. Die Pogh´Chen waren nicht bereit, den Milgorern zu glauben, der Kapitän habe ohne Autorisierung gehandelt; sie erklärten ihren Austritt aus der von den Milgorern geführten Allianz und forderten nun ihrerseits eine Kompensation. Eine Anschuldigung folgte der anderen, und da beide Spezies dafür bekannt waren, ein hohes Aggressionspotenzial zu besitzen, dauerte es nicht lange bis zu den ersten Scharmützeln; bald darauf folgte die gegenseitige Kriegserklärung. Jetzt traf die milgorische Flotte auf die der Pogh´Chen. Beide Seiten wussten, dass ein Angriff auf das jeweilige Heimatsystem des anderen zum Scheitern verurteilt sein musste, da keine noch so große Flotte die Verteidigungseinrichtungen der Zentralsysteme würde überwinden können. Außerdem war ihnen klar, dass die BEWAHRER einen solchen Angriff mit Milliarden von Toten nicht dulden würden. Trotzdem musste die Sache ein für alle Mal geregelt werden.

Niemandem war bewusst, dass der Auslöser des Krieges und die erste Vergeltungsaktion die Folgen mentaler Beeinflussung gewesen waren. Die schwarzen Pfeilschiffe hatten jede Gelegenheit genutzt, Schiffe der Pogh´Chen und der Milgorer abzufangen und die Besatzungen entsprechend zu indoktrinieren. Sie hatten die Psychen beider Spezies gründlich studiert und wussten, dass in der Folge ein Krieg zwischen zwei der führenden Völker der Galaxis unvermeidlich sein würde.

Die Milgorer planten, eines der wichtigsten Systeme der Pogh´Chen anzugreifen. Dort befanden sich das Technologiezentrum des Pogh´Chen-Reiches und die großen Werften der Raumflotte. Dieses System zu verlieren würde die Pogh´Chen schwer treffen und sie auf lange Zeit militärisch schwächen. Natürlich war der Plan durchgesickert und die Flotte der Pogh´Chen wartete bereits auf die Angreifer. Sie stand in ihrer Größe derjenigen der Milgorer in nichts nach. Es wurde die größte Raumschlacht in der Geschichte der Milchstraße.

Da es bei einem Flug durch den Bulk unweigerlich zu minimalen Kursabweichungen kam, die sich jedoch für ein einzelnes Schiff über die riesigen Distanzen von Tausenden von Lichtjahren schnell zu mehreren Millionen Kilometern addieren konnten, war es nicht möglich, in Gefechtsformation unmittelbar vor dem Zielplaneten innerhalb eines Systems aufzutauchen. Die Schiffe wären völlig ungeordnet und über einen riesigen Raumbereich verstreut im System erschienen und somit eine leichte Beute für jede Systemverteidigung gewesen, die natürlich selbst in geordneter Formation agieren konnte. Es war deshalb zwingend notwendig, am Systemrand aus dem Bulk zu kommen und die Flotte dort so schnell wie möglich in Angriffsformation zu gruppieren. Von dort aus musste man sich anschließend mühsam in das Innere des Systems vorkämpfen. Insofern unterschieden sich Raumschlachten kaum von zu Wasser oder an Land geführten Schlachten in der Geschichte aller Zivilisationen. Jedes Ziel, sei es eine Burg, eine Stadt, ein ganzes Land oder nunmehr ein Planet musste mühsam aus der Distanz erobert werden. Natürlich konnte ein einzelnes Schiff versuchen, direkt im Hyperraum ins System vorzustoßen und möglichst nahe am Zielplaneten in den Normalraum zu fallen, um in einem selbstmörderischen Kamikazemanöver dort maximalen Schaden anzurichten. Doch selbst wenn man Glück hatte und die Kursabweichungen gering blieben, würde jede zeitgemäße Planetenverteidigung mit einem einzelnen Schiff kurzen Prozess machen, noch bevor es auf eine effektive Schussweite herankommen konnte.

Die Kommandanten der Schiffe waren gut ausgebildet und es dauerte nicht lange, die taktische Formation einzunehmen. Die Milgorer formierten sich zu einer nach vorn hin offenen, nur leicht gewölbten Halbschale mit einem Zentralverband aus Schlachtkreuzern und schweren Zerstörern sowie vier Flankenverbänden, die hauptsächlich aus schnelleren und wendigeren Schiffen bestanden. Dahinter gruppierten sich die schwerfälligeren Trägerschiffe mit den Jägerstaffeln, die jederzeit durch die Lücken zwischen den fünf Verbänden stoßen konnten, um gezielte Angriffe auf bestimmte Punkte der gegnerischen Aufstellung zu fliegen oder ihrerseits Angriffe feindlicher Jäger abzuwehren. Am Ende der Aufstellung standen die Reserveeinheiten und die Planetenbomber und dahinter die Versorgungsschiffe und Flottentender. Es war die lange erprobte und bewährte Standardformation eines Angreifers, die maximale Erfolgsaussichten versprach. Die vier flankierenden Verbände konnten flexibel auf jede Gefechtssituation reagieren, bei Umgehungsversuchen ausweichen oder sich in den Weg legen, die Reserveeinheiten konnten schnell in entstandene Lücken vorstoßen und die schwerfälligeren Schiffe besaßen ausreichend Schutz. Ziel war es, mit den schweren Kampfschiffen einen Korridor durch die Verteidiger zu schlagen, der die Planetenbomber in Schussweite zum eigentlichen Ziel bringen würde.

Der Nachteil bestand für die Verteidiger darin, dass sie nicht wissen konnten, wo am Systemrand ein Angreifer auftauchen würde. Üblicherweise hielt man deshalb die Systemschutzflotte nahe an den wichtigen inneren Planeten, um seinerseits flexibel reagieren zu können. Sobald der Feind am Systemrand erschien, setzte man sich in Bewegung, um ihm den Weg zu versperren. Bei den großen Entfernungen, die es innerhalb des Systems zurückzulegen galt, dauerte es mehrere Stunden, bis beide Flotten aufeinanderprallten. Dies ließ beiden Seiten ausreichend Zeit, um auf die Formation und Taktik des jeweils anderen reagieren zu können.

Normalerweise konnte ein Erfolg versprechender Angriff erst ab einer Distanz von weniger als 500.000 Kilometern Abstand zum Gegner stattfinden, da die meisten Waffensysteme im Unterlichtbereich arbeiteten. Lediglich die überlichtschnellen Hypertorpedos konnten über größere Entfernungen eingesetzt werden. Ihre Treffsicherheit wurde jedoch mit zunehmender Distanz immer ungenauer. Vom Systemrand aus hätte man nicht einmal einen der inneren Planeten treffen können.

Die beiden Flotten rasten aufeinander zu. Auf beiden Seiten spuckten die Taktik-KIs verschiedene Szenarien für die bevorstehende Schlacht aus und die Kommandanten entwickelten Alternativen für jeden möglichen Verlauf. Formationen wurden verschoben, Schiffe umgruppiert und Geschwindigkeiten variiert, um den Gegner zu verwirren. Sofort feuerten die ersten Schiffe Hypertorpedos ab, die jedoch sämtlich ihre Ziele verfehlten. Man hoffte wider besseres Wissen auf einen Zufallstreffer.

Dann endlich kam man in Schussweite. Sofort entbrannte ein Chaos, und die größte Raumschlacht, die es je gegeben hatte, nahm ihren Verlauf. Über Stunden entfalteten sich Energien zwischen den Planeten, die denen einer kleinen Sonne in nichts nachstanden. Impulslaser und Railguns, Protonenwerfer und Torpedos mit Antimateriesprengköpfen zeichneten lautlos feurige Blumen explodierender Schiffe ins All. Schiffsbesatzungen starben zu Hunderttausenden auf beiden Seiten. Als ein Kugelraumer der BEWAHRER im System erschien, war es bereits zu spät. Beide Seiten hatten sich ineinander verbissen. Die Formationen hatten sich längst aufgelöst und erbitterten Gefechten zwischen einzelnen Kampfschiffen Platz gemacht. Alle Aufrufe der BEWAHRER, die Kampfhandlungen einzustellen, verhallten ungehört. Die Maschinenwesen hatten jegliche Autorität verloren und waren zu unbeteiligten Zuschauern degradiert worden. Etwas, das noch nie vorgekommen war.

Nach etlichen Stunden waren auf beiden Seiten mehr als neunzig Prozent der Schiffe vernichtet und das Getümmel der Schlacht erstarb. Trümmerwolken trieben durch das System, Hilfeschreie ertönten auf allen Frequenzen und Rettungspods warteten darauf, aufgelesen zu werden. In den meisten Fällen vergeblich. Die Milgorer hatten keinerlei Raumgewinn erzielt und waren ihren Zielen nie nahegekommen. Die Pogh´Chen ihrerseits hatten den Erfolg, wenn man es so nennen wollte, teuer bezahlt. Ihre einstmals stolze Flotte war bis auf einen kläglichen Rest ausradiert worden.

Das Feuer erstarb und die letzten Schiffe explodierten. Sowohl die Milgorer als auch die Pogh´Chen hatten verloren. Das Schiff der BEWAHRER verschwand kommentarlos. Die wenigen überlebenden Schiffe der Milgorer schleppten sich an den Systemrand zurück und tauchten in den Bulk ein. Beide Völker würden als Machtfaktor in der Galaxis in nächster Zukunft keine Rolle mehr spielen und Jahre, wenn nicht Jahrhunderte benötigen, um sich von diesem Krieg zu erholen. Wenn man ihnen dafür genügend Zeit ließ.

Unweit des Systems und unbemerkt von den Kriegsparteien stand ein schwarzes Pfeilschiff im Ortungsschutz eines Eiskometen, das alles aufgezeichnet hatte.

21.

Jalina konnte ihr Glück kaum fassen; sie war sehr mit sich zufrieden. Zufällig kannte sie das terranische Sprichwort von den *'zwei Fliegen mit einer Klappe'* und hier traf es eindeutig zu. Sie war nach Ozeania gekommen, um das Artefakt der *Gründer* zu untersuchen, und traf dabei zufällig auf den Mann, der für die Liga von besonderem Interesse war. Auch wenn er ein überheblicher Kretin war und von einem rückständigen Planeten stammte, musste sie alles tun, um sein Vertrauen zu gewinnen. Er hatte sie unverschämt angestarrt und ihr war nicht verborgen geblieben, wie sein Blick über ihren Körper geschweift war. Jalina wusste sehr wohl, dass sie sowohl für kolltanische als auch für terranische Schönheitsideale als überaus attraktiv bezeichnet werden konnte. Sie würde sich nicht scheuen, ihre Reize einzusetzen, wenn es ihren Zielen diente. Terranische Männer waren leicht zu durchschauen und immer noch hilflose Opfer ihrer animalischen Triebe, was von einer unterentwickelten Spezies auch nicht anders zu erwarten war. Allerdings musste sie zugeben, dass Grand ein durchaus ansehnliches Exemplar seiner Gattung war. Er schien auch recht intelligent zu sein, soweit man das von einem Terraner überhaupt erwarten konnte, und war zumindest nicht so zwergenwüchsig wie die meisten seiner Artgenossen. Er sprach zudem fließend Kolltanisch und schien auch körperlich ganz gut in Schuss zu sein.

Sein markantes Gesicht ließ die eklige Köperbehaarung, die er glücklicherweise kurz geschnitten hielt, in den Hintergrund treten, und seine Augen …

Jalina rief sich zur Ordnung. Es war ungehörig, ihn sich schönzureden. Er war und blieb nur ein Terraner, der ihr nicht das Wasser reichen konnte – ein weiteres terranisches Sprichwort, das sie bei ihren Studien über dieses steinzeitliche Volk aufgeschnappt hatte.

Nach zwei Stunden senkte sich das kleine Beiboot mithilfe seines Antigravgenerators auf einer Rasenfläche vor dem Wohngebäude der Familie, deren Sohn verschwunden war, langsam ab. Mit einem Winseln erstarb das Heulen der Triebwerke und die Heckklappe fuhr herunter. Jalina und Grand mussten ihre Ausrüstungen selbst aus dem Schiff schleppen, da hier kein Schwebebot zur Verfügung stand. Aus dem Haus näherten sich vier Personen. Es musste sich um die Eltern der Vermissten handeln.

»Herzlich willkommen«, begrüßte sie der ältere der beiden Männer. »Man hat uns informiert, dass Sie hierher unterwegs sind, und wir haben Sie bereits sehnsüchtig erwartet. Wir hoffen, dass Sie etwas über den Verbleib meines Sohnes und seiner Freundin herausfinden können. Da man sie bisher nicht gefunden hat, vermuten wir, dass sie in der seltsamen Kuppel sein könnten. Zumindest hoffen wir es! Allerdings konnten wir keinen Zugang erlangen. Die Legierung ist mit unseren Möglichkeiten nicht zu durchdringen. Deshalb haben wir uns an die Flotte gewandt.«

Jalina konnte sehen, dass die beiden Frauen verheulte Gesichter hatten. Obwohl sie Mitleid mit den Müttern der verschwundenen Jugendlichen verspürte, rümpfte sie die Nase über deren mangelnde Selbstbeherrschung. Es war unschicklich, seine Gefühle derart offen gegenüber völlig Fremden zu zeigen. Aber es handelte sich um Terraner und somit war dieses Verhalten nicht verwunderlich.

»Wir werden umgehend mit der Untersuchung der Kuppel beginnen«, versprach Grand. »Falls es uns gelingt, Zugang zu erlangen, werden wir Ihre Kinder zurückbringen.«

»Falls sie in der Kuppel sind«, warf Jalina ein, was ihr ein Schluchzen von einer der Mütter und einen bösen Blick Grands einbrachte.

Der zweite Mann, der Vater des vermissten Mädchens, reichte Grand einen Datacube.

»Hier finden Sie alles, was wir bisher in Erfahrung bringen konnten«, sagte er. »Falls Sie Unterstützung bei den Vorbereitungen Ihres Tauchgangs brauchen, lassen Sie es uns wissen.«

»Danke, das wird nicht nötig sein«, schaltete sich Jalina ein. »Wir werden nicht tauchen – zumindest nicht so, wie Sie es kennen.«

Grand warf ihr einen erstaunten Blick zu, verzichtete jedoch darauf, ihr vor den aufgelösten Eltern zu widersprechen.

Erst als sie wieder an Bord des Beibootes waren, wandte er sich an Jalina.

»Was sollte das? Wir werden nicht tauchen? Wie sollen wir denn sonst zur Kuppel kommen?«

»Oh, wir werden natürlich unter Wasser gehen. Aber ich verfüge über einen energetischen Individualschild, der mich unter atmosphärischem Druck belässt. Wir werden also keine Tauchgeräte benötigen. Außerdem werde ich einen Unterwasser-Scooter benutzen. Ich habe keine Lust, lange Strecken zu schwimmen. Wie wollen Sie es denn machen?«

»Ich werde einen leichten Raumanzug verwenden. Damit kann ich ebenfalls vermeiden, dekompressionspflichtig zu werden.«

»Nein, werden Sie nicht«, bestimmte Jalina und nahm ihren Worten mit einem Lächeln die Schärfe. »Ich verfüge über zwei der Schildprojektoren. Natürlich stelle ich Ihnen einen davon zur Verfügung. Und mein Scooter kann problemlos zwei Personen ziehen. Wir sind doch Partner, Mike. Oder etwa nicht?«

Sie grinste ihn an und schlug ihm auf die Schulter.

»Ich nehme Ihr Angebot gerne an, Jalina«, sagte er zu ihrem Erstaunen. »Allerdings war mir nicht bekannt, dass Kolltaner über diese Technologie verfügen.«

»Sie stammt von den BEWAHRERN«, log sie ihn an, da er nicht erfahren durfte, dass es sich hierbei um eine Technologie der Gründer handelte, die sie im Hort gefunden hatten.

»Dann sollten wir uns umgehend bereit

machen«, sagte Grand.

Eine halbe Stunde später waren die Vorbereitungen abgeschlossen und sie zogen sich um. Jalina schlüpfte aus ihrem Overall, unter dem sie eine Art Bikini trug. Sie machte sich einen Spaß daraus, ihren Körper vor Grand zur Schau zu stellen, der allerdings keine Reaktion zeigte. Sie stellte fest, dass sie sich darüber ärgerte. Er verschwand im Beiboot, um seinerseits Badekleidung anzulegen. Als er in einer Badehose erschien, kam sie nicht umhin, seinen muskulösen Körper zu bewundern. Der Kerl war für einen Terraner erstaunlich attraktiv. Glücklicherweise hielt sich Grands Behaarung am Rest seines Körpers in erträglichen Grenzen. Sie versuchte, sich auf die bevorstehende Aufgabe zu konzentrieren und sich nicht länger von der männlichen Ausstrahlung des Terraners verwirren zu lassen, was ihr jedoch nicht ganz glückte.

Man hatte ihnen einen Jet-Scooter zur Verfügung gestellt und die GPS-Koordinaten des Tauchplatzes bereits in den kleinen Bordcomputer eingegeben. Jalina gab Grand eine kurze Einweisung in den Schildprojektor, der einen hauchdünnen Energieschirm wenige Zentimeter über der Körperoberfläche erzeugte. Darunter herrschten ungeachtet der Tauchtiefe normale Druckbedingungen. Das Gerät filterte zudem das Kohlendioxid ihrer Ausatemluft aus der unter dem Schirm eingeschlossenen Lufthülle und ersetzte es durch frischen Sauerstoff, der in einer kleinen Patrone unter hohem Druck mitgeführt wurde. Der Vorrat reichte für mehrere Stunden. Der Unterwasser-Scooter besaß eine Nuklearbatterie, die einen Propeller antrieb. Rechts und links des Gehäuses befanden sich Haltegriffe für zwei Personen. Grand verstaute die Ausrüstung in der Ladebucht des Jet-Scooters, wo sich bereits die mitgebrachten Geräte zur Untersuchung der Kuppel befanden. Er setzte sich wie selbstverständlich an die Steuerung, was Jalina kurz verärgerte, und sie brausten los. Die Fahrzeit sollte nur eine halbe Stunde betragen.

Der Bordcomputer führte sie problemlos zu der Stelle, an der die beiden Jugendlichen verschwunden waren. Nachdem man ihren herrenlosen Jet-Scooter gefunden hatte, war hier eine Boje gesetzt worden, um die Stelle zu markieren. Grand machte ihren Scooter an der Boje fest und nahm die mitgebrachten Geräte aus der Ladebucht. Jalina bereitete inzwischen ihr Unterwassergefährt vor. Die Schildprojektoren wurden einfach an einem Gürtel getragen und konnten auf Knopfdruck aktiviert werden. Beide trugen Headsets, um sich unter Wasser verständigen zu können.

»Sind Sie bereit?«, fragte Jalina.

»Von mir aus kann es losgehen«, bestätigte Grand und schaltete den Projektor ein. Eine schwach grünlich schimmernde zweite Haut aus Energie legte sich in etwa fünf Zentimeter Abstand um seinen Körper. Jalina tat es ihm gleich und beide glitten ins Wasser.

Jalina startete ihren Unterwasser-Scooter und forderte Grand auf, sich gut festzuhalten. Dann senkte sie die Nase des Scooters ab und gab Schub. Das Wasser schlug über ihren Köpfen zusammen und sie wurden in die Tiefe gezogen.

Es ging rasant abwärts und schon nach nur einer Minute konnte Jalina die Umrisse der Kuppel unter sich ausmachen.

»Wir werden an der Antenne stoppen, wenn es Ihnen recht ist«, schlug sie vor.

»Roger«, antwortete Grand. Jalina musste einen Moment nachdenken, bis ihr die Bedeutung dieses Wortes wieder einfiel.

Sie tarierte den Scooter an der Antennenspitze aus und sie trieben gewichtsneutral im Wasser. Grand nahm eines der Analysegeräte, die sie am Scooter befestigt hatten, und richtete es auf die metallene Spitze.

»Die Legierung ist eindeutig nicht terranisch«, hörte sie ihn über das Headset sagen. »Es befinden sich Bestandteile darin, die nicht zuzuordnen sind.«

Jalina nahm ihrerseits ein zweites Gerät zur Hand und führte es an der Antenne entlang.

»Das Material strahlt in einer höherdimensionalen Hyperfrequenz«, sagte sie. »So etwas habe ich noch nie gesehen.«

Der letzte Satz war eine glatte Lüge gewesen. Sie hatte die seltsame Legierung sofort erkannt. Es handelte sich um das gleiche Material, aus dem auch die Außenhülle des Horts gefertigt war. Die Kuppel stammte eindeutig von den Gründern. Natürlich durfte sie Grand davon nichts wissen lassen. Eines wusste sie jedoch ganz sicher: Egal, was die Terraner anstellen würden – es konnte ihnen niemals gelingen, die Hülle zu durchbrechen. Bis heute hatten die besten Wissenschaftler der Liga kein Mittel gefunden, dieser Legierung auch nur einen Kratzer zuzufügen. Es würde unmöglich sein, in die Kuppel einzudringen. Einerseits war dies beruhigend, da somit sichergestellt war, dass keine Hochtechnologie der Gründer in unbefugte Hände gelangen konnte, andererseits bestand somit auch keine Chance, die beiden Vermissten aus der Kuppel zu befreien, falls sie irgendwie hineingekommen sein sollten. Jalina hatte bereits einen Verdacht, wodurch dies geschehen sein konnte. Der von Mutter angemessene Abstrahlimpuls eines Spontantransmitters könnte die Erklärung liefern. Die beiden waren in der Kuppel gefangen und würden dort jämmerlich zugrunde gehen.

Sie entschied, die Farce noch ein wenig länger aufrechtzuerhalten, auch wenn ihre Mission praktisch beendet war. Grand durfte nicht bemerken, dass sie im Grunde nichts mehr hier zu tun hatte.

»Lassen Sie uns noch tiefer gehen«, schlug sie vor. »Vielleicht finden wir eine Stelle in der Hülle, die aus einem anderen Material gefertigt wurde.«

»Wir sollten die gesamte Oberfläche absuchen«, hörte sie Grand sagen. »Wer weiß, was wir noch entdecken. Wir dürfen uns diese Chance nicht entgehen lassen.«

Jalina seufzte unhörbar und verdrehte die Augen. Das konnte Stunden dauern und war für sie nichts weiter als vergeudete Zeit. Aber sie machte gute Miene zum bösen Spiel, um keinen Verdacht zu erregen.

»Natürlich«, stimmte sie zu und richtete den Scooter wieder nach unten.

Sie kamen zum höchsten Punkt der Außenwand, wo die Antenne in die Kuppel überging.

»Halten Sie hier«, bat Grand. »Ich möchte den Übergang von der Antenne in die Hülle untersuchen. Vielleicht gibt es so etwas wie eine Verbindung oder eine Schweißnaht, an der wir ansetzen können.«

Jalina wusste aus Erfahrung, dass Grand nichts dergleichen finden würde, hielt aber den Scooter wie verlangt an. Er untersuchte jeden Millimeter rings um den Übergang, konnte jedoch nichts finden.

»Es sieht fast so aus, als bestünde alles aus einem nahtlosen Stück. Ich möchte gerne wissen, wie die unbekannten Erbauer das geschafft haben«, sagte er.

Jalina öffnete gerade den Mund, um zu antworten, als sich ein orangefarbener Ring um sie und den Major bildete. Sie spürte das leichte Kribbeln, das sie von einem Transport durch einen von Mutter geschaffenen Spontantransmitter kannte, und dann waren sie und Grand verschwunden. Der einsame Scooter hatte leichten Abtrieb und taumelte ohne eine steuernde Hand allmählich in Richtung Meeresgrund.

22.

Überall in der Galaxis brannte es lichterloh. Schon zuvor war die Milchstraße kein friedlicher Ort gewesen, doch die Auseinandersetzungen eskalierten in einem noch nie da gewesenen Maß.

Innerhalb kürzester Zeit hatten mehr als ein halbes Dutzend Zivilisationen einander den Krieg erklärt. Stets waren unerhörte Provokationen vorausgegangen. Angriffe auf Kolonien, Beschuss von Handelsflotten, Überfälle auf Habitate, Verletzungen von vereinbarten Grenzlinien und dergleichen mehr. Und immer hatte die andere Seite sofort mit unerbittlicher, oft übertriebener Härte zurückgeschlagen.

Die BEWAHRER ahnten, was dahintersteckte, daher hatten sie die Liga um ein Krisentreffen gebeten. Es gab ein einziges Schiff der Maschinenspezies, dessen Hyperdrive mit dem besonderen TachyGrav-Modulator ausgerüstet war, der es ihm erlaubte, den Hort anzufliegen. Dieses Schiff war nun am Hort angedockt und ein Vertreter der BEWAHRER schwebte vor dem versammelten Gremium.

Der Roboterkörper hatte die Form eines regelmäßigen Tetraeders mit je einem beweglichen Manipulationsarm an drei der vier Seitenflächen. Die zum Boden weisende Seite besaß in der Mitte eine kleine Halbkugel, in der sich der nach unten gerichtete Vektorgrav befand. In den Spitzen der drei Seitenflächen saßen auch die optischen Linsen, die einen Rundumblick in einem weiten Frequenzband gestatteten. Die KI im Körper der etwa zwei Meter durchmessenden Maschine stand in ständigem Kontakt mit der höher entwickelten Supreme-KI an Bord des Schiffes.

»Wir können die Kriege nicht alle eindämmen«, gab die Maschine zu. »Es sind zu viele zur gleichen Zeit und wir verfügen über viel zu wenige Schiffe, um überall zugleich sein zu können. Auch war es immer unsere Maxime, nur dann einzugreifen, wenn die Existenz einer kompletten Spezies bedroht ist. Ansonsten halten wir uns aus Konflikten zwischen Zivilisationen heraus. Zudem bemerken wir einen Verfall unseres Einflusses. Je weniger effektiv wir eingreifen können, umso weniger Beachtung schenkt man uns.«

»Eure Effektivität beruhte bisher hauptsächlich auf dem Wissen um eure Überlegenheit«, sagte Threlak´Klonn´Arbor. »Bisher genügte allein die Drohung, in eine Auseinandersetzung einzugreifen. Jetzt hören die Konfliktparteien einfach nicht mehr auf eure Warnungen und riskieren damit sogar, dass ihr diese Drohung wahr macht.«

»Das ist korrekt! Wir befinden uns in einer Zwickmühle«, gestand der BEWAHRER ein. »Entweder sehen wir tatenlos zu oder wir beenden die überhandnehmenden kriegerischen Auseinandersetzungen tatsächlich durch Waffengewalt. Natürlich könnten wir das tun, aber es gibt hierbei zwei Probleme: Wir haben einfach zu wenige Schiffe, um überall auftauchen zu können, wo es notwendig wäre, und falls wir jetzt vermehrt und gewaltsam eingreifen, gelten wir bald nicht mehr als Beschützer, sondern als Gefahr. Bisher sah man uns als Hüter der von einer Ausrottung bedrohten Spezies, aber wenn wir nicht aufpassen, könnte man uns bald als Tyrannen betrachten. Es ist ein schmaler Grat, auf dem wir uns bewegen!«

»Genau genommen ist es ja korrekt, dass ihr kein formales Mandat besitzt, euch überhaupt in Konflikte einzumischen«, gab Usgran Delar Torkan zu bedenken. »Ihr habt euch diese Rolle selbst zugesprochen – manche würden sagen, ihr habt sie euch angemaßt. Es werden immer mehr Stimmen laut, die eure Motive hinterfragen und euch prinzipiell das Recht absprechen, weiterhin nach eigenem Ermessen in die Geschicke der Milchstraße einzugreifen.«

»Wir haben stets im Sinne des Schutzes von biologischem Leben gehandelt!«, verteidigte sich die KI.

»Niemand von uns bezweifelt das, dennoch habt ihr euch dazu selbst ermächtigt.«

»Stimmst du diesen Argumenten etwa zu?«

»Nein, ich erkenne euren Einsatz während der letzten Jahrhunderttausende an, aber ich habe mich schon lange gefragt, wann jemand eure Rolle öffentlich infrage stellen würde. Dies musste früher oder später geschehen.«

»Du weißt genau, warum es gerade jetzt geschieht!«

»Natürlich! Auch das ist das Werk jener

Unbekannten, die für den Ausbruch all dieser Konflikte verantwortlich sind. Wir sind inzwischen davon überzeugt, dass sie tatsächlich jedes biologische Intelligenzwesen mental beeinflussen können. Ihr seid für sie die größte Bedrohung, also versuchen sie, euch zu isolieren und die Galaxis gegen euch aufzubringen. Eine schlaue Taktik des Feindes!«

»Auch die Liga arbeitet für das Wohl der Zivilisationen der Milchstraße. Auch ihr habt hierfür kein formales Mandat«, warf die Maschine ein.

»Aber kaum jemand weiß von uns! Wir agieren im Geheimen.«

»Ist das moralisch vertretbarer?«

»Eine interessante Frage, über die sich andere die Köpfe zerbrechen mögen«, erklang die Computerstimme des Quatcheks. »Ich sehe das pragmatisch. Wir beschützen diese Galaxis, so gut wir können, und streben nicht nach Macht. Das ist eine moralisch vertretbare Position, wenn man mich fragt!«

»Zudem darf man nicht vergessen, dass wir in fast jeder Regierung der vielen Völker einen Eingeweihten haben, der uns insgeheim unterstützt. Das gibt uns zumindest einen halblegalen Status«, erklärte Threlak´Klonn´Arbor.

»Hier spricht die Supreme-KI«, ertönte eine neue Stimme aus dem Tetraeder. »Das ist eine interessante theoretische Diskussion, die uns jedoch nicht voranbringt. Wir sollten über unser weiteres Vorgehen reden.«

»Du hast recht, wir dürfen uns nicht vom Wesentlichen ablenken lassen!«, gestand der Vorsitzende des Gremiums der KI zu.

»Die Galaxis gerät aus den Fugen, unsere Möglichkeiten werden von Tag zu Tag weniger und wir wissen immer noch nichts über den Feind. Wer ist er? Woher kommt er und was will er erreichen?« Die KI klang fast verzweifelt, was bei einer künstlichen Intelligenz seltsam anmutete. »In den anderen Galaxien, die er während der vergangenen Jahrtausende überrannt hat, hat er riesige kubische Artefakte hinterlassen. Wozu dienen sie? Was ist ihr Zweck? Es sieht so aus, als würden die Unbekannten eine Galaxie lediglich erobern, um dort ungestört diese Artefakte installieren zu können. Inzwischen finden sich unzählige davon in Dutzenden von Galaxien in einem großen, allerdings genau definierten Bereich des Kosmos. Was immer dahinter steckt – es muss wahrhaft kosmische Ausmaße haben. Schaut euch das an!«

Der Robotkörper projizierte ein Hologramm in den Raum, das eine riesige Ansammlung von Galaxien darstellte.

»Dies ist der Virgo-Haufen mit fast zweitausend Galaxien. Sein Zentrum befindet sich etwa 60 Millionen Lichtjahre von hier«, erklärte die KI. »Er ist wiederum das Zentrum des Virgo-Superhaufens, der mit einer Ausdehnung von fast 200 Millionen Lichtjahren noch viel gewaltiger ist. Die *Lokale Gruppe*, in der sich die Milchstraße, der Andromedanebel und etliche andere Galaxien befinden, ist ein Ausläufer dieses Superhaufens.« Ein Teil des Hologramms, mit der Milchstraße ungefähr in der Mitte, färbte sich rot. »Und diese Galaxien haben die Fremden bereits unter ihre Kontrolle gebracht.« Wieder verfärbte sich ein Teil des Hologramms, diesmal blau. »Wie ihr sehen könnt, umfasst dieser Bereich ziemlich genau unsere *Lokale Gruppe* – außer der Milchstraße und Andromeda. Wir haben bereits vor langer Zeit versucht, einem der Pfeilschiffe heimlich zu folgen, um zu sehen, woher sie kommen. Nach vielen Fehlschlägen ist es uns gelungen und das Ergebnis war mehr als erstaunlich. Das Schiff flog von der *Lokalen Gruppe* durch den gesamten Virgo-Haufen, durchquerte den Virgo-Superhaufen und verschwand schließlich im angrenzenden Supervoid, Hunderte Millionen Lichtjahre von hier, in einem Hunderte Millionen Lichtjahre durchmessenden Nichts. Unser Schiff musste umkehren, da seine maximale Reichweite längst überschritten war und es ansonsten verloren gegangen wäre. Insgesamt war es mehrere Jahre unterwegs. Die spannende Frage ist also: Warum kommen die Fremden aus dem Supervoid oder sogar noch von dahinter, nehmen eine jahrelange Reise auf sich, passieren Tausende von Galaxien und interessieren sich ausgerechnet für unseren, im kosmischen Maßstab unbedeutenden und kleinen Teil des Universums? Wenn es nur darum ginge, Galaxien zu erobern, gäbe es Tausende, die viel näher an ihrem Ursprungsort liegen, wo immer dieser sein mag, und viel einfacher zu erreichen wären als ausgerechnet die *Lokale Gruppe*. Was also macht uns so besonders?«

23.

Die letzten Tage waren die schrecklichsten ihres noch jungen Lebens gewesen. Michelle und Nikolai fühlten sich wie betäubt und konnten immer noch nicht glauben, dass die Stations-KI sie nie mehr gehen lassen wollte. Alles Flehen und Betteln nutzte nichts. Auch die Aussage der KI, sie habe bei Michelle die Reproduktionsorgane manipuliert, sodass sie keine Kinder würde bekommen können, erschien dem jungen Mädchen unwirklich. Alles war wie ein schlechter Traum, aus dem sie jeden Moment erwachen mussten. Das schwebende Ei hatte sie durch einige Gänge der Station geführt und zu ihrer Unterkunft gebracht. Es waren zwei kahle Räume mit einer angeschlossenen kleinen, ebenfalls leeren Kabine.

»Ich kann es so einrichten, dass ihr es bequem habt«, sagte die KI. »Nennt mir einfach eure Bedürfnisse. Meine Materiewandler und 3D-Drucker können jeden gewünschten Gegenstand herstellen.«

Zunächst verweigerten die beiden jegliche Mitarbeit, in der irrigen Hoffnung, durch Aufsässigkeit und Starrsinn die KI noch umstimmen zu können. Doch bald zwangen menschliche Bedürfnisse sie dazu, den Widerstand aufzugeben. Sie beschrieben der KI Aussehen und Funktion einer Nasszelle. Kurz darauf erschienen mehrere Bots verschiedener Größe und Funktion und installierten innerhalb kürzester Zeit ein kleines Badezimmer in der Kabine. Als der erste Widerstand gebrochen war, ging es Schlag auf Schlag. In einem der Räume stand nun eine Sitzgruppe mit einem Tisch davor, im anderen Raum ein breites Bett. Stillschweigend waren sie übereingekommen, sich das Bett zu teilen. Nikolai hatte monatelang davon geträumt, neben Michelle liegen zu dürfen, doch jetzt verboten die Umstände jegliche romantischen Gefühle. Sie lebten wie Bruder und Schwester zusammen.

»Ich verliere hier drin jedes Zeitgefühl«, sagte Michelle. »Ohne Tag- und Nachtwechsel ist jede Minute gleich. Mir ist sterbenslangweilig. Was sollen wir bloß hier unten tun, Niko? Sollen wir für den Rest unseres Lebens einfach hier rumsitzen?«

Sie hatte längst keine Tränen mehr und saß in sich zusammengesunken auf dem Sofa, das für sie gefertigt worden war. Nikolai hatte es sich in einem der beiden Sessel bequem gemacht. Vor ihnen standen Teller auf dem Tisch, auch diese nach ihren Angaben hergestellt. Essen war ein anderes Problem. Wie es schien, konnte die KI Bots aussenden, die auf Unterwasserjagd gingen. Die KI wusste zwar genau, welche Nährstoffe ihre Körper benötigten, von dem Konzept 'Geschmack' hatte sie jedoch offenbar keine Vorstellung. Die ersten Mahlzeiten, hauptsächlich Fisch mit verschiedenen Algenarten, waren kaum genießbar gewesen.

Als Nikolai ihr den Einsatz verschiedener Gewürze beschrieb, fragte sie nach deren chemischen Zusammensetzungen, die er natürlich nicht kannte. Da Ozeania einen Süßwasserozean besaß, stellte selbst so etwas Simples wie Salz ein Problem dar. Michelle kannte die chemische Formel NaCl, aber natürlich waren Begriffe wie Natrium und Chlor für die KI nichtssagend. Sie fragte nach dem atomaren Aufbau dieser Elemente, woran es zunächst erneut scheiterte. Nach vielen Beschreibungen, Vergleichen und teilweise ekelhaften Geschmackstests war es nach einiger Zeit gelungen, wenigstens Salz, Zucker und ein paar andere Gewürze zu synthetisieren, die in der 'realen' Welt, wie Nikolai alles außerhalb der Kuppel nannte, wahrscheinlich keine Entsprechung hatten, die dargebotene Nahrung jedoch halbwegs genießbar machten. Als Getränk gab es ausschließlich Wasser, etwas, das Nikolai demnächst zu ändern gedachte. Zumindest eine Art wohlschmeckenden, süßen Saft sollte die KI herstellen können. Ohne es zu bemerken, gewöhnten sie sich ein.

»Wir müssen uns eine Beschäftigung suchen«, antwortete Nikolai. »Wir sollten mit der KI darüber reden. Vielleicht hat sie eine Idee.«

Nachdem sie der KI das Prinzip der Privatsphäre erklärt hatten, war diese bereit, sie in ihrer Unterkunft nicht abzuhören oder zu überwachen. Ob sie sich wirklich daran hielt, konnten sie natürlich nicht feststellen. Nikolai ging davon aus, dass man sie trotz der Zusage nicht aus den Augen lassen würde. Er musste irgendwie einen Weg finden, unbemerkt mit Michelle über Fluchtpläne zu reden. Wenn die KI Bots auf Fischfang schicken konnte, gab es irgendwo einen Ausgang. Wie sie aus mehr als siebzig Metern Wassertiefe ohne ihre Tauchgeräte nach oben kommen sollten, war ein anderes Problem. Einstweilen war er jedoch noch nicht bereit, aufzugeben.

Plötzlich erschien der Avatar am offenen Eingang. Sie hatten es nicht für nötig erachtet, eine Tür anbringen zu lassen, da außer ihnen niemand hier lebte und die KI sowieso jederzeit sehen konnte, was sie gerade machten, wenn sie dies wollte.

»Es nähern sich zwei Personen der Kuppel. Wenn ihr wollt, kann ich sie euch zeigen«, sagte die KI.

»Vielleicht ist es jemand, den wir kennen«, sagte Michelle.

»Wollen wir hoffen, dass sie nicht auf dumme Gedanken kommen.« Nikolai hatte die Drohung der KI nicht vergessen.

»Ich kann euch diesbezüglich beruhigen. Die Wahrscheinlichkeit, dass es Wesen eurer Entwicklungsstufe gelingen könnte, die Hülle zu durchbrechen, ist so gut wie nicht gegeben. Allerdings könnten sie sich Hilfe bei einer höher entwickelten Spezies holen. Deren technische Möglichkeiten vermag ich nicht einzuschätzen.«

»Ich weiß nicht, wovor ich mich mehr fürchte«, flüsterte Michelle. »Mein Leben hier unten verbringen zu müssen oder es bei einem Rettungsversuch zu verlieren.«

Die KI verzichtete auf einen Kommentar und projizierte stattdessen ein Hologramm mitten in den

Raum.

»Rings um die Station befinden sich Nanodrohnen im Wasser. Sie sind viel zu klein, um bemerkt zu werden. Mit ihnen überwache ich die Umgebung. Besonders, seit ihr mich gefunden habt.«

Auf dem Hologramm waren zwei Personen zu sehen, die sich mithilfe eines Gerätes der Kuppel von oben näherten. Nikolai dachte im ersten Moment, es wären Freitaucher, da sie keinerlei Tauchausrüstung zu tragen schienen. Doch dann bemerkte er einen hauchdünnen Energiefilm, der ihre Körper zu umschließen schien. Er hatte so etwas noch nie gesehen. Sie stoppten an der Antenne und begannen, dort Untersuchungen vorzunehmen.

»Ich messe etwas an, das es nicht geben dürfte«, sagte der Avatar. »Es ist ... unmöglich!«

Die beiden Taucher, ein Mann und eine Frau, ließen sich von ihrem seltsamen Unterwasser-Scooter tiefer ziehen und hielten an der Basis der Antenne wieder an.

»Was ist unmöglich?«, fragte Nikolai.

»Die energetische Signatur ihrer Hüllfelder und deren Emissionsmuster entsprechen der Technologie meiner Erbauer. Das kann nicht sein!«

»Es sind ein Terraner und eine Kolltanerin«, stellte Michelle fest, als die Holocam heranzoomte.

»Beide Spezies können unmöglich über diese Technologie verfügen!« Die KI war hörbar konsterniert.

»Was bedeutet das?«, fragte Nikolai.

»Ich ... ich weiß es nicht«, musste die KI

zugeben. »Ich nehme weitere Messungen vor.«

Es vergingen ein paar Sekunden, bis sie sich wieder meldete, diesmal noch überraschter.

»Was ich messe, ist unerklärlich! Eine der Personen hat Nanoassembler in ihrem Körper. Sie ist damit nicht nur unsterblich, sondern muss zwangsläufig Kontakt zu meinen Erbauern gehabt haben. Das kann jedoch nicht sein! Sie sind vor Jahrmillionen aus diesem Universum verschwunden.«

»Was wirst du tun?«, fragte Michelle. »Ist das eine Bedrohung?« Ihre Stimme klang ängstlich.

»Ich ... ich weiß es nicht«, sagte die KI erneut. »Ich bin ... meine Programmierung ... diese Situation konnte ich nicht voraussehen.«

»Warum machst du nicht das, was du auch bei uns gemacht hast«, fragte Nikolai. »Hol sie herein und sprich mit ihnen. Dann weißt du, was Sache ist.«

»Ja ... vielleicht ist das eine ... eine gute Idee«, stimmte die KI über ihren Avatar zögernd zu.

Nur Sekunden später konnten Nikolai und Michelle sehen, wie sich ein orangefarbener Ring um die beiden Taucher bildete und sie von einem Moment zum nächsten verschwunden waren.

24.

Grand taumelte und konnte sich gerade noch abfangen, als er plötzlich festen Boden unter den Füßen spürte. Neben ihm schlug Jalina auf dem Boden auf und er hörte sie lauthals fluchen.

Eben waren sie noch unter Wasser gewesen und jetzt standen oder, wie in Jalinas Fall, lagen sie in einem hell erleuchteten Raum mit weißen Wänden, in dem sich sonst nichts befand. Auch ein Ausgang war nicht zu sehen. Er hatte keine Ahnung, was gerade mit ihnen geschehen war, doch in ihm formte sich ein Verdacht. Wer immer sich in der Kuppel befand, hatte sie irgendwie ins Innere geholt. Die dahinterstehende Technik musste extrem hoch entwickelt sein. Transmitter waren in der Galaxis ein durchaus übliches Reise- und Transportmittel, aber sie benötigten feste Stationen, um das Durchgangsportal unter enormem Energieaufwand zu erzeugen. In ihrem Fall hatte man sie mitten aus dem Wasser gefischt und in die Kuppel transferiert. Er kannte keine Zivilisation in der Galaxis, die dies hätte vollbringen können. Wer immer diese Kuppel erbaut hatte, stand haushoch über dem technologischen Niveau aller anderen Völker der Milchstraße.

Jalina rappelte sich auf.

»Bist du in Ordnung?«, fragte Grand. Instinktiv war er zum 'Du' übergegangen. Die Kolltanerin protestierte nicht dagegen. Entweder war sie in diesem Moment zu schockiert, um es überhaupt zu bemerken, oder sie hatte nichts dagegen.

»Mir gehts gut! Das war ... bemerkenswert!«

Sie schien weniger von dem Ereignis überrascht, als er vermutet hätte.

»Wenigstens wissen wir nun, was mit den beiden Jugendlichen passiert ist«, sagte er.

»Ja, der Transmitter hat sie in die Kuppel geholt. Wenn sie noch leben, müssen sie hier irgendwo sein.«

»Transmitter? Woher weißt du, dass es ein Transmitter war?«

Jalina zögerte kurz.

»Was soll es sonst gewesen sein als irgendeine Art von Transmitter? Schalte deinen Individualschirm ab. Hier drinnen brauchen wir ihn sicher nicht«, wechselte sie das Thema. Grand registrierte mit einem gewissen Vergnügen, dass sie ihn ebenfalls duzte.

»Bist du sicher, dass die Atmosphäre für uns ungefährlich ist?«

Jalina blickte kurz auf ein kleines Instrument, das sie am Handgelenk trug.

»Alles in Ordnung«, bestätigte sie.

Er folgte ihrer Aufforderung und stellte sofort fest, dass die Luft nicht abgestanden oder schal roch, sondern frisch und aufbereitet. Die Station war offensichtlich in Betrieb.

Dann öffnete sich ein Durchgang in einer Wand, durch den ein eiförmiges Objekt in den Raum schwebte. Es hielt vor Jalina an.

»Ich bin der Avatar der Stations-KI«, sagte es auf

Englisch mit einem Akzent, den Grand bereits bei den Eltern der Jugendlichen gehört hatte. »Wer bist du?«

Grand fand überhaupt keine Beachtung.

»Ich bin Jalina Kelranar. Mein Partner und ich…«

»Wer bist du?«, unterbrach sie der Avatar.

»Wie gesagt, mein Name ist Jalina …«

Blitzschnell fuhr ein Tentakel aus dem eiförmigen Körper und schlang sich um Jalinas Hals. Grand hatte keine Zweifel, dass der überaus bewegliche Tentakel ihr blitzartig das Genick brechen konnte.

»Wieso trägst du dorianische Nanoassembler im Körper? Wie bist du an sie gekommen?«

Jalinas Gesicht lief dunkel an, und sie konnte kein Wort herausbringen.

»Hey!«, rief Grand. »Wenn du eine Antwort haben willst, solltest du sie nicht vorher umbringen. Du erwürgst sie!«

Der erbarmungslose Griff lockerte sich etwas und das Ei drehte sich leicht zu Grand um, ohne jedoch Jalina loszulassen.

»Du bist für mich nicht von Belang, Terraner! Mich interessiert nur die Unsterbliche!«

»Die … Was?« Grand glaubte, sich verhört zu haben.

Der Avatar gab ihm keine Antwort und wandte sich wieder Jalina zu.

»Rede, oder ich bringe zuerst dich um und anschließend deinen Partner und die beiden anderen eurer Art.«

Zumindest wusste Grand nun sicher, dass Nikolai und Michelle ebenfalls hier waren und dass sie noch lebten. Ihn interessierte jedoch im Moment mehr, warum die KI Jalina als *Unsterbliche* bezeichnet hatte.

»Ich ... von Mutter«, krächzte Jalina. »Die KI im ... im Hort ... die Station im Bulk.«

Der Tentakel zog sich zurück. Jalina sank auf die Knie, hustete und würgte und griff sich an den Hals, wo sich ein Striemen abzuzeichnen begann.

»Die Station im Bulk? Sie existiert noch? Nach all den Jahrmillionen?«

Grand verstand nicht, was hier vor sich ging. Eine Station im Bulk? Mutter? Hort? Was wurde hier gespielt und wer war Jalina Kelranar in Wahrheit?

»Ich frage dich nochmals. Warum trägst du die Nanoassembler in dir und wie konntest du Zugang zur Bulkstation erlangen?«

Jalina ließ sich zu Boden sinken und lehnte sich mit dem Rücken gegen die Wand. Ihre Stimme klang heiser und belegt, als sie antwortete.

»Ich bin Mitglied einer Organisation, die sich die *Liga der Unsterblichen* nennt. Vor etwa zweihunderttausend Jahren stießen die Ersten von uns auf die Hinterlassenschaften eines Volkes, dessen Namen wir nicht kennen und das wir die *Gründer* genannt haben. Soweit wir wissen, waren sie die älteste hoch entwickelte Spezies der Galaxis. Sie müssen viele Milliarden Jahre existiert haben, bis sie vor etlichen Millionen Jahren spurlos verschwanden. Von ihnen ist nichts geblieben und niemand erinnert sich an sie.

Unter den Dingen, die wir fanden, war auch ein spezieller TachyGrav-Modulator, der Schiffe in die Lage versetzt, die Station im Bulk, die wir *Hort* nannten, anzufliegen. Dort fanden wir schließlich ein Gerät, das wir *LifeCell* nannten und das Unsterblichkeit verleiht. Unsere selbst gestellte Aufgabe ist der Schutz dieser Galaxis. Die dortige KI, der wir den Namen *Mutter* gegeben haben, unterstützt uns dabei. Wir arbeiten im Verborgenen, deshalb weiß auch mein derzeitiger Partner von all diesen Dingen nichts«, beendete Jalina ihre Erklärung mit einem entschuldigenden Blick zu Grand.

Mike konnte nicht glauben, was er soeben gehört hatte. Eine Organisation von Unsterblichen, die insgeheim seit zweihunderttausend Jahren hinter den Kulissen für die Sicherheit in der Milchstraße arbeitete, Zugriff auf eine Technologie besaß, von der alle anderen Zivilisationen nur träumen konnten und eine Basis im Bulk hatte, was schon für sich genommen unmöglich klang. Und dies alles schon zu Zeiten, als sich die ersten Menschen noch in Höhlen herumgetrieben hatten. Und obendrein war die hübsche Jalina wahrscheinlich eine uralte Schachtel.

»Die KI in der Station hilft euch?«, vergewisserte sich der Avatar nochmals.

»Ja, uneingeschränkt«, bestätigte Jalina.

»Sie war … ist die am weitesten entwickelte KI, die von den Dorianern je erschaffen wurde. Diese uralte Station wurde vor langer Zeit aufgegeben, da sie nicht mehr benötigt wurde. Ich war der Ansicht, sie sei schon lange zerstört. Soweit mir bekannt ist, wurde die KI damals gelöscht.«

»Vielleicht hat man einen Fehler gemacht, denn es wurden nur große Teile ihrer Datenbanken gelöscht. Jedenfalls hat ihre ID-Matrix überlebt. Sie hat allerdings die meisten Erinnerungen verloren, weshalb wir bisher nicht wussten, dass sich eure Erbauer *Dorianer* nannten. Endlich kennen wir ihren Namen!«

»Ich muss nachdenken«, sagte der Avatar. »Diese Entwicklung war nicht vorherzusehen. Ich war in dem Glauben, die einzige noch funktionierende Station und die letzte KI der Dorianer in diesem Universum zu sein. Die Implikationen in deiner Geschichte sind vielfältig und stehen in Konflikt zu meinem Basisprogramm. Allerdings besitze ich genügend Autonomie, um mich über diese Programmierung hinwegsetzen zu können, wenn die Umstände es verlangen. Dies ist eine schwierige Entscheidung mit weitreichenden Konsequenzen.«

»Darf ich fragen, was deine Basisprogrammierung von dir verlangt?«

»Im Fall, dass meine Integrität verletzt wird, muss ich die Station und mich selbst vernichten, um zu verhindern, dass die Technologie der Dorianer und die Möglichkeiten, die diese Station bietet, in unbefugte Hände fallen.«

Grand schluckte und sah Jalina an. Wenn die KI diesem Befehl Folge leisten würde, wäre ihr Schicksal besiegelt. Und das der beiden Jugendlichen.

Grand fragte sich, wo die beiden wohl steckten.

»Erwägst du eine Alternative?«, fragte Jalina vorsichtig.

»In der Tat. Du trägst dorianische Nanoassembler in dir, was nur wenigen hochgestellten Persönlichkeiten vorbehalten ist. Zudem genießt du die Unterstützung einer angesehenen dorianischen KI. Beides verleiht dir einen Status, der dich mir gegenüber weisungsbefugt machen würde - wenn du eine Dorianerin wärst. Die Möglichkeit, dass beides auf ein Mitglied einer anderen Spezies zutrifft, ist in meinen Programmen nicht vorgesehen. Ich muss also entscheiden, ob ich mich und euch vernichte oder mich deinem Befehl unterstelle.«

Der Avatar dreht sich um und schwebte aus dem Raum. Hinter ihm verschloss sich augenblicklich die Öffnung in der Wand. Sie waren wieder Gefangene. Alles, was ihnen nun blieb, war zu warten und zu hoffen.

»Wow! Das schlägt alles, was ich mir in meinen wildesten Träumen hätte ausmalen können!« Grand stieß geräuschvoll die Luft aus. »Sag mal, Jalina, wie alt bist du eigentlich?«

Sie blickte ihn verlegen lächelnd an.

»Etwas mehr als vierhundert Jahre nach deiner Zeitrechnung«, gestand sie. »In der Liga gehöre ich damit zu den Jüngsten. Genau genommen *bin* ich die Jüngste.«

»Ein vierhundertjähriges Küken also.« Mike musste bei dem Gedanken lachen. Jalina sah ihn verständnislos an.

»Ein Küken ... ein junges Huhn ... ein terranisches Vogeltier, das ... ach ... vergiss es einfach.« Dann wurde er wieder ernst. »Was, glaubst du, hat die KI mit Nikolai und Michelle gemacht?«

»Wahrscheinlich sind sie ebenso eingesperrt wie wir«, sagte Jalina. »Wenn die hiesige KI auch nur annähernd so denkt und empfindet wie *Mutter*, dann hat sie hohen Respekt vor organischem Leben. Sie wird ihnen nichts zuleide getan haben.«

»Dann hoffe ich, dass sie auch Respekt vor unserem Leben hat«, konnte Grand sich eine sarkastische Bemerkung nicht verkneifen.

Es dauerte nur wenige Minuten, bis der Avatar wieder erschien.

»Die Entscheidung ist gefallen«, gab er bekannt. »Nach Abwägung aller relevanten Faktoren bin ich zu dem Entschluss gekommen, mich unter deinen Befehl zu stellen, Jalina. Du kannst über mich verfügen, solange dies nicht mit meiner eigentlichen Aufgabe in Konflikt gerät.«

»Was ist deine eigentliche Aufgabe?«, wollte Jalina wissen.

»Ich wurde hier vor langer Zeit stationiert, um meinen Erschaffern zu berichten, wenn die Bran, auf der dieses Universum beheimatet ist, mit einer anderen Bran des Multiversums kollidiert. Dies wird in nicht allzu ferner Zukunft der Fall sein. Eines der beiden Universen wird dabei vernichtet werden. Es ist nur unklar, welches es sein wird.«

25.

Nikolai und Michelle wären Mike und Jalina am liebsten um den Hals gefallen, als sie erfuhren, dass sie nach Hause gehen durften. Jetzt musste nur noch geklärt werden, wie die vier wieder an die Meeresoberfläche zurückkehren sollten. Die KI hatte sich außerdem bereit erklärt, den Eingriff an Michelles Reproduktionsorganen rückgängig zu machen. Sie würde wieder Kinder bekommen können. Aber es blieben noch viele Fragen offen, die zunächst geklärt werden mussten.

Während Nanobots Michelle wiederherstellten und Nikolai ihr dabei die Hand hielt, saßen Grand und Jalina in der Zentrale der Kuppel. Im Gegensatz zu den üblichen Kommandozentralen, wie man sie auf allen Raumschiffen finden konnte, war diese Zentrale ein völlig leerer, weißer Raum. Die KI projizierte zwei semi-materielle Sessel, in denen Jalina und Grand Platz nahmen. Auch dies eine Technologie, die derjenigen der Zivilisationen der Milchstraße um Jahrzehntausende voraus war. Anzeigen und Steuerungsinstrumente wurden bei Bedarf als Hologramme und taktile Holofelder einfach in den Raum projiziert. Handgesten und die Berührung von bestimmten Holoflächen genügten, um Kommandos einzugeben. Oder man gab einfach alle notwendigen Anordnungen verbal. Wie der Avatar sagte, konnten die Dorianer ihre Schiffe sogar teilweise mit Gedankenkraft steuern.

Der eiförmige Avatar schwebte vor Jalina und

Grand und ließ ein Hologramm entstehen.

»Dies war der größte Ausdehnungsbereich der dorianischen Zivilisation. Damals standen sie in ihrer Blüte.«

Es war unglaublich. Der Raumsektor, über den die Dorianer vor Milliarden Jahren geherrscht hatten, erstreckt sich nicht nur über die gesamte *Lokale Gruppe*, sondern ging sogar über den Virgo-Haufen hinaus. Es musste sich um Tausende von Galaxien gehandelt haben.

»Ursprünglich stammten sie aus einer etwa 54 Millionen Lichtjahre entfernten Galaxis, die euch als M87 oder NGC 4486 bekannt ist. Sie ist mit fast 500.000 Lichtjahren Durchmesser die größte elliptische Riesengalaxie im Virgo-Superhaufen und auch eine der ältesten.

Es ist erstaunlich, wie ähnlich die Dorianer euch waren – zumindest in den ersten paar Millionen Jahren. Im Zuge der Ausbreitung über den Virgo-Haufen kam es später zu den verschiedensten genetischen Modifikationen, sodass ihr Phänotyp nicht mehr einheitlich war. Trotz aller entstandenen Unterschiede verstanden sie sich jedoch immer als Dorianer. Sie waren allerdings nicht nur Meister auf dem Gebiet der Genetik, sondern auch im Bereich der Hyperphysik. Sie verstanden irgendwann bis ins Detail, wie das Multiversum funktioniert und welchen Gesetzmäßigkeiten es unterliegt.

Sie waren in erster Linie Wissenschaftler und Forscher. Friedliebend, aber durchaus in der Lage, sich effektiv zu verteidigen, wenn dies notwendig wurde. Über mehrere Milliarden Jahre wuchs ihr Reich und so kamen sie auch in die Milchstraße.

Man muss bedenken, dass zu dieser Zeit die Zahl der entwickelten Spezies deutlich geringer war. Unser Universum war noch jung und stand am Anfang. Deshalb gab es fast keine Konkurrenten bei ihrer Expansion.

Irgendwann erlahmte ihr Antrieb. Sie hatten einfach genug. Es gab nichts mehr zu erforschen und ihre Gesellschaft stagnierte. Man begann, sich mit der Möglichkeit zu beschäftigen, in eine höhere geistige Sphäre aufzusteigen, deren Existenz alle hypermathematischen Modelle nahe legten. Es wurden keine Nachkommen mehr gezeugt und das Reich schrumpfte und zerfiel. Friedlich, schleichend, aber unaufhaltsam. Vor rund einer halben Milliarde Jahren bestand es nur noch aus einem kleinen Bereich mit einer Handvoll Galaxien hier in der *Lokalen Gruppe*, wohin sich die letzten Dorianer, immer noch einige Billiarden, zurückgezogen hatten. Darunter befand sich auch die Milchstraße. Dann machte man eine erschreckende Entdeckung!

Im Zuge der Suche nach einer metaphysischen Existenzebene beschäftige man sich eingehend mit der sogenannten *Dunklen Energie* und stellte dabei fest, dass es in etwa einer halben Milliarde Jahren zu einer Branenkollision kommen würde. Die Bran, auf der unser Universum liegt, würde mit einer anderen Bran und damit einem anderen Universum zusammenstoßen. Die *Dunkle Energie*, die für die beschleunigte Ausdehnung des dreidimensionalen

Universums verantwortlich ist, wirkt im höherdimensionalen Bulk wie eine Feder zwischen zwei Branen und zieht diese gegeneinander. Eine solche Kollision führt zu dem, was ihr *Big Bang* nennt. Eines der beiden Universen wird dabei in einem neuen Urknall untergehen und wiedergeboren.«

Grand war die Theorie eines zyklischen Universums wohlbekannt. Terranische Physiker hatten bereits im Jahr 2002 irdischer Zeitrechnung über das sogenannte *Ekpyrotische Universum* als Folge der String- und Branentheorie spekuliert. Auch das *Radion*, das hypothetische Kraftfeld zwischen den Branen, war damals von dem Kosmologen Paul Steinhardt postuliert worden. Die Dorianer hatten diese Theorie nicht nur perfektioniert, sondern konnten sogar einen Urknall vorausberechnen. Ihm schwindelte bei dem Gedanken.

»Die einzige Ungewissheit bestand in der Frage, welches der beiden Universen untergehen würde. Dies konnte nicht berechnet werden. Doch eines war klar: Sollte es unser Universum treffen, gab es keine Möglichkeit, zu überleben«, fuhr der Avatar fort. »Es konnte nur eine Rettung geben: Meine Erbauer mussten dieses Universum verlassen, wenn sie mit Sicherheit überleben wollten. Im Bulk gibt es unzählige Universen – in eines davon musste man auswandern. Die Dorianer waren es gewohnt, in extrem langen Zeiträumen zu planen, und so wurde während der nächsten zweihundert Millionen Jahre ein solcher Plan entwickelt und schließlich umgesetzt. Vor ungefähr dreihundert Millionen Jahren verschwanden meine Erbauer aus diesem Universum in ihre neue Heimat.«

Jalina und Grand saßen mit offenen Mündern in der Zentrale und mussten das soeben Gehörte erst einmal verarbeiten. Die Zeitspannen und Größenordnungen dieser Geschichte waren wahrhaft kosmisch. Jalina fasste sich als Erste.

»Was genau ist deine Rolle in diesem Plan?«, fragte sie.

»Ich blieb zurück, um berichten zu können, ob dieses Universum die Kollision überleben würde, oder nicht. Der Plan sah weiterhin vor, sich die Option einer Rückkehr in die alte Heimat offenzuhalten, falls unser Universum überleben würde.«

»Wie könntest du einen solchen Bericht überbringen?«, fragte Grand irritiert. »Falls hier alles untergeht, wirst du ebenfalls vernichtet, aber selbst wenn unser Universum die Kollision übersteht, sind deine Erbauer doch in einem anderen Universum für dich nicht erreichbar.«

»Du irrst, Michael Cordwainer Grand! Dies ist nicht nur eine einfache Station auf dem Meeresgrund. Dies ist ein Raumschiff mit einem einzigartigen Antrieb, den es in diesem Universum kein zweites Mal gibt. Es wurde mit einem *Branendrive* ausgestattet, der es mir ermöglicht, durch den Bulk zu einer anderen Bran, in ein anderes Universum zu reisen!«

Grand hatte nach den vorherigen Ausführungen

geglaubt, ihn könne nichts mehr überraschen, doch diese Mitteilung versetzte ihm den nächsten Schock.

»Du kannst was?«, rief er fassungslos aus. »In ein anderes Universum fliegen? Das ist … das ist …« Er wusste nicht mehr, was er sagen sollte, und schüttelte nur fassungslos den Kopf.

Auch Jalina schien unter ihrer von Haus aus bleichen Haut noch blasser geworden zu sein. Mit fast unhörbarer Stimme stellte sie die wichtigste Frage.

»Wie viel Zeit bleibt uns noch? Wann soll diese Branenkollision stattfinden?«

»Schon bald«, sagte die KI, als ginge es lediglich um einen banalen Wetterbericht und um die Frage nach dem nächsten Regenschauer. »Es war nicht möglich, den Zeitpunkt exakt zu bestimmen, doch die berechnete Spanne läuft in naher Zukunft ab.«

»Was genau bedeutet 'nahe Zukunft'?«, fragte Grand und fürchtete sich vor der Antwort. Zu Recht, wie er sofort erfahren sollte.

»Die Berechnung des Intervalls, in dem das Ereignis stattfinden soll, zeigt eine stark ansteigende Wahrscheinlichkeitsdichte«, sagte der Avatar.

»In Zahlen bitte«, verlangte Grand.

»Derzeit ist die Wahrscheinlichkeit noch unterhalb von einem Promille für die nächsten einhundert Jahre, doch sie steigt fast exponentiell an und wird in etwa viertausend Jahren ihren Höhepunkt erreichen. Zu diesem Zeitpunkt hat das Ereignis die höchste Wahrscheinlichkeit. Es kann jedoch bereits in nur dreitausend Jahren geschehen.

Oder sogar noch früher. Oder auch tausend Jahre später.«

Es blieben ihnen bestenfalls vier- oder fünftausend Jahre – in kosmischem Maßstab war dies bereits morgen! Grand saß wie gelähmt in seinem Sessel. Wenn dies durchsickern würde, wären die Folgen katastrophal. Panik und Chaos würden ausbrechen. Handlungen hätten keine Konsequenzen mehr. In der Galaxis würde Anarchie herrschen. Niemand durfte davon erfahren. Dann riss er sich zusammen. Wann immer es geschehen würde, er würde nicht mehr hier sein, um es zu erleben. Außerdem gab es ja eine fünfzigprozentige Chance, dass es das andere Universum erwischen würde. Plötzlich fiel ihm ein, dass Jalina durchaus persönlich davon betroffen war. Schließlich war sie unsterblich. Er warf ihr einen verstohlenen Blick zu. Die Kolltanerin saß fassungslos in ihrem Sessel. Dann schien ein Ruck durch sie zu gehen.

»Das liegt noch weit in der Zukunft und wir haben im Moment ein akuteres Problem.« Ihre Stimme klang wieder wie immer und Grand bewunderte sie für ihre Stärke. Oder für den Versuch, Stärke vorzuspielen. »Wenn die Fremden, die gerade versuchen, unsere Galaxis zu überrennen, erfolgreich sind, brauchen wir uns darüber sowieso keine Gedanken mehr zu machen. In ein paar Tausend Jahren sterben wir vielleicht – wenn wir den derzeitigen Kampf verlieren, sterben wir garantiert viel früher!«

26.

Die Thraklanische Allianz fiel völlig überraschend in das Heimatsystem der Chronurer ein. Ungefähr zwanzigtausend Kampfschiffe erschienen aus heiterem Himmel am Systemrand und stießen auf den Heimatplaneten der reptiloiden Spezies vor. Als der Alarm ertönte und die Heimatschutzflotte sich sammelte, war es bereits zu spät.

Auslöser für den Angriff war die grundlose Vernichtung eines thraklanischen Handelsstützpunkts durch zwei chronurische Schiffe wenige Tage zuvor, nachdem sie Kontakt mit einem schwarzen Pfeilschiff gehabt hatten, von dem allerdings niemand je erfuhr. Beide Völker lebten in angrenzenden Raumsektoren und waren seit Langem verfeindet. Immer wieder hatte es an der Grenze kleinere Auseinandersetzungen gegeben. Mit dem Angriff auf die Handelsmission war das Maß des Erträglichen für die Thraklaner überschritten. Nach einer Brandrede durch den Imperator, dessen private Jacht kurz zuvor bei der Rückkehr von seinem Urlaubssitz unterwegs ebenfalls einem schwarzen Pfeilschiff begegnet war, erfolgte die allgemeine Mobilmachung.

Jede Verteidigung kam zu spät. Nach wenigen Stunden bestand die Oberfläche von Chronur aus verbrannter Erde und geschmolzenem Gestein. Acht Milliarden Chronurer kamen ums Leben. Die BEWAHRER kamen zu spät, um noch eingreifen zu können. Sie kamen auch zu spät, um das schwarze

Pfeilschiff zu sehen, das alles beobachtet hatte.

Die fast achttausend Habitate der Selkonen kreisten seit vielen Jahrtausenden um die zwei Gasriesen ihres Systems. Sie hatten diese Habitate gerade noch rechtzeitig fertigstellen können, bevor ihr ehemaliger Heimatplanet, der zweite in diesem System, durch das Aufblähen seiner Sonne verbrannt worden war. Die achthundert Millionen Überlebenden der Katastrophe vor mehr als zehntausend Jahren hatten sich inzwischen als führende Spezies auf dem Gebiet der Habitatkonstruktion etabliert. Ihre Dienste wurden von fast jedem in der Galaxis in Anspruch genommen und hoch bezahlt.

Die drei Schiffe der Jul´Khan griffen ohne Vorwarnung an. Die Selkonen verfügten nicht über eine Schutzflotte und waren dem Überfall hilflos ausgeliefert. Als die BEWAHRER endlich erschienen, war bereits mehr als die Hälfte der Habitate zerstört. Die drei Schiffe reagierten nicht auf die Warnungen der Maschinen und so blieb diesen nichts anderes übrig, als sie abzuschießen. Die Rechnung war für die BEWAHRER sehr einfach: drei Schiffsbesatzungen gegen Abermillionen Selkonen.

Vier Tage später überfielen die mit den Selkonen befreundeten Gelron eine große Kolonie der Jul´Khan und machten sie dem Erdboden gleich. Wieder gab es mehrere Millionen Todesopfer.

In beiden Fällen blieben die Beobachter des Vorfalls unbemerkt.

Die ringförmige Dyson-Sphäre um die Sonne war noch im Bau. Es war ein ambitioniertes Projekt der Xhylander, die sich damit von jedem Druck, sich in der Galaxis ausbreiten zu müssen, befreien wollten. Die innere Oberfläche der Dyson-Sphäre würde selbst bei dem exorbitanten Bevölkerungswachstum der Spezies Platz für mehrere Millionen Jahre bieten. Diese Hoffnung wude jäh zerstört, als ein Schiff der Jokat ins System eindrang und große Teile des fast fertiggestellten Rings zu Klump schoss. Die Arbeiten wurden um mehrere Tausend Jahre zurückgeworfen – von den Zehntausenden Opfern nicht zu reden. Am nächsten Tag erklärten die Xhylander den Jokat den Krieg.

An allen Ecken und Enden der Milchstraße kam es zu ähnlichen Zwischenfällen. Überfälle, Kriegserklärungen und Vergeltungsaktionen mehrten sich täglich. Es war wie eine Flut, die niemand eindämmen konnte. Das Misstrauen zwischen den Spezies wuchs in gleichem Maß. Freunde fielen übereinander her, Allianzen, die Jahrtausende überdauert hatten, zerbrachen innerhalb weniger Stunden und Konflikte, die bisher nur unter der Oberfläche geschwelt hatten, brachen mit brutaler Gewalt aus. Aus Kleinigkeiten wurden Katastrophen, aus Missverständnissen wurden Kriege. Die Galaxis stand in Flammen.

Überall, wo sich diese schrecklichen Ereignisse zutrugen, hätte man die schwarzen Pfeilschiffe als heimliche Beobachter bemerken können – wenn irgendjemand der Beteiligten von dem Feind gewusst und nach ihm Ausschau gehalten hätte.

27.

»Wir werden erzählen, dies sei ein Schiff der BEWAHRER«, sagte Grand zu Jalina und den beiden Jugendlichen. »Es lag hier am Meeresgrund, um heimlich den umgebenden Raumbezirk überwachen zu können. Es ist vielleicht eine etwas dünne Geschichte, aber niemand, ich wiederhole – *niemand* – darf etwas anderes vermuten!« Er sah Nikolai und Michelle scharf an. »Wenn sich herumsprechen würde, dass es hier eine Station einer bisher unbekannten Spezies gegeben hat, könnte dies ungeahnte Konsequenzen nach sich ziehen. Habt ihr das verstanden?«

Nikolai und Michelle nickten heftig.

»Sie können sich auf uns verlassen. Wir werden den Mund halten«, versprach Michelle.

»Keine Angeberei gegenüber den Freunden! Keine Andeutungen, man 'kenne ein Geheimnis'. Ihr seid plötzlich unter Wasser bewusstlos geworden, und als ihr wieder wach wurdet, wart ihr an Bord. Ihr wisst nicht, wie das passiert ist. Die Maschinen haben euch gut behandelt und wollten euch auch wieder gehen lassen, mussten aber zunächst eure Dekompressionserkrankung heilen, die ihr dabei erlitten hattet. Das hat einige Tage gedauert. Als wir kamen, erkannten die BEWAHRER Jalina als einen ihrer Botschafter, haben uns an Bord gelassen und wir konnten sie überzeugen, diesen Horchposten aufzugeben, weil er jetzt sowieso entdeckt worden ist.

Das ist die Geschichte! Eine andere gibt es nicht! Wenn ich jemals etwas anderes von hier zu hören bekomme, kehre ich zurück und mache euch die Hölle heiß! Vergesst nicht: Ich bin Major der Terranischen Raumverbände und kann euch wegsperren lassen! Hier geht es schließlich um ein Staatsgeheimnis, ist das klar?« Grand setzte bewusst ein finsteres Gesicht auf und sah die beiden drohend an. Er konnte erkennen, dass seine Ansprache Wirkung zeigte. Die beiden würden den Mund halten. Natürlich würde er eine solche Drohung niemals wahr machen, aber das konnten Nikolai und Michelle nicht wissen.

»Sehr gut!« Er schlug mit der flachen Hand auf den Tisch. Die Jugendlichen zuckten bei dem Knall zusammen. Grand musste sich beherrschen, um nicht zu grinsen.

»Habt keine Angst! Wir werden bei euren Eltern ein gutes Wort für euch einlegen«, schaltete sich nun Jalina ein. »Wir werden ihnen sagen, dass wir es euch zu verdanken haben, dass ein illegaler Spionageposten auf terranischem Gebiet aufgeflogen ist, und ihr uns einen großen Dienst erwiesen habt. Auch die BEWAHRER dürfen sich schließlich nicht alles erlauben. Ihr bekommt sogar eine Auszeichnung und eine Belohnung. Major Grand wird sich darum kümmern. Eure Eltern werden stolz auf euch sein.«

Mike und Jalina hatten dieses *'good Cop – bad Cop'* Spiel vorher abgesprochen. Es war extrem wichtig, dass die beiden den Mund hielten und niemand von dem Schiff der Dorianer und dessen Aufgabe erfuhr. Sie würde später, nach der Rückkehr in den Hort, mit den BEWAHRERN reden und ihnen reinen Wein einschenken. Die Maschinen würden die Täuschung sicher mitmachen. Es musste ihnen klar sein, was auf dem Spiel stand.

Grand und Jalina hatten den beiden natürlich nicht die ganze Wahrheit erzählt. Sie konnten zwar nicht verheimlichen, dass es sich bei der 'Kuppel' in Wahrheit um das Raumschiff einer hochtechnologischen Zivilisation handelte und dass diese Zivilisation keine der bekannten Spezies der Milchstraße war, aber von der bevorstehenden Kollision des Universums mit einem Nachbaruniversum sagten sie ihnen nichts. Sie machten jedoch eindrücklich klar, dass diese Zivilisation der Galaxis freundlich gesinnt war und von ihr keine Gefahr ausging. Mehr verrieten sie Nikolai und Michelle nicht. Auch die Liga der Unsterblichen blieb unerwähnt.

Der Avatar schwebte in die Zentrale.

»Ich bin startklar. Es hat nach all der Zeit etwas gedauert, die Systeme wieder hochzufahren.«

»Gut! Bringen wir die zwei nach Hause und dann nichts wie weg hier«, sagte Jalina.

»Ich freue mich, die andere KI ...«

Mike brach in einen übertriebenen Hustenanfall aus und sah den Avatar warnend an.

»... die anderen KIs meiner ... äh ... BEWAHRER-Zivilisation endlich wiederzusehen«, bekam der Avatar gerade noch die Kurve.

»Dann los!«, gab Grand das Kommando.

Unter ihnen ertönte ein raues Brummen, das jedoch rasch erstarb. Sie spürten nichts davon, wie die untere Hälfte des kugelförmigen Raumschiffes sich langsam aus dem Sediment des Meeresbodens befreite. Da an der speziellen Legierung nichts haften konnte, war es selbst nach so langer Zeit kein Problem, das Schiff aus seiner Verankerung zu lösen. Auf einem in die Zentrale projizierten Hologramm konnten sie die Umgebung erkennen. Im Wasser wurde es allmählich heller, bald glitzerten Fischschwärme im Licht der eindringenden Sonnenstrahlen und schließlich durchbrachen sie die Wasseroberfläche. Grand atmete auf, als der strahlend blaue Himmel mit der gleißenden Sonne sichtbar wurde. Nikolai und Michelle brachen in Jubelrufe aus.

Das etwa achtzig Meter durchmessende Schiff nahm Kurs auf die Insel, wo immer noch Grands Beiboot auf sie wartete. Sie waren fast einen ganzen Tag verschwunden gewesen, sicher würde man sich bereits Sorgen um sie machen. Das plötzliche Auftauchen eines fremden Schiffes würde zweifellos Alarm auslösen, doch Grand hatte vorgesorgt. Wie verabredet schaltete der Avatar einen Kanal zu Grands Aufklärer.

»Hier spricht Major Grand«, meldete sich Mike auf der Flottenfrequenz. »Ich spreche von Bord einer kleinen Einheit der BEWAHRER, die hier auf dem Meeresboden stationiert war. Es besteht kein Grund zur Besorgnis. Wir werden die vermissten Kinder absetzen, und ich kehre anschließend mit dem Beiboot zurück. Die BEWAHRER werden den Planeten umgehend verlassen. Meine Partnerin wird an Bord bleiben. Grand aus.«

Sekunden später ertönte die Stimme des Kapitäns seines Aufklärers. »Verstanden und bestätigt.«

Fünf Minuten später schwebte der Kugelraumer über dem Strand der Insel. Die KI öffnete eine Schleuse und bildete ein Vektorgravfeld aus. Grand, Nikolai und Michelle sanken langsam hinunter auf den feinkörnigen, rosafarbenen Sand. Über ihnen verschwand Jalina mit dem Schiff im wolkenlosen Himmel. Sie hatten kaum den Boden berührt, als die beiden Elternpaare die mit zartlila Gras bewachsene Düne heruntergerannt kamen. Den beiden Müttern rannen die Tränen über die Wangen.

Michelle warf sich in die Arme ihres Vaters, der sichtlich schlucken musste, und Nikolai umarmte seine hemmungslos schluchzende Mutter. Sein Vater machte hingegen ein finsteres Gesicht.

»Danke, dass Sie uns unsere Kinder zurückgebracht haben«, sagte er zu Grand und schüttelte ihm die Hand. »Mein Junge wird sich allerdings weniger darüber freuen können, was ihn erwartet. Er hat nicht nur sich, sondern auch Michelle in Lebensgefahr gebracht. Das war unreif und verantwortungslos.«

»Urteilen Sie nicht zu hart über ihn«, sagte Grand. »Von uns wird er eine Auszeichnung erhalten. Ohne ihn wüssten wir bis jetzt noch nicht, dass sich auf Ozeania Spione herumgetrieben haben. Er hat seinen Teil dazu beigetragen, diesen Planeten sicherer zu machen. In meinen Augen ist er ein Held!«

Grand trug bewusst dick auf, und seine Worte verfehlten nicht ihre Wirkung.

»Ein Held? Sie wollen ihm sogar eine Auszeichnung geben?« Nikolais Vater schüttelte konsterniert den Kopf.

»Sie sollten darüber nachdenken, wie es auf Außenstehende wirken würde, wenn Sie jemanden, den wir öffentlich belobigen werden, Ihrerseits für die gleiche Sache hart bestrafen.«

»Sie meinen …«

»Waschen Sie ihm meinetwegen den Kopf und dann lassen Sie es gut sein.«

»Na schön, wenn Sie meinen …«

Grand drehte sich zu den beiden Jugendlichen um.

»So, ihr zwei! Danke nochmals für euren Beitrag zur Sicherheit der Terranischen Union«, sagte er laut hörbar. Inzwischen waren auch Arbeiter und Freunde der Familien aufgetaucht und hörten mit großen Augen zu. »Ohne euren wagemutigen Einsatz wüssten wir bis jetzt noch nicht, dass sich Spione unter Wasser verborgen hatten. Die terranische Union steht in eurer Schuld!« Bei den letzten Worten zwinkerte er Nikolai unbemerkt zu. Der Junge grinste und ergriff Mikes ausgestreckte Hand.

»Danke, Sir, Kleinigkeit!«, sagte er großspurig.

»Übertreib´s nicht, Kleiner«, flüsterte Grand, während er ihm die Hand schüttelte.

Dann drehte er sich um und ging zu dem wartenden Beiboot. Der Pilot salutierte und Grand stieg ein. Mit aufheulendem Triebwerk schoss das Beiboot in den Himmel. Grand grinste. *Scheiß auf die Behörden*, dachte er und wies den Piloten an, mit Vollschub ins All zu rasen.

28.

Als Jalina ihren Bericht beendet hatte, herrschte für einige Sekunden Stille im Raum. Das gesamte Gremium war anwesend, nachdem sie bereits auf dem Flug zum Hort Kontakt mit Mutter aufgenommen und die Brisanz und Tragweite ihrer Erkenntnisse deutlich gemacht hatte. Jalina hatte sich jedoch geweigert, über Hyperfunk Einzelheiten preiszugeben und um eine Sondersitzung des Gremiums gebeten. Die Angelegenheit war zu komplex, als dass man sie in wenigen Sätzen hätte zusammenfassen können.

Allein die Ankündigung, mit einem Schiff der *Gründer* zurückzukommen, hatte größere Aufregung verursacht als jedes andere Ereignis seit Gründung der Liga. Das dorianische Schiff war auf der 'Krempe' geparkt und Mutter hatte sie mit dem Spontantransmitter von dort direkt in den Sitzungsraum transportiert. Sie weigerte sich, mit der KI des Schiffes zu kommunizieren, ehe sie nicht Jalinas Bericht gehört hatte. Sie wollte nicht ohne jegliche Hintergrundinformation in dieses Gespräch gehen, das für sie wie ein Erwachen nach einer langen Phase der Amnesie sein konnte. Ihre Vorfreude und Neugier bildeten zusammen mit der Angst vor den Dingen, die sie möglicherweise über sich erfahren würde, eine hochexplosive Mischung. Mutter fürchtete sich.

»Uns bleiben also noch ungefähr drei- bis fünftausend Jahre«, stellte Threlak´Klonn´Arbor fest.

»Das ist … besorgniserregend.«

»Das dürfte die Untertreibung des Millenniums sein«, sagte Ylanthu. Das milgorische Mitglied des Gremiums war nun auch im Hort eingetroffen, nachdem seine verdeckten Bemühungen, den Krieg seines Volkes gegen die Pogh´Chen bereits im Vorfeld zu verhindern, krachend gescheitert waren.

»Eher die größte Untertreibung, seitdem das Universum besteht«, übersetzte der Translator das Pigmentband des Quatchek. »Der Angriff der Pfeilschiffe verblasst gegen diese Bedrohung.«

»Aber er ist akut, während die Branenkollision erst in der Zukunft stattfinden wird«, bemerkte Usgran Delar Torkan und ließ seinen morphischen Körper zu einer flachen Masse mit einem zentralen Höcker auseinanderfließen. Er sah nun aus wie ein Spiegelei mit zwei Augenstielen mitten im Dotter.

»Usgran hat völlig recht«, bestätigte Jalina. »Wenn die Pfeilschiffe weiterhin so viel Erfolg mit ihrer Verderben bringenden Taktik haben wie in der letzten Zeit, werden die allermeisten Zivilisationen der Galaxis die Kollision gar nicht erst erleben.«

»Wir können nicht an zwei Fronten gleichzeitig aktiv sein«, warf der Vorsitzende ein. »Unsere Ressourcen sind jetzt schon angespannt und selbst die BEWAHRER sind mit der Situation überfordert.«

»Vor allem, da ich nicht sehe, was wir gegen die bevorstehende Branenkollision unternehmen könnten«, stimmte Usgran zu. »Die Information ist erschütternd und erschreckend, aber es handelt sich um ein kosmisches Ereignis, dem wir nichts entgegenzusetzen haben. Wir kennen nun lediglich das ungefähre Datum unseres Unterganges – das ist zwar tragisch, aber unabänderlich. Wie ein todkranker Patient, der von seinem Arzt gesagt bekommt, dass es keine Rettung gibt.«

»Außer man findet plötzlich ein Heilmittel«, gab Jalina zu bedenken.

»Es gibt kein 'Heilmittel' für eine unabwendbare Naturkatastrophe«, wandte Usgran ein. »Deshalb müssen wir unsere Prioritäten richtig setzen. Und die liegen bei den Pfeilschiffen!«

»Ich stimme meinem Kollegen zu«, schaltete sich Ylanthu wieder in die Debatte ein. »Zudem steht ja nicht fest, dass unser Universum bei der Branenkollision untergehen wird.«

Jalina war nicht überzeugt. Die Dorianer hatten eine Möglichkeit gefunden, der Katastrophe zu entgehen, indem sie sich in ein anderes Universum abgesetzt hatten. Wenn man dieser Technologie habhaft werden konnte, bestand die Möglichkeit, zwar bei Weitem nicht alle, aber doch sehr viele Leben zu retten. Sie würde mit Mutter darüber reden müssen.

»Welchen Eindruck hattest du von Major Grand?«, fragte Threlak´Klonn´Arbor. »Er könnte der Schlüssel zu allem sein und uns zu einem Sieg über die Fremden verhelfen.«

»Er ist zwar nur ein Terraner, aber Grand erscheint mir umsichtig, intelligent und mutig.« Und er sieht gut aus, hätte sie hinzufügen können – für einen Terraner.

»Nachdem er nun zufällig hinter unser Geheimnis gekommen ist; denkst du, er würde mit uns zusammenarbeiten?«

»Ich glaube, es ist mir gelungen, eine Vertrauensbasis zu schaffen. Wir hatten zwar keine Gelegenheit, über die Invasion der Pfeilschiffe und deren paranormale Fähigkeiten zu reden, aber ich bin mir sicher, Major Grand ist an einer Lösung des Problems ebenso interessiert, wie wir es sind.«

»Das war sehr diplomatisch ausgedrückt, Jalina. Was ich wissen will: Würde es angesichts seiner Immunität gegen die mentale Beeinflussung Sinn machen, ihn für uns anzuwerben, ihn zu rekrutieren?«

Jalina war schockiert. Rekrutierungen kamen extrem selten vor, und es geschah nur alle paar Jahrhunderte, dass ein neues Mitglied in die *Liga der Unsterblichen* aufgenommen wurde. Es musste jemand sein, der sich besondere Verdienste um die Völker der Galaxis erworben hatte. Er, sie oder es musste zudem charakterlich einwandfrei sein, durfte keine Machtambitionen besitzen, musste in der Lage sein, problemlos mit anderen Spezies zusammenzuarbeiten – und sterben, um unsterblich zu werden. Noch nie war solch eine Entscheidung spontan gefallen. Normalerweise ging einer Rekrutierung ein jahrelanger Beobachtungs- und Diskussionsprozess voraus, dann eine Abstimmung im Gremium, schließlich die Kontaktaufnahme mit dem betreffenden Individuum, und erst danach erfolgte die Aufnahme, falls der Kandidat zustimmte.

Dem Betreffenden blieb es freigestellt, ob er seine natürliche Lebensspanne aufbrauchen oder freiwillig aus dem Leben scheiden wollte, um in der *LifeCell* wiedergeboren zu werden.

Jalina war der letzte Rekrut gewesen, und dies lag vierhundert Jahre zurück. Insgesamt gab es überhaupt nur etwas mehr als einhundert von ihnen. Ab und zu starb ein Unsterblicher, da die Behandlung zwar vor Krankheiten und einem Alterungsprozess schützte, jedoch nicht vor Unfällen oder einem gewaltsamen Tod. Der Älteste war Threlak´Klonn´Arbor mit über vierzigtausend Lebensjahren, davon fast zehntausend Jahre als Vorsitzender des Führungsgremiums. Alle, die es vor ihm gegeben hatte, waren früher oder später durch Gewaltakte ums Leben gekommen. Niemand lebte tatsächlich ewig – selbst ein Unsterblicher nicht. Ihre Einsätze waren häufig sehr gefährlich und eine zweite Behandlung in der *LifeCell* funktionierte aus unbekannten Gründen nicht.

»Ihn rekrutieren? Aber … es wurde noch nie jemand rekrutiert, ohne dass im Vorfeld Beratungen, Diskussionen, Nachforschungen, Abstimmungen und dergleichen stattgefunden haben!«, rief sie aus.

»Nun, das trifft auf die meiste Zeit seit Bestehen der Liga zu, aber in den Anfangsjahren waren wir da wesentlich flexibler, wenn ich mich recht entsinne«, beteiligte sich nun auch Mutter an der Diskussion. Sie war schon sehr früh ebenfalls in das Führungsgremium aufgenommen worden und hatte gleiches Stimmrecht. Genau genommen war die KI ja ebenfalls unsterblich, wenn auch aus anderen Gründen. Und sie war sehr viel älter als alle Unsterblichen zusammen.

»Willst du damit sagen, wir sollten Grand rekrutieren?«

»Er ist momentan unsere größte Hoffnung, soweit es darum geht, den Fremden etwas entgegenzustellen. Wenn wir herausfinden können, warum er gegen die Beeinflussung immun ist, ließe sich daraus vielleicht eine Abwehrwaffe entwickeln.«

»Aber ihn gleich zum Unsterblichen zu machen …« Jalina war nicht überzeugt.

»Was hast du gegen ihn? Hältst du ihn für ungeeignet? Oder ist es nur, weil er ein Terraner ist? Wir wissen ja alle, wie ihr Kolltaner über eure Vettern denkt.« Der Translator brachte es tatsächlich fertig, gleichzeitig tadelnd und amüsiert zu klingen. Vielleicht gaben die Farben auf dem Pigmentband des Quatchek auch emotionale Muster ab. Jalina nahm sich vor, dies zu recherchieren. »Oder liegt es vielleicht sogar daran, dass du ihn magst?« Diesmal klang es eindeutig amüsiert.

»Ihn mögen? Lächerlich!« Sie gab sich Mühe, so viel Überzeugung wie möglich in den entrüsteten Aufschrei zu legen.

»Es spielt auch keine Rolle, was Jalina für ihn empfindet. Wichtig ist ausschließlich, was sie über ihn denkt«, warf Mutter ein.

»Lächerlich, ich empfinde nichts für ihn! Aber … ja … er ist meiner Meinung nach ein geeigneter Kandidat. Soweit man das von einem Terraner behaupten kann«, konnte sie sich nicht verkneifen, hinzuzufügen.

Usgran Delar Torkan formte seinen Körper zu einem Ball und reckte ein Stielauge nach oben.

»Ich bin ebenfalls dieser Meinung. Seine Aktion vor Grallia und sein mutiges Eingreifen auf der *Marco Polo* zeigen, dass er alle Voraussetzungen mitbringt.«

»Ylanthu?«, fragte Threlak´Klonn´Arbor den Milgorer.

»Ich stimme ebenfalls zu!«

»Dann ist es einstimmig. Wir werden Michael Cordwainer Grand das Angebot unterbreiten, Mitglied der Liga und unsterblich zu werden.«

29.

Der Planet stand in Flammen. Das stundenlange Oberflächenbombardement mit thermonuklearen Waffen und Antimaterietorpedos hatte die Landmassen geschmolzen und die Meere zum Kochen gebracht. Lavaseen überzogen die Kontinente und schweflige Wolken verwandelten die Atmosphäre in einen giftigen Brodem. Der ehemals wunderschöne vierte Planet der gelben Sonne sah nicht mehr viel anders aus als vor einigen Milliarden Jahren, nachdem er sich aus der protoplanetaren Staubscheibe gebildet hatte. Mit einem Unterschied: Er würde nie wieder Leben tragen.

Die mehr als drei Milliarden Worx, die hier gelebt hatten, waren im atomaren Feuer vergangen. Die unberührten Naturreservate, die gepflegten Parks und Schutzzonen, die ökologisch verträglichen, über den gesamten Planeten verteilten Kleinstädte, die fruchtbaren Felder und die schwimmenden Gärten – alles war unwiederbringlich verloren.

Die Worx hatten ihren Heimatplaneten geliebt. Das Volk der Denker und Künstler hatte in der gesamten Galaxis ein hohes Ansehen genossen. Die friedliebende Spezies hatte in ihrer langen Geschichte niemals Kriege geführt – weder untereinander noch später, als sie sich ins All aufmachten, gegen andere Zivilisationen. Workur, das Zentrum ihres kleinen Reiches von nur drei Sonnensystemen, war ihr besonderer und behüteter Schatz gewesen. Mit tief empfundener Missbilligung hatten sie beobachtet, wie andere Spezies ihre Heimatplaneten ausplünderten und zugrunde richteten. Für die hochintelligenten Worx war ein solches Verhalten stets undenkbar gewesen. Kein anderes Volk in der Milchstraße erfreute sich einer derartigen Beliebtheit. Ihre Musik, ihre Skulpturen und Bilder, ihre Dichtkunst und ihre philosophischen Abhandlungen waren auf fast allen Planeten, bei fast allen Zivilisationen begehrt. Ihr Übermaß an Empathie und Einfühlungsvermögen in Mentalität und Kultur anderer Völker machte sie zu universellen Botschaftern der Kunst.

Auch ihr Äußeres trug maßgeblich dazu bei, dass niemand sie als Bedrohung ansah. Nur knapp einen Meter groß, in weiches, golden schimmerndes Fell gehüllt, mit großen, dunklen Knopfaugen und einer niedlichen Nase darunter, entsprachen sie für fast alle Spezies dem Urbild eines hilfebedürftigen, unschuldigen Wesens. Selbst Reptiloiden und Insektoiden konnten sich dem Charme und Zauber der Worx nicht entziehen. Und doch hatte jemand fast ihre gesamte Zivilisation vernichtet.

Wie aus dem Nichts war eine Flotte von mehreren Hundert Schiffen der Holbrak erschienen und hatte das Feuer eröffnet. Niemand kannte den Grund dafür oder würde ihn je erfahren. Es war ein barbarischer Akt der Willkür, der ewig unerklärlich bleiben sollte – zumindest für diejenigen, die nichts von den Fähigkeiten der fremden Aggressoren und ihren schwarzen Pfeilschiffen wussten. Die Worx besaßen weder eine Schutzflotte noch irgendeine

Form der Systemverteidigung. Es war ein kaltblütiger, verachtenswerter Massenmord an wehrlosen Unschuldigen.

Als die BEWAHRER endlich im Work-System erschienen, kam jede Hilfe zu spät. Der Planet und seine Bewohner waren nicht mehr zu retten. Doch die Maschinenwesen besaßen Emotionen und auch bei ihnen war der Abscheu vor dieser Tat so groß, dass sie gegen eine selbstgestellte eiserne Regel verstießen: niemals Vergeltung zu üben, niemals als Aggressor aufzutreten. Ihre Wut war so groß, dass sich die beiden Kugelraumer auf die Flotte der Holbrak stürzten und mit ihren überlegenen Waffen das Feuer eröffneten. Die Holbrak hätten keine Chance gehabt, der vollständigen Vernichtung zu entgehen, hätten sie nicht plötzlich Hilfe erhalten. Vier schwarze Pfeilschiffe erschienen in Kampfformation mitten im System, was bisher als unmöglich gegolten hatte, und griffen die BEWAHRER an. Noch nie hatten die Fremden sich so offen gezeigt. Damit begann sie nächste Eskalationsstufe. Die beiden Schiffe der BEWAHRER waren völlig überrascht, und noch bevor sie auf die veränderte taktische Situation reagieren konnten, schlugen mächtige Waffensysteme in ihre Schilde ein. Die beiden Schiffe explodierten in gewaltigen Feuerbällen, noch bevor sie selbst einen Schuss abgeben konnten.

Ein Aufschrei ging durch die Galaxis. Mehreren mächtige Spezies schlossen sich spontan zu einer Gemeinschaft zusammen, um die Holbrak für ihre grauenhafte Tat zu bestrafen. Diese wiederum waren in eine nicht minder mächtige Allianz eingebunden und fühlten sich stark genug, ihren Anklägern und Richtern die Stirn zu bieten. Nicht zuletzt deshalb, weil sie sich des Schutzes ihrer neuen Freunde sicher sein durften. Wer spielerisch zwei Schiffe der BEWAHRER vernichten konnte, war in *jedem* zu erwartenden Kampf ein nahezu unbesiegbarer Bündnisgenosse.

Somit standen sich zwei Lager gegenüber, von denen keines bereit war, nachzugeben. Der Ton wurde immer schärfer, die Kriegsretorik immer ausgeprägter. Alte Feindschaften wurden wieder ausgegraben und längst als erledigt erachtete Auseinandersetzungen flammten erneut auf. Fast ein Viertel der Galaxis machte mobil. Der Rest befürchtete, in die abzusehenden Kriegswirren hineingezogen zu werden.

Die BEWAHRER waren hilflos. Nicht nur, dass sie über viel zu wenige Schiffe verfügten, um bei einem allumfassenden Krieg überhaupt eine Rolle spielen zu können, der Mythos ihrer Unbesiegbarkeit war ein für alle Mal verloren. Man fürchtete die 'Metallköpfe', wie sie nun vermehrt despektierlich genannt wurden, nicht mehr. Zudem hegten sie nach der fast spielerischen Vernichtung ihrer beiden Schiffe ernsthafte Zweifel, ob sie dem Feind technologisch gewachsen waren.

Noch wurden nur die Kriegstrommeln geschlagen, doch der Sturm zog bereits am Horizont auf. Es gab natürlich Vermittlungsversuche von

Spezies, die sich um Ausgleich und Frieden bemühten, doch unter dem Einfluss der Fremden waren die Holbrak zu keinen Zugeständnissen bereit. Sie wollten den Krieg. Die Fremden wollten den Krieg.

Selbst als die BEWAHRER die Bedrohung durch die Pfeilschiffe endlich öffentlich machten, änderte dies nichts. Kaum jemand wollte ihnen glauben. Niemand wollte wahrhaben, dass hinter all dem eine fremde Macht stecken könnte. Man hielt es für eine Ausrede, für ein Märchen – für einen Buhmann, der nur Angst machen und die eigene Schwäche verbergen sollte.

Der Liga der Unsterblichen wurde unvermittelt klar, dass ihnen nicht mehr Jahre oder Monate blieben, sondern bestenfalls Wochen. Dann würde die Milchstraße im totalen Krieg versinken. Dann hätten die unheimlichen Fremden so gut wie gewonnen.

30.

Grand war nach Jalinas Abreise mit dem dorianischen Schiff noch einen Tag im Orbit um Ozeania geblieben und hatte bei den dortigen Behörden dafür gesorgt, dass Nikolai und Michelle eine öffentliche Belobigung und ein Stipendium an einer Universität ihrer Wahl erhalten würden. Admiral Gregorjan hatte einem heimlichen Treffen zugestimmt. Was Grand zu berichten hatte, war weder für andere Ohren, noch für offizielle Kanäle bestimmt. Sollte der Admiral entscheiden, wie er angesichts der instabilen und täglich weiter eskalierenden Situation in der Milchstraße mit den sensiblen Informationen umging.

Aldoran IV war einer von sechzehn Monden eines jupiterähnlichen Gasplaneten etwa 260 Lichtjahre von der Erde entfernt. Auf dem Mond befand sich ein He_3-Depot der Raumverbände. Der Energieträger wurde von vollautomatischen Ernteschiffen in der Atmosphäre des Gasriesen gesammelt und hier zwischengelagert. In der Station arbeiteten nur eine Handvoll Flotteningenieure, die in halbjährlichem Rhythmus abgelöst wurden. Da der Admiral gerade auf einer Inspektionstour in einem benachbarten System unterwegs war, hatte er den Mond als Treffpunkt vorgeschlagen. Er konnte dort unbemerkt einen Zwischenstopp auf dem Weg zurück zur Erde einlegen.

Mikes Aufklärer, der schnellste Schiffstyp in der Flotte, hatte einen maximalen Überlicht-Qutienten von fast 10.000 Lj/h, sodass er die etwa 7400 Lichtjahre von Ozeania nach Aldoran IV selbst mit reduzierter Geschwindigkeit bequem in einer Stunde zurücklegen konnte. Als der dreißig Meter durchmesssende und nur zehn Meter hohe Diskus auf das kleine Landefeld neben der Station hinabglitt, konnte er Gregorjans Fregatte dort bereits stehen sehen. Grand gab Anweisung, direkt daneben zu landen. Er zog einen leichten Raumanzug über, verließ den Aufklärer und ging die wenigen Meter zu Gregorjans Schiff. Dort hatte man die Landung beobachtet und erwartete ihn. Die Außenschleuse öffnete sich, als er sich der Fregatte näherte.

Admiral Gregorjan saß in seiner Kabine hinter einem Schreibtisch, und nickte Grand wortlos zu, als dieser von einem Adjutanten hereingeführt wurde. Mike salutierte vorschriftsmäßig und Gregorjan deutete auf einen Sessel.

»Danke, Leutnant! Sie können gehen«, wies er seinen Adjutanten an.

Der Admiral wartete, bis sich die Tür geschlossen hatte und sie allein waren.

»Ihre Nachricht klang sowohl besorgniserregend als auch mysteriös, Grand«, eröffnete er das Gespräch.

Während er noch im Orbit um Ozeania gekreist war, hatte Mike lange darüber nachgedacht, was er dem Admiral erzählen sollte. Er musste ihm von dem Schiff der Dorianer berichten, so viel stand fest, und auch die drohende Branenkollision konnte er nicht verschweigen. Einzig die Liga der Unsterblichen würde er mit keinem Wort erwähnen. Er war zu dem Schluss gekommen, dass es nicht seine Aufgabe sein konnte und durfte, den Geheimbund zu enttarnen. Jalina und er hatten vor ihrem Abschied darüber diskutiert, wie wichtig es war, dass die Liga auch weiterhin im Verborgenen operieren konnte. Nachdem er nun zufällig von der Existenz dieser Verbindung erfahren hatte, bat sie ihn inständig, das Geheimnis zum Wohle aller Völker der Galaxis zu bewahren. Grand hatte nach reiflicher Überlegung zugestimmt.

»Die Station auf dem Meeresgrund war kein Horchposten der BEWAHRER, Sir, wie es in meinem offiziellen Bericht stehen wird«, sagte Grand.

Gregorjan hob fragend eine Augenbraue, sagte jedoch kein Wort.

»Es handelte sich vielmehr um das Schiff einer uralten Zivilisation. Bisher wurden alle Erzählungen über diese Spezies als Legenden betrachtet. Sie haben sicher auch schon von den sogenannten *Gründern* gehört, die angeblich vor vielen Millionen Jahren in der Milchstraße existiert haben sollen, bevor sie eines Tages spurlos verschwanden. Es gab sie tatsächlich! Sie nannten sich *Dorianer* und es war eines ihrer Schiffe, das wir gefunden haben – befehligt von einer nach all der Zeit immer noch funktionsfähigen KI.«

»Nun, das ist zwar sensationell, aber warum ist es besorgniserregend? Ist diese KI uns gegenüber feindselig eingestellt?«, fragte Gregorjan, um sofort selbst die Antwort zu geben. »Wohl kaum, sonst säßen Sie nicht wohlbehalten hier vor mir. Zudem ist es nur ein einzelnes Schiff einer untergegangenen Zivilisation. Das kann wohl kaum eine Bedrohung darstellen. Worin also liegt der Grund für ihre Geheimniskrämerei und den besorgten Ton ihrer Nachricht?«

Grand holte Luft und berichtete dem Admiral die unglaubliche Geschichte der Dorianer und der drohenden Branenkollision. Wie versprochen, unterschlug er dabei alles, was mit der Liga der Unsterblichen zusammenhing und stellte Jalina als Beauftragte der BEWAHRER dar.

»Es war klug von Ihnen, damit direkt zu mir zu kommen«, sagte Gregorjan, nachdem Grand seinen Bericht beendet hatte. »Die Öffentlichkeit darf von der Bedrohung durch die Branenkollision einstweilen nichts erfahren. Die Lage ist angespannt genug, und wir können keine zusätzlichen Schwierigkeiten brauchen. Auch wenn es noch weit in der Zukunft liegt, würde es unkalkulierbare Auswirkungen haben. Ich werde selbstverständlich die Unionsregierung informieren müssen, aber auch dort wird man sicher zunächst Schweigen darüber bewahren wollen.« Dann grinste er Grand plötzlich offen an. »Außerdem konnte ich nicht sicher sein, ob Sie das Geheimnis der Liga für sich behalten würden.«

Grand sah den Admiral ungläubig an. Wie konnte Gregorjan darüber Bescheid wissen?

»Schauen Sie nicht so blöd, Grand«, grantelte der Admiral gut gelaunt. »Ich bin nicht der unwissende

Depp, dem Sie eine halb gare Geschichte erzählen können, wie Sie sich das vielleicht gedacht hatten. Ich hatte von Jalina Kelranar einen Funkspruch auf meiner privaten Frequenz erhalten, noch bevor Sie sich bei mir gemeldet haben. Da waren Sie wahrscheinlich noch dabei, sich eine halbwegs glaubhafte Geschichte für mich auszudenken. Aber ich tadele Sie deswegen nicht – im Gegenteil! Es beweist, dass Sie Verantwortungsbewusstsein und Loyalität besitzen. Zwar nicht mir gegenüber, aber gegenüber denjenigen, die schon viel länger für den Schutz dieser Galaxis arbeiten und wichtiger sind als ein kleiner Admiral eines unbedeutenden Sternenreiches. Sie besitzen Eigenschaften, die man in der Liga hoch schätzt. Deswegen ist es mir eine Ehre und Freude, Sie im Namen der Mitglieder fragen zu dürfen, ob Sie bereit wären, sich der Liga der Unsterblichen anzuschließen!«

Grand saß sprachlos vor dem Admiral und wusste nicht, was er sagen sollte. Wieso stand Jalina mit Gregorjan in Kontakt? Wieso *wusste* er überhaupt von der Liga? Und warum grinste er so hämisch

»Ich ... äh ... Sir ... wieso ...?«, konnte er nur stammeln.

»Ich will Sie nicht länger auf die Folter spannen, Major Grand. Die Liga hat in den Führungsebenen der meisten größeren Zivilisationen eine Vertrauensperson. Soviel ich weiß, werden diese sehr sorgfältig ausgewählt. Man möchte nicht vollständig in einem legalen Vakuum agieren und stimmt sich deshalb mit den Kontaktpersonen ab, deren Völker von einer Aktion der Liga direkt oder indirekt betroffen sein könnten. Die Vertrauenspersonen sorgen, so gut sie können, dafür, dass ihre Regierungen eine Politik betreiben, die den Zielen der Liga entgegenkommt. Es sind sozusagen 'inoffizielle Mitarbeiter' der Liga – und ich bin seit vielen Jahren der Kontaktmann in der Terranischen Union! Der einzige, soweit ich weiß.«

Grand staunte über die weiten Kreise, welche die Liga in der Galaxis gezogen hatte. Andererseits hatte sie zweihunderttausend Jahre Zeit gehabt, ihre Methoden zu perfektionieren. Dann wurde ihm plötzlich bewusst, was Gregorjan ihn gefragt hatte.

»Die Liga will mich aufnehmen? Als was? Als Vertrauensperson oder ...«

Er erschrak selbst über die Konsequenz dessen, was der Admiral ihm im Namen der Liga der Unsterblichen angeboten hatte.

»Als Mitglied. Als Unsterblicher! Glückwunsch, Grand!«, sagte der Admiral lakonisch.

Major Michael Cordwainer Grand wusste nicht, was er sagen sollte. In seinem Kopf überschlugen sich die Gedanken. Man bot ihm an, unsterblich zu werden. Unglaublich!

»Was ... was bedeutet das für mich?«

»Sie werden nicht nur aus der Flotte ausscheiden – Sie werden offiziell durch einen unglücklichen Unfall ums Leben kommen. Ich weiß, dass Sie keine Familie haben und Ihr, wie ich anmerken darf, bescheidenes Vermögen wird vom Staat eingezogen.

Es gibt für Sie nicht viel zu verlieren, wenn ich ehrlich sein soll. Sie werden offiziell nicht mehr existieren und starten in ein völlig neues, anderes Leben. Aber Sie starten in ein Leben, dessen Ende nicht abzusehen ist, und Sie werden Dinge erleben, von denen andere nur träumen können. Glauben Sie mir, Grand, nach dem, was ich von der Liga weiß – und das ist nicht allzu viel – verfügt dieser Bund über unglaubliche technische Möglichkeiten. Sie können die Geschichte unserer Galaxis mitformen, Grand. Über die nächsten Jahrtausende! Ich muss zugeben, dass ich Sie beneide. Aber Sie müssen sich hier und jetzt entscheiden. Jalina Kelranar wartet auf meine Antwort.«

Was sollte er tun? Das Angebot kam völlig überraschend. Konnte er sein bisheriges Leben einfach so aufgeben, um sich einer Organisation anzuschließen, über die er so gut wie nichts wusste? Unsterblich zu sein klang verlockend, aber zu was machte es ihn? War er dann überhaupt noch ein Terraner, ein Mensch? Andererseits war die Aussicht, etwas *wirklich* Bedeutsames zu einer friedlichen Entwicklung der Galaxis beitragen zu können, nicht genau das, was er immer gewollt hatte? Deswegen war er in die Raumverbände eingetreten. Um den Frieden zu bewahren und alle Spezies zu beschützen – nicht nur sein eigenes Volk.

Grand war einerseits ein Idealist, andererseits aber auch pragmatisch veranlagt. Konnte er eine solche Chance, die sich ihm kein zweites Mal bieten würde, einfach ausschlagen? Er wusste nicht, was er tun sollte.

Admiral Gregorjan sah, wie Grand mit sich kämpfte.

»Mike«, sagte er in väterlichem Ton. »Vergessen wir für einen Moment, dass ich Ihr Vorgesetzter bin. Nehmen wir mal an, Sie lehnen das Angebot ab – würden Sie sich nicht für den Rest Ihres Lebens fragen, was Sie hätten erreichen können, was Sie hätten erleben können, wie viel Gutes Sie hätten tun können, wenn Sie nur 'Ja' gesagt hätten? Sie würden Karriere in den Raumverbänden machen, da bin ich mir sicher. Vielleicht würden Sie eines Tages sogar auf meinem Platz sitzen. Aber was bedeutet das im Hinblick auf die unfassbaren Möglichkeiten, die sich Ihnen hier bieten? Glauben Sir mir, Mike, wenn man mich fragen würde, ich würde keine Sekunde zögern!«

Grand wusste, dass Vassili Gregorjan recht hatte! Für ihn hatte sich eine Tür geöffnet, durch die er in eine faszinierende Zukunft blicken konnte. Wenn er sie jetzt zuschlug, würde er sich sein restliches Leben lang fragen, wie es wohl gewesen wäre, wenn er hindurch getreten wäre. Und dieses restliche Leben würde im Vergleich zu dem, was man ihm nun anbot, verdammt kurz sein. Er atmete tief durch und sah Gregorjan fest in die Augen.

»Danke, Sir, Sie haben recht. Ich muss das tun. Ich würde es sicher irgendwann bereuen, wenn ich eine solche Chance jetzt einfach wegwerfe.«

»Das ist der richtige Entschluss, Mike«, sagte Gregorjan und strahlte über das ganze Gesicht. Der alte Mann freute sich, als hätte man ihn selbst in die Liga aufgenommen. Dann griff er unter den Tisch und zog eine Flasche mit gold-braunem Inhalt hervor. »Hiermit entlasse ich Sie ab sofort aus dem aktiven Dienst der Terranischen Raumverbände – zumindest inoffiziell. Also gibt es keinen Grund, warum Sie nicht mit mir anstoßen sollten. Ich bin zwar im Dienst, aber als Admiral kann ich mir so einiges erlauben. Dazu gehört sicher auch, mit Ihnen einen guten Scotch zu trinken.«

Er füllte zwei Gläser einen Fingerbreit mit der goldenen Flüssigkeit.

»Terranischer Scotch aus dem 21. Jahrhundert. Unbezahlbar! Und genau das Richtige für diesen Moment! Prost, Mike – auf Ihre Unsterblichkeit!«

31.

»Es verläuft alles wie geplant.«

Wieder hatten sich die acht Führer der Invasoren in dem Raum um ein Hologramm versammelt. Zwischen ihnen drehte sich ein Abbild der Milchstraße mit verschieden markierten Zonen. Fast ein Drittel der Darstellung war in dunklem Violett gehalten – dem Zeichen für eine Kriegszone. Ein weiteres Drittel war grün eingefärbt. Hier gab es bereits Spannungen und erste Auseinandersetzungen. Nur der Rest strahlte in Gelb. Dort herrschte derzeit noch Frieden.

»Wir können zur nächsten Phase übergehen«, sagte der ältere Alien mit der krankhaft veränderten Haut. »Nachdem man unsere Anwesenheit bemerkt hat, besteht keine Notwendigkeit mehr, ausschließlich im Verborgenen zu operieren.«

»Viele der dortigen Zivilisationen halten die Bekanntmachung für ein Gerücht«, sagte einer der anderen.

»Umso besser für uns. Wir werden ab sofort zugunsten bestimmter Spezies in die Kämpfe eingreifen.«

»Jetzt schon?«, fragte der jüngste der Acht.

»Jetzt schon. Die Zeit drängt.«

»Gibt es neue Nachrichten aus der Heimat?«

»Nein. Aber der Zeitplan ist äußerst knapp bemessen. Wir müssen die große Galaxie, die man hier Andromeda nennt, ebenfalls noch übernehmen. Wir dürfen hier nicht noch mehr Zeit verlieren!«

»Dort gibt es wesentlich weniger Zivilisationen, und diese sind auf technologisch niedrigerem Niveau. Dort sollten wir weniger Probleme haben.«

»Umso mehr ein Grund, hier keine Zeit zu verlieren. Wenn wir hier gesiegt haben, ist der Rest einfach. Die Entscheidung über unsere Zukunft fällt in dieser Galaxis. Wir werden einigen ausgewählten Zivilisationen unsere Unterstützung zusagen. Gemeinsam werden wir deren Feinde vernichten, bevor wir schließlich sie selbst auslöschen.«

»Dafür benötigen wir mehr Schiffe«, erinnerte ein anderer.

»Ich habe bereits einen Kurier losgeschickt. Er wird einen weiteren Teil unserer Flotte anfordern. Die Entfernungen sind jedoch gewaltig und es wird einige Zeit dauern, bis sie hier eintreffen kann. Bis dahin müssen wir mit dem zurechtkommen, was uns zur Verfügung steht.«

»Warum ist dies nicht schon früher geschehen?«, kritisierte der Jüngere.

»Du wagst es, meine Führung und meine Entscheidungen infrage zu stellen?«, donnerte der Alte. »Vergiss nicht, wo dein Platz ist!«

»Verzeih!« Der Getadelte senkte demütig den Kopf, doch seine Augen funkelten wütend ob dieser Zurechtweisung.

»Niemand konnte damit rechnen, dass sich der Zeitplan ändern würde«, erklärte der Alte dann doch. »Es war erst für viel später geplant, unsere Flotte hier zu vergrößern. Bei einem Vorhaben dieser Größenordnung können Planänderungen nicht über

Nacht umgesetzt werden. Ist deine Frage damit beantwortet?«

Wieder senkte der Jüngere den Kopf.

»Natürlich! Ich danke dir.«

Der Alte konnte nicht sehen, dass der Jüngere verächtlich die Augen zusammenkniff.

»Dann ist es entschieden. Wir gehen zu Phase Zwei über. Für die Zukunft unseres Volkes!«

»Für die Zukunft unseres Volkes!«, antworteten die anderen.

32.

Nur drei Tage nach dem Gespräch verunglückte Major Michael Cordwainer Grand tödlich bei einem Manöver, zu dem er als Beobachter abkommandiert worden war. Bei einem Landeanflug versagte der Antigrav-Generator seines Jägers und er krachte ungebremst auf das Landefeld. Dutzende von Space-Marines waren Zeugen des Unglücks.

Die kleine Notiz im täglichen Bulletin der Raumverbände wurde, ebenso wie die Traueranzeige im örtlichen Holofeed seiner Heimatstadt, von fast niemandem beachtet. Todesfälle gab es bei den Raumverbänden hin und wieder und die Wenigen, die den Holofeed überhaupt lasen, hatten den Major nicht gekannt. Er hatte seine Heimatstadt seit Jahren nicht mehr besucht und besaß dort weder Freunde noch Verwandte.

Michael Cordwainer Grand,
Major der Terranischen Raumverbände, verstarb gestern im Alter von 35 Jahren infolge eines tragischen Unfalls in Erfüllung seiner Pflicht.
Die Admiralität spricht ihr Bedauern aus und wird Major Grand als vorbildlichen Offizier immer in dankbarer und ehrenvoller Erinnerung behalten.
Für die Terranischen Raumverbände
Admiral Gregorjan

Der von Major Grand alleine gesteuerte Jäger war

beim Absturz auf dem Raumhafen des kleinen Mondes explodiert, sodass es nicht einmal eine Leiche gab, die man hätte bestatten können. Solche bedauerlichen Unfälle waren selten, kamen jedoch leider vor. Zur offiziellen Trauerfeier erschienen vier oder fünf Kameraden, die ihn gut genug gekannt hatten, um mit ihm manchmal in der Messe ein Bier zu trinken. Der Brigadekommandant hielt eine kurze Rede und man spielte ein trauriges Musikstück. Nur eine junge Offizierin, die heimlich in Grand verliebt gewesen war, vergoss ein paar Tränen. Die leere Urne wurde auf einem Soldatenfriedhof in irgendeiner Ecke verscharrt und man ging auseinander. Währendessen saß Admiral Gregorjan lächelnd in seinem Büro und genehmigte sich einen Scotch auf das Wohl des Verstorbenen.

Am nächsten Tag war Michael Cordwainer Grand bereits so gut wie vergessen. Die aktuelle politische und militärische Lage in der Galaxis beherrschte sowohl die Nachrichten wie auch die Köpfe der Menschen und ließ kaum Raum für andere Gedanken.

Mike saß in der Zentrale des dorianischen Schiffes, dessen Spontantransmitter ihn kurz vor dem Aufprall des Jägers auf der Mondoberfläche direkt aus dem Cockpit an Bord transferiert hatte. Das Schiff selbst hatte nur ein paar Kilometer entfernt im All gewartet, war jedoch unter einem Tarnschirm verborgen gewesen, der es für die anderen an dem Manöver beteiligten terranischen Schiffe vollkommen unsichtbar gemacht hatte.

»Ich freue mich, dass du unser Angebot angenommen hast«, sagte Jalina, die außer ihm das einzige Besatzungsmitglied an Bord war. »Hakera, setze Kurs auf den Hort!«

»Hakera?«, fragte Grand mit hochgezogenen Augenbrauen.

»Sie braucht einen Namen. 'Hakera' ist der Name einer der Göttinnen unserer kolltanischen Vorfahren. Die Göttin der Weisheit. Ich halte die KI für klug und weise und für eindeutig weiblich«, erklärte Jalina.

»Ich bin mir zwar meines Geschlechts nicht sicher, finde 'Hakera' aber recht nett«, sagte die KI, die auf einen Avatar verzichtet hatte und über das BordKom zu ihnen sprach.

Nachdem die KI des Schiffes und Mutter ein langes Gespräch geführt hatten, hatte sie sich bereit erklärt, der Liga zu Diensten zu sein. Sie stellte nur zwei Bedingungen: Ihr ursprünglicher Auftrag, nach der Branenkollision den Dorianern Bericht zu erstatten, durfte davon nicht berührt werden, und sie würde nur Jalina als ihre Kommandantin anerkennen. Den Grund hierfür wollte sie nicht nennen. Da die Kollision noch weit genug in der Zukunft lag, stimmte man der ersten Bedingung umgehend zu. Von der zweiten ließ sie sich auch nach langen Diskussionen nicht abbringen. Es wurmte zwar einige der altgedienten Ligamitglieder, dass ausgerechnet die Jüngste unter ihnen über das technologisch hochwertigste Schiff würde verfügen können, und auch das Gremium war nicht begeistert, aber die KI ließ ihnen keine Wahl. Jalina taufte das Schiff *Rhelina*, was auf kolltanisch 'Hoffnung' bedeutete, und gab der KI nun auch offiziell den Namen 'Hakera'. Ihr erster Auftrag bestand darin, Grand nach seinem vorgeblichen Ableben in den Hort zu bringen.

»Wie geht es jetzt mit mir weiter?«, wollte Grand wissen. Bis auf die Tatsache, dass man ihn in die Liga der Unsterblichen aufzunehmen bereit war, hatte ihm Admiral Gregorjan keine Informationen geben können.

Jalina zögerte und sah Grand fast mitleidig an.

»Du ... du hast ja von den Nanoassemblern gehört, die in meinem Körper stecken. Nun, sie reparieren permanent Schäden, bis hinunter auf die DNA-Ebene. Du wirst also nicht mehr krank und kleine Wunden heilen sehr schnell. Und sie machen dich potenziell unsterblich! Wie du ja sicher weißt, beruht der Alterungsprozess darauf, dass sich bei jeder Zellteilung die Telomerkette am Ende des Chromosomenstranges verkürzt. Unterschreitet die Telomerlänge ein kritisches Minimum, kann sich die Zelle nicht mehr weiter teilen und stirbt. Die Nanoassembler sorgen unter anderem dafür, dass diese Länge konstant gehalten wird, indem sie ständig neue Basenpaare produzieren und an die Telomere anknüpfen. Im Prinzip wird jede Zelle, und damit der gesamte Körper, unsterblich. Auch Gewebeschäden, wie beispielsweise nach

Verwundungen, können die Nanoassembler in bedingtem Maß reparieren. Erst bei sehr ausgedehnten Verletzungen oder der Beschädigung lebenswichtiger Organe versagen ihre Fähigkeiten, da sie für die Reparatur Zeit brauchen, die dann häufig einfach nicht zur Verfügung steht. Wenn zum Beispiel dein Herz durch einen Schuss zerstört wird, können sie dich nicht mehr retten. Wenn man dir den Kopf abschlägt, bist du so tot wie jeder andere auch«, versuchte sie, einen Scherz zu machen, doch Mike hatte das Gefühl, dass hinter der Geschichte noch mehr steckte.

»Ich habe den Eindruck, du verschweigst mir etwas«, sagte er.

Wieder schien Jalina mit sich zu kämpfen und nach den richtigen Worten zu suchen.

»Die Nanos, wie ich sie nenne, werden in einer sargähnlichen Kammer, der *LifeCell*, speziell auf deine DNA programmiert und in den Körper injiziert. Der Vorgang dauert mehrere Stunden. Es ... es ist nur so, dass ... dies kann nicht bei einem lebenden Körper geschehen!« Der letzte Teil des Satzes sprudelte nur so aus ihr heraus.

»Nicht bei ... was heißt das?«, fragte Grand. Eigentlich wollte er die Antwort gar nicht hören.

»Es funktioniert nur, wenn der Körper tot ist. Und es funktioniert auch nur einmal. Es gibt keine zweite Chance. Ein Unsterblicher, der zu Tode kommt, kann in der LifeCell nicht erneut wiederbelebt werden.«

Sie flüsterte fast und konnte Grand nicht in die

Augen sehen.

»Moment, Jalina, habe ich den ersten Punkt richtig verstanden? Ich kann nicht unsterblich werden, solange ich am Leben bin? Ich muss erst sterben, bevor man mir diese ... diese ... Nanodinger einsetzen kann?«

Sie nickte nur, immer noch ohne ihn anzusehen.

»Was soll der Scheiß? Soll ich warten, bis ich an Altersschwäche sterbe? Oder mich selbst umbringen? Was ist das für ein beschissener Deal?« Grand war nun richtig wütend. Was wie ein unglaubliches Geschenk ausgesehen hatte, entpuppte sich in seinen Augen als schlechter Witz.

Jetzt sah sie ihn wieder an und diesmal blickte sie ihm tief in die Augen.

»Es ist der Deal, den man uns allen angeboten hat. Es ist die Entscheidung, vor der wir alle standen. Auch ich! Dein derzeitiges Leben für die Unsterblichkeit. Das ist der Deal. Ist er wirklich so ... beschissen?«

Grand schüttelte den Kopf und ließ sich tief in seinen Sessel sinken.

»Ich kann einfach nicht glauben, was du mir da gerade erzählst. Wie ... wie hast du dich entschieden?«

»Bei mir war es nicht leichter«, sagte Jalina. »Ich lag im Sterben, als man mir das Angebot gemacht hat. Doch ich hätte gerettet werden können. Ich habe auf die Rettung verzichtet und den Tod gewählt. Um als Unsterbliche wiedergeboren zu werden!«

»Wieso hat man dich ausgewählt?«

Wieder zögerte Jalina, und es war ihr anzusehen, dass sie lange darüber nachdachte, ob sie Grand ihre private Geschichte erzählen sollte.

»Ich war Mitglied des medizinischen Korps unserer Raumflotte. In einer unserer Kolonien brach ein tödliches Virus aus. Dort lebten mehrere Hundert Millionen Kolltaner. Man fand zwar ein Heilmittel, aber jemand musste es auf den unter Quarantäne stehenden Planeten bringen. Und es war klar, dass es nur bei weniger als der Hälfte aller Behandelten wirken würde. Ein Freiwilliger, der sich unweigerlich infizieren musste, würde also nicht einmal eine fünfzigprozentige Chance haben, den Einsatz zu überleben. Die Zeit drängte. Wenn die Erkrankten das Mittel nicht schnellstmöglich erhalten würden, würde niemand auf dem Planeten überleben. Ich meldete mich, brachte das Mittel auf den Planeten, behandelte die Erkrankten und wies alle noch lebenden Ärzte ein, wie es einzusetzen war. Ich infizierte mich, bei mir schlug die Behandlung nicht an und ich lag bald im Sterben. Da erschien jemand an meinem Krankenbett und machte mir das Angebot. Er erzählte mir von der Liga und sagte, meine Bereitschaft, Millionen Leben zu retten und das eigene dafür zu geben, hätte mich für eine Mitgliedschaft qualifiziert. Genau zu diesem Zeitpunkt entwickelte man ein wirksameres Mittel und ich hätte geheilt werden können. Ich lehnte die Behandlung ab und entschied mich für die Liga.«

Grand schlug die Hände vors Gesicht und stieß

hörbar den Atem aus.

»Was geschieht, wenn ich nicht sterben will?«

»Man wird dich nicht wieder rauswerfen, falls du das befürchten solltest. Unser Wort gilt! Dann lebst du einfach weiter. Als Mitglied der Liga, aber nicht als Unsterblicher. Bis zu dem entscheidenden Moment giltst du als Rekrut. Du kannst an Einsätzen teilnehmen, hast jedoch nur eingeschränkte Rechte. Wenn du ein hohes Alter erreichst und eines natürlichen Todes stirbst, wird man dir die Nanoassembler einsetzen. Sie können dich jedoch nicht verjüngen! Du wärst dann ein alter, gebrechlicher Unsterblicher, der für die Liga nur von eingeschränktem Nutzen sein würde.«

»Nun, falls ich bei einem Einsatz ums Leben kommen sollte, könnte man mich auch früher ... äh ... nanofizieren.«

»So einfach ist es nicht«, sagte Jalina. »Der tote Körper muss innerhalb einer Stunde in die LifeCell. Danach sind die Gewebeschäden, vor allem im Gehirn, zu groß. Selbst für die Nanoassembler. Die Wahrscheinlichkeit, beim Tod während eines Einsatzes noch rechtzeitig zurück in den Hort zu gelangen, ist sehr gering.«

Jetzt war es Grand, der lange schwieg und nachdachte.

»Ich brauche Zeit, das alles zu verarbeiten und mir darüber klar zu werden, was das für mich bedeutet.«

»Natürlich, Mike. Wir geben dir so viel Zeit, wie du brauchst. Du bist nicht der Erste, der sich mit dieser Entscheidung schwertut. Aber es gibt noch etwas, das du wissen musst.«

Grand schwante Übles. Noch eine solche Überraschung konnte er nicht gebrauchen.

»Wir haben dir das Angebot nicht nur gemacht, weil wir deine Aktionen vor Grallia und auf der *Marco Polo* bewundernswert fanden oder weil du zufällig auf Ozeania von uns erfahren hast. Wir hatten dich schon vorher auf der Kandidatenliste, da du gegen die mentale Beeinflussung der Fremden immun bist. Auf dir ruht im Moment unsere größte Hoffnung im Kampf gegen die Unbekannten. Du könntest der wichtigste Unsterbliche werden, den es in der Liga je gegeben hat!«

33.

Er fühlte sich wie auf dem Seziertisch. Von den meisten Spezies hatte er zwar schon gehört, aber nur den wenigsten bereits von Angesicht zu Angesicht gegenübergestanden. Alle musterten ihn aufmerksam, als er als Letzter auf dem ihm zugewiesenen Sitz Platz nahm.

Der große Saal erinnerte ihn an das Auditorium an der Militärakademie. Ein Halbrund mit ansteigenden Sitzreihen gegenüber einem langen Tisch, an dem die Mitglieder des Gremiums demnächst Platz nehmen würden.

Es war nur etwa die Hälfte der Unsterblichen anwesend. Jalina hatte ihm vor der Zeremonie erklärt, dass die anderen irgendwo im Einsatz waren, um Brandherde auszutreten und Konflikte zu entschärfen. Trotzdem war es auch so ein beeindruckendes Bild. Da saßen Vertreter von Völkern friedlich nebeneinander, die an jedem anderen Ort in der Galaxis wahrscheinlich sofort übereinander hergefallen wären. Sauerstoffatmer von Gesteinsplaneten wie der Erde in humanoider, insektoider, avianischer oder reptiloider Ausprägung stellten die Mehrzahl der Anwesenden. Daneben sah er Methanatmer von Gasriesen in ihren Schutzblasen, aquatische Lebewesen in Überlebenstanks, Sporen- und Pilzabkömmlinge, zwei Pflanzenwesen von Dschungelplaneten und noch einige, deren biologischer Ursprung ihm ein Rätsel blieb, so fremdartig, wie sie aussahen. Sogar einen Vertreter der einzigen silikatbasierten Lebensform, der man bisher begegnet war, konnte er im Raum ausmachen. Es war die bunteste Mischung galaktischen Lebens, die man sich vorstellen konnte. Und alle waren unsterblich.

Threlak´Klonn´Arbor, Ylanthu und Usgran Delar Torkan sowie der namenlose Quatchek betraten den Raum und es breitete sich Stille im Saal aus. Sie nahmen auf den an ihre Bedürfnisse angepassten Sitzgelegenheiten an dem Tisch Platz. Zusammen mit Mutter war das fünfköpfige Führungsgremium damit komplett. Der Vorsitzende ergriff das Wort.

»Nach vierhundert Jahren sind wir wieder einmal versammelt, um ein neues Mitglied in unseren Reihen zu begrüßen. Ihr habt alle das Dossier über Michael Cordwainer Grand erhalten. Er ist der erste Terraner in unserer Gemeinschaft.

Wir stehen derzeit vor einer Herausforderung wie noch nie in unserer langen Geschichte. Und Michael könnte der Schlüssel zur Bewältigung dieser Herausforderung sein. Wie ihr wisst, ist er als Einziger gegen die paranormale Beeinflussung durch die Fremden immun. Mit seiner Hilfe hätten wir die Chance, gegen diesen Gegner aktiv zu werden, ohne unter seinen Einfluss zu geraten. Aber wir haben ihn nicht nur deswegen rekrutiert, sondern auch wegen seines vorbildlichen und mutigen Verhaltens während zweier Krisen, die Millionen von Opfern hätten fordern können. Michael Cordwainer Grand wird nach Einschätzung des Gremiums ein würdiges Mitglied der Liga der

Unsterblichen sein.« Er machte eine kurze Pause und blickte in das Rund. »Gibt es eine Gegenrede?«

Wie Jalina ihm erklärt hatte, besaß jeder Unsterbliche ein Einspruchsrecht gegen einen neuen Kandidaten. Bisher hatte zwar noch nie jemand von diesem Recht Gebrauch gemacht, trotzdem konnte Mike es sich nicht verkneifen, einen verstohlenen Blick in die Runde zu werfen. Doch es meldete sich niemand zu Wort.

»Dann begrüße ich Michael Cordwainer Grand als neuen Rekruten in der Liga der Unsterblichen. Wie es Brauch ist, wird ihm für die erste Zeit ein Mentor zugeteilt, der ihn einführen und durch den Prozess der Wiedergeburt begleiten wird. Jalina Kelranar hat sich bereit erklärt, die Funktion zu übernehmen. Damit ist die Versammlung geschlossen. Ich bitte Mike und Jalina, sich im Anschluss in der Zentrale mit dem Gremium zu treffen. Es gibt einiges zu besprechen.«

Der formale Teil war vorüber, und fast alle der Anwesenden sprachen Mike ihre persönlichen Glückwünsche aus. Verschiedene Spezies mit nichtmenschlichen Gesichtern und unverständlichen Namen zogen an ihm vorüber, ohne dass er sie sich hätte merken können. Alles erschien ihm irgendwie unwirklich. Und er hatte sich immer noch nicht entschieden, wie er mit Jalinas Eröffnung über den Vorgang in der LifeCell umgehen sollte. Zu seiner Überraschung hatte sie sich als seine Mentorin angeboten. Er hätte nicht erwartet, dass eine Kolltanerin sich für einen Terraner einsetzen würde.

Aber er freute sich insgeheim darüber.

»Die Situation gerät außer Kontrolle«, sagte Threlak´Klonn´Arbor. »In einem Drittel der Galaxis toben bereits Kriege und in einem weiteren Drittel eskaliert die Lage täglich. Wir müssen das stoppen!«

»Überschätzen wir ... äh ... uns da nicht?«, fragte Mike, und es kam ihm seltsam vor, das Wort *'uns'* zu benutzen.

»Das einzige Hindernis sind die Pfeilschiffe. Wenn diese nicht wären, könnten wir gemeinsam mit den BEWAHRERN zumindest an den am heftigsten umkämpften Brennpunkten für Ruhe sorgen. Der Rest würde bald folgen. Die Liga verfügt zwar nur über ein paar Kampfeinheiten, aber diese sind mit Gründer- ... hm ... ab jetzt sollten wir wohl sagen, mit dorianischer Technologie aufgerüstet. Wir verfügen über Schutzeinrichtungen und Waffen, denen der Rest der Milchstraße nichts entgegenzusetzen hat. Mit Jalinas *Rhelina* haben wir jetzt sogar ein rein dorianisches Schiff in unserem Arsenal. Dieses dürfte es sogar mit den Pfeilschiffen aufnehmen können. Das hoffen wir zumindest.«

»Aber ein dorianisches Schiff ist zu wenig und die Pfeilschiffe stellen sogar für die BEWAHRER eine Bedrohung dar. Solange wir keinen Schwachpunkt beim Feind finden, sind wir mehr oder weniger hilflos«, fügte Ylanthu hinzu.

»Dann müssen wir ihn eben finden«, sagte Grand. »Jeder hat einen Schwachpunkt!«

»Wir müssen generell mehr über die Fremden

herausfinden. Wir wissen einfach viel zu wenig über sie. Man muss seinen Gegner kennen, um ihn bekämpfen zu können«, sagte Jalina.

»Warum versuchen wir nicht, ein Pfeilschiff aufzubringen?«, fragte Mike. »Sollte das mit der *Rhelina* nicht möglich sein?«

»Sobald wir in die Nähe eines Pfeilschiffes kommen, wird die Besatzung mental übernommen. Das Risiko, dass die *Rhelina* dabei in die Hände unserer Gegner fällt, ist viel zu groß«, warnte Usgran Delar Torkan und wedelte aufgeregt mit einem ausgefahrenen Pseudopodium.

»Nicht, wenn ich alleine an Bord bin«, sagte Mike. »Die KI kann, soweit wir wissen, nicht beeinflusst werden, und ich bin immun.«

»Das kommt überhaupt nicht infrage!«, protestierte Jalina. »Du bist noch nicht einmal ein richtiger Unsterblicher und willst einen solchen Einsatz durchführen? Außerdem würde die *Rhelina* dir nicht gehorchen. Hakera akzeptiert nur mich als Kommandantin.«

»Dann kommst du eben mit«, schlug Mike vor. »Wenn es kritisch wird, versetze ich dich in einen Tiefschlaf oder binde dich irgendwo fest. Hakera und ich erledigen dann den Rest.«

»Du bist völlig verrückt!«, Jalina wollte von der Idee nichts wissen.

»Mike hat da vielleicht eine Idee«, sagte Usgran Delar Torkan und schwenkte seine Augenstiele auf Jalina. »Wir könnten zusätzlich ein Schiff der BEWAHRER anfordern. Sie würden uns sicher unterstützen. Zusammen mit der *Rhelina* und dem immunen Rekruten könnte es gelingen, ein Pfeilschiff zu stellen und kampfunfähig zu schießen. Die BEWAHRER könnten es entern, die Besatzung ausschalten und dann könnten wir die Technologie der Fremden untersuchen und die Überlebenden verhören. Wir brauchen dringend mehr Informationen, wenn wir überhaupt eine Chance haben wollen, und ich sehe keinen anderen Weg.«

»Ich halte diesen Vorschlag nach wie vor für verrückt!« Jalina ließ sich von ihrer Meinung nicht abbringen. »Aber wenn das Gremium ihn für durchführbar hält, werde ich nicht im Weg stehen.«

»Was meinst du, Mutter?«, fragte der Vorsitzende die Stations-KI, die schweigend zugehört hatte.

»Falls KIs tatsächlich nicht beeinflussbar sind, könnte es machbar sein. Falls doch, verlieren wir nicht nur Mike und Jalina, sondern auch die *Rhelina*. Und ein Schiff der BEWAHRER, wie ich anmerken möchte. Aber nach Abwägung aller Faktoren sehe auch ich keine Alternative. Wir müssen schnellstmöglich etwas unternehmen, sonst ist die Lage in der Galaxis nicht mehr unter Kontrolle zu bringen. Deshalb befürworte ich Major Grands Idee.«

»Sag einfach 'Mike'. Ich bin kein Major mehr«, warf Grand ein.

»Jalina, deine 'Hakera' macht nur mit, wenn du den Plan unterstützt!«, erinnerte der Vorsitzende die Kolltanerin.

»Na gut«, stimmte Jalina zu. »Ich beuge mich den

Argumenten. Ich werde Hakera bitten, Mike als Kommandanten zu akzeptieren, falls ich unter den Einfluss der Fremden geraten und ausfallen sollte. Wann soll es losgehen?«

»Ich werde die BEWAHRER umgehend von unserem Plan unterrichten«, sagte Threlak´Klonn´Arbor. »Sobald sie hierfür ein Schiff abstellen können, kann es losgehen. Und es sollte erfolgreich enden. Wenn nicht, sehe ich keine Möglichkeit mehr, wie wir die Fremden noch aufhalten könnten!«

34.

Die beiden Schiffe rasten mit einer Geschwindigkeit durch den Bulk, die Grand nicht für möglich gehalten hätte. Die schnellsten terranischen Raumschiffe erreichten einen Überlicht-Quotienten von 10.000, was bedeutete, dass sie pro Flugstunde 10.000 Lichtjahre zurücklegen konnten. Eine unglaubliche Geschwindigkeit, die es theoretisch erlaubte, die Milchstraße in nur zehn Stunden zu durchqueren. In der Praxis dauerte ein Langstreckenflug allerdings länger, da regelmäßige Navigationsstopps notwendig waren, um die unvermeidlichen Kursabweichungen zu korrigieren, die sich umso mehr addierten, je länger die zurückgelegte Strecke wurde. Zivile Schiffe waren üblicherweise mit einem deutlich geringeren ÜLQ unterwegs, der so gut wie nie 3000 Lj/h überschritt.

Die Schiffe der BEWAHRER waren nach eigener Aussage fähig, mit einem ÜLQ von bis zu 50.000 Lj/h zu fliegen, und Hakera hatte angegeben, leicht einen ÜLQ von 100.000 Lj/h erreichen zu können - und dies bei nur minimalen Kursabweichungen. Diese Zahlen führten Grand einmal mehr vor Augen, wie rückständig die Terranische Union im kosmischen Maßstab tatsächlich immer noch war. *Vielleicht liegt Jalina gar nicht so falsch, wenn sie uns als Hinterwäldler bezeichnet,* dachte er. Natürlich würde er dies vor ihr niemals eingestehen.

Jetzt waren sie mit einem ÜLQ von 'nur' 25.000 Lj/h unterwegs, um einen knapp 48.000 Lichtjahre entfernten Sektor am gegenüberliegenden Rand der Milchstraße zu erreichen, wo demnächst zwei Flotten aufeinanderprallen würden. Ein Späher der BEWAHRER hatte berichtet, dass dort ein Pfeilschiff gesichtet worden war.

Bei dieser Auseinandersetzung handelte es sich diesmal um einen Bruderkampf. Durch gezielte mentale Kontrolle wichtiger Persönlichkeiten war es den Fremden gelungen, einen Keil zwischen einen Teil der Kolonien und der Zentralwelt des Imperiums der Farong, einer Sauerstoff atmenden, von Laufvögeln abstammende Spezies, zu treiben. Sie hatten sich nicht über die Ausbeutungsrechte dreier Gasriesen in einem ansonsten uninteressanten System einigen können. Reiche He_3-Vorkommen würden den Energiebedarf der Zentralwelt auf Jahrhunderte decken, doch das System lag unweit einiger der größten Kolonien, die es für sich beanspruchten. Die Kolonien warfen der Mutterwelt vor, sie in wirtschaftlicher Abhängigkeit halten zu wollen, diese wiederum sprach von illegalen Unabhängigkeitsbestrebungen. Was ansonsten auf dem Verhandlungsweg leicht zu lösen gewesen wäre, eskalierte durch den Einfluss der Fremden zu einem Bürgerkrieg. Scharfmacher auf beiden Seiten sorgten dafür, dass die Situation außer Kontrolle geriet. Nachdem Vertreter des Imperiums auf den Kolonialwelten ermordet worden waren und der Imperator im Gegenzug mehrere angebliche Rädelsführer hinrichten ließ und mit Besetzung drohte, erklärten die Kolonien ihre Unabhängigkeit und machten mobil. Der Imperator setzte seine Raumverbände in Marsch und nun wartete die vereinigte Kolonialflotte auf den Angriff. Beide Streitmächte würden in wenigen Stunden aufeinanderprallen.

»Laut den BEWAHRERN haben sie das Pfeilschiff nur ein halbes Lichtjahr von dem umstrittenen System entfernt aufgespürt, konnten dabei jedoch selbst unentdeckt bleiben«, fasste Jalina noch einmal zusammen. »Sie überwachen das System ebenfalls und liegen hierfür im Ortungsschutz der Korona einer nahen Sonne. Das feindliche Schiff fiel aus dem Bulk und ihre Hyperscanner haben sofort die typischen Emissionsmuster erfasst. Es ging im Asteroidengürtel des gleichen Sonnensystems in Deckung. Wahrscheinlich, um von dort aus die Schlacht ebenso zu beobachten.«

»Welch´ Ironie! Zwei Spione verstecken sich im gleichen System.« Mike lachte humorlos. »Aber ein Zufall, der uns in die Hände spielt. Wir müssen nur schnell genug sein, damit sie keine Verstärkung anfordern können.«

»Die wahrscheinlich sowieso bereits auf dem Weg sein dürfte«, schaltete sich die Supreme-KI des BEWAHRER-Schiffes ein, die über Hyperfunk in die Besprechung eingebunden war. »In letzter Zeit greifen sie vermehrt in Auseinandersetzungen ein. Sie geben sich keine Mühe mehr, unentdeckt zu bleiben. Es ist anzunehmen, dass sie auch diesmal eine Eingreifreserve in der Hinterhand halten wollen.«

»Dann müssen wir so schnell wie möglich zuschlagen«, sagte Mike. »Kann uns das Schiff in der Sonnenkorona unterstützen?«

»Es handelt sich nur um einen schwach bewaffneten Beobachter. Ein kleines Schiff mit sehr starken Schutzschilden, die es ihm ermöglichen, sich in einer Sonnenkorona aufzuhalten.«

»Hm ... ich hätte da einen Vorschlag zu unterbreiten«, sagte Mike. »Nimm bitte Kontakt mit dem Aufklärer auf, und dann sollten wir folgendermaßen vorgehen ...«

Eine Stunde später fielen die beiden Schiffe am Systemrand aus dem Bulk. Es war anzunehmen, dass das Pfeilschiff zunächst nicht reagieren, sondern in Deckung bleiben und sich ruhig verhalten würde. Die Fremden konnten nicht annehmen, dass die Ankömmlinge seinetwegen hier waren, sondern mussten vermuten, dass sie ebenfalls als Beobachter der bald zu erwartenden Schlacht anwesend waren.

Ohne besondere Eile strebten die *Rhelina* und das Schiff der BEWAHRER ins Innere des Systems und nahmen Kurs auf den Asteroidengürtel. Sie unternahmen keinen Versuch, sich besonders zu tarnen, hatten die Schilde gesenkt und die Waffensysteme heruntergefahren. Ihr Kursvektor zielte ein paar Hunderttausend Kilometer am Versteck des Pfeilschiffes vorbei, auf einen der größeren Asteroiden, der eine logische Wahl darstellte, wenn man sich hier verbergen wollte. Die Fremden mochten ein wenig nervös werden, da dies recht nahe an ihrem eigenen Versteck lag, sollten aber keinen Verdacht schöpfen.

Plötzlich schoss der Aufklärer der BEWAHRER mit flammenden Schutzschilden aus der Korona der orangefarbenen Sonne. Die Besatzung des Pfeilschiffes musste völlig davon überrascht sein, schlagartig mit einem weiteren potenziellen Gegner konfrontiert zu werden. Trotzdem würden sie sich zunächst weiterhin bedeckt halten, da sie annehmen mussten, das Schiff würde sich zu den beiden anderen gesellen wollen. Ihnen entging dabei, dass sie nun zwischen zwei Fronten geraten waren. Da der Asteroidengürtel recht dicht um die Sonne kreiste, lagen nur wenige Lichtminuten zwischen dem Aufklärer und dem Versteck des Pfeilschiffes, und der Aufklärer beschleunigte weiter. Erst als er keine Anstalten machte, seine Schilde zu senken, und seinen Kurs so änderte, dass er genau auf das Versteck der Fremden zielte, wurde ihnen klar, dass man es auf sie abgesehen hatte. Im gleichen Moment fuhren die *Rhelina* und der Schlachtkreuzer der BEWAHRER ihre Schilde hoch und aktivierten die Waffensysteme. Auf den Sensoren und Scannern des Pfeilschiffes mussten sie plötzlich hell aufleuchten. Der Gegner reagierte genau so, wie Mike es vorausgesagt hatte. Hinter sich einen großen Schlachtkreuzer der BEWAHRER und ein, wenn auch kleineres Schiff unbekannter Bauart und vor sich einen vergleichsweise winzigen Aufklärer, der auf sich alleine gestellt war. Es war vorherzusehen, auf wen seine Wahl fallen würde.

Das Pfeilschiff schoss hinter dem Asteroiden hervor, den es als Deckung genutzt hatte, und raste auf den Aufklärer zu.

»Ich messe eine seltsam modulierte Hyperstrahlung auf einem ungewöhnlichen Frequenzband an«, meldete Hakera im gleichen Moment, als Mike einen stechenden Kopfschmerz verspürte. Er blickt zu Jalina, die mit schmerzverzerrtem Gesicht auf ihrem semimateriellen Kommandositz zusammengesunken war.

»Jalina!«, rief er. »Alles klar?«

»Ich ... wir müssen ... müssen ... Hak ... Hakera ... aktiviere ... die ... die Selbstver ... Selbstvernichtung.«

»Du bist offensichtlich nicht bei Sinnen, Jalina«, antwortete Hakera.

Jalina sprang auf und stürzte sich auf Grand. Er hob den Stunner, den er neben seinem rechten Oberschenkel verborgen gehalten hatte und schoss. Jalina schlug der Länge nach hin. Hakera fing sie mit einem rasch projizierten Vektorgrav-Feld auf, bevor sie sich verletzen konnte, und ließ sie sanft zu Boden sinken.

»Sorry, Kleines«, murmelte er. »Bist du OK, Hakera?«

»Ich verspüre keinerlei Beeinflussung – was ich natürlich auch sagen würde, wenn es anders wäre.«

»Du hast einen seltsamen Humor, meine Beste! Sind die BEWAHRER in Ordnung?«

»Sie melden gerade, dass auch sie die Strahlung

angemessen haben, jedoch ebenfalls keine Auswirkungen verspüren.«

»Falls sie lügen sollten, werden wir es spätestens merken, wenn sie das Feuer auf uns eröffnen«, sagte Grand.

Doch die BEWAHRER waren tatsächlich von der paranormalen Hyperstrahlung unbeeinflusst geblieben, wie sich sofort zeigen sollte. Das Pfeilschiff feuerte einen violetten Strahl schwerer Baryonen auf den Aufklärer ab, doch nun zeigte sich, dass ein Schirm, der den Gewalten einer Sonnenkorona trotzen konnte, nicht so einfach zu überwinden war.

»Sie besitzen einen Baryonenwerfer, über den auch ich verfüge. Diese Technologie ist in dieser Galaxis noch unbekannt. Sie sind technologisch äußerst fortgeschritten«, kommentierte Hakera.

»Dann hoffen wir mal, dass sie nicht fortgeschrittener sind, als du es bist. Angriff!«

»Natürlich, Mike«, antwortete Hakera und ging auf Abfangkurs.

Im gleichen Moment beschleunigte der Kreuzer der BEWAHRER und hielt mit irrwitziger Geschwindigkeit ebenfalls auf das Pfeilschiff zu. Der Aufklärer eröffnete mit seinen Waffen das Feuer, konnte jedoch gegen das überlegene Pfeilschiff nichts ausrichten. Lediglich seine extrem starken Schilde schützen ihn vor der Vernichtung.

Lasergeschütze und Protonenwerfer des Kreuzers hämmerten auf das Pfeilschiff ein. Projektile von Railguns beanspruchten seine Schilde ebenso wie der Baryonenwerfer der *Rhelina*. Unter dem Beschuss von drei Schiffen flackerten die Schilde des Pfeilschiffes auf. Sie schienen kurz vor dem Zusammenbruch zu stehen. Das Pfeilschiff musste in diesem Moment offenbar seine gesamten Energiereserven in die Schilde leiten, denn sein Abwehrfeuer war annähernd versiegt. Auch die modulierte Hyperstrahlung erlosch.

»Wir wollen es nicht vernichten Hakera. Uns ist nicht gedient, wenn es explodiert!«, rief Mike besorgt.

»Keine Sorge, Mike. Ich kann meine Schussleistung genau dosieren. Ich gebe ihm jetzt den Rest!«

Im gleichen Moment setzte Hakera eine Waffe ein, über die außer den Mitgliedern der Liga niemand in der Milchstraße verfügte. Der TachyGrav-Warper war in der Lage, durch einen künstlich geschaffenen Strukturriss einen Gegner in den Bulk zu reißen, indem er das Raumzeit-Gefüge rings um das feindliche Schiff verzerrte. Die hierbei entstehenden Energien waren wahrhaft phänomenal. Hakera dossierte den TachyGrav-Warper exakt so, dass die höherdimensionalen Energien ausreichten, das Schutzschild des Pfeilschiffes zu überlasten, ohne es jedoch für immer im Bulk verschwinden zu lassen. Mike konnte auf den Holoprojektionen rings um sich sehen, wie es zu mehreren Explosionen und Hüllenbrüchen an Bord des Schiffes kam. Der Schild brach endgültig zusammen und die Holodisplays zeigten, dass die gesamte Energieversorgung an Bord des Gegners ausfiel. Es folgten noch ein paar kleinere Sekundärexplosionen, und dann trieb das Pfeilschiff hilflos trudelnd im All.

Sofort feuerte Hakera einen starken Neurodisruptor ab. Der Stunnerschuss sollte verhindern, dass Überlebende in letzter Sekunde die Selbstvernichtung auslösen konnten, um das Schiff nicht in feindliche Hände fallen zu lassen.

»Gut gemacht, Hakera«, lobte Grand die KI. »Jetzt sollten wir uns beeilen, bevor noch mehr von den Kerlen hier auftauchen.«

»Die BEWAHRER schleusen bereits ein Enterkommando aus«, informierte die KI Mike.

Grand hatte inzwischen seinen leichten Raumanzug geschlossen und setzte den Helm auf.

»Beam mich hoch, Scotty!«, sagte er.

»Wie bitte?«

»Ein alter Spruch aus grauer Vorzeit. Er bedeutet, schicke mich bitte mit deinem Spontantransmitter an Bord des Pfeilschiffes. Ich möchte vor den BEWAHRERN dort sein. Nicht, dass ich unseren Freunden nicht traue. Aber es gibt noch einen anderen uralten Spruch: Vertrauen ist gut – Kontrolle ist besser!«

Augenblicklich bildete sich ein orangefarbener Ring um Grand und er verschwand.

35.

Das Erste, was ihm auffiel, war das schwache rötliche Licht der Notbeleuchtung. Ansonsten sah es in dem Gang, in dem er gelandet war, nicht viel anders aus als in jedem anderen Raumschiff auch. Anhand der Höhe der Wände schätzte er, dass die Fremden von etwas kleinerem Wuchs sein mussten als ein Mensch. Er stieß mit seinem Helm fast an die Decke. Es fiel schwer, in der ungewohnten Beleuchtung Farben einzuschätzen, doch alles schien in hellen Tönen gehalten zu sein. Vielleicht Weiß oder ein sehr helles Blau. Es war niemand zu sehen, was ihn jedoch nicht verwunderte. Bei einem Alarm begaben sich alle Besatzungsmitglieder auf ihre Stationen und liefen nicht im Schiff herum.

Der Gang war leicht gebogen und er konnte ihn nicht viel weiter als etwa zehn Meter überblicken. An den Wänden sah er weder Türen noch andere Durchgänge. Grand hatte Hakera angewiesen, ihn ins vordere Viertel des schätzungsweise fünfhundert Meter langen Schiffes zu transferieren. Falls die Fremden ähnlich dachten wie die meisten Spezies der Galaxis, sollte sich hier irgendwo die Zentrale befinden. Antriebe, Energiemeiler und andere technische Einrichtungen befanden sich üblicherweise im Heckbereich.

Er wusste, dass schon viel größere Pfeilschiffe gesichtet worden waren. Hier schien es sich um einen Aufklärer oder Spähkreuzer zu handeln. Was ihr Glück gewesen war, denn mit einer kilometerlangen Kampfeinheit hätten sie nicht derart leichtes Spiel gehabt. Andererseits wusste bisher niemand genau, welche Fähigkeiten und Möglichkeiten in der relativ kleinen *Rhelina* steckten. Er hegte den Verdacht, der nur achtzig Meter durchmessende Kugelraumer könne über eine Kampfkraft verfügen, die jedem noch so großen Schiff der Milchstraße gewachsen gewesen wäre.

Mit gezogener Waffe schlich er vorsichtig durch den Gang. Er rechnete zwar nicht damit, auf einen Gegner zu stoßen, doch Nachlässigkeiten konnte er sich nicht erlauben. Er hörte einen dumpfen, metallischen Schlag. Die BEWAHRER hatten am Schiff angelegt und würden sich nun durch den Rumpf brennen oder durch einen Hüllenbruch eindringen. Er wollte gerne vor ihnen die Zentrale erreichen.

Nach wenigen Metern kam er an eine Gabelung.

»Kannst du mich orten?«, fragte er Hakera über Funk.

»Ich kann deine biometrischen Daten klar empfangen«, kam sofort die Antwort. »Du befindest dich etwa siebzig Meter von der Bugspitze entfernt ziemlich genau mittig des Schiffes.«

Rechts und links zweigte jeweils ein Gang ab. Grand entschied sich für den, der weiter geradeaus führte. Er folgte dem immer noch leicht gekrümmten Gang ein paar Meter und stieß auf einen der Fremden. Zum ersten Mal bekam er einen der Aliens zu Gesicht. Sie waren etwa eineinhalb Meter groß und besaßen sechs Extremitäten – drei Beine und drei Arme. Ihre Erscheinungsform erinnerte ihn an ein irdisches Känguru. Dort, wo bei diesem der kräftige Schwanz saß, befand sich hier ein drittes Bein. Grand vermutete, dass sie damit aus dem Stand gewaltige Sätze machen konnten. *Zwei Laufbeine und ein Sprungbein*, dachte er. Die beiden Stummelärmchen seitlich des gedrungenen Oberkörpers waren mit ihren drei krallenbewehrten Fingern an den plumpen Händchen sicher nicht für komplexe Aufgaben geeignet. Der längere, aus der Mitte der Brust ragende dritte Arm endete hingegen in einer filigranen Hand mit sechs langen Fingern. Ihre Haut war gräulich geschuppt und der lang gezogene Kopf mit der Hundeschnauze wurde von zwei großen Augen beherrscht.

Ein Blick auf seinen Multicomp am Arm zeigte ihm, dass die Luft für Menschen atembar war. Das Analysegerät zeigte grünes Licht. Es waren keine für ihn gefährlichen Bakterien, Viren oder sonstigen schädlichen Substanzen in der Luft feststellbar. Grand nahm den Helm ab. Es war warm und roch schwach süßlich, wie leicht verdorbenes Obst, aber nicht unangenehm. Er beugte sich zu dem Fremden hinunter und legte ihm eine behandschuhte Hand auf den Kopf. Die Thermoanzeige des Multicomp zeigte knapp vierzig Grad. *Warmblüter und Sauerstoffatmer*, dachte Grand, *nicht viel anders als wir*. Grand konnte sehen, wie sich die Brust des Wesens langsam hob und senkte. Er war von dem Stunnerschuss paralysiert, aber am Leben.

Grand erhob sich und ging weiter. Er hatte sich

für den richtigen Weg entschieden, wie sich jetzt zeigte. Der Gang endete an einem offenen Durchgang, der in einen großen Raum führte. Die Zentrale des Pfeilschiffes.

Die Wände des etwa quadratischen Raumes waren übersäht von Monitoren und Anzeigeinstrumenten, die bis auf wenige Ausnahmen energetisch tot oder abgeschaltet waren. Der Ausfall der Energieversorgung hatte dazu geführt, dass nur noch lebenswichtige Stationen mit Energie aus der Notstromanlage versorgt wurden. Rings um den Raum befanden sich die verschiedenen Arbeitsstationen und in der Mitte ein zentrales Steuerpult mit vier seltsam anmutenden Sitzgelegenheiten für die Schiffsführung, die ihn an Reitsättel erinnerten. Überall lagen unbewegliche '*Kangoos*', wie er die Fremden für sich nannte, auf dem Boden.

Ein Besatzungsmitglied lag direkt vor dem Steuerstand. Grand fiel auf, dass der Umhang des Aliens mit anderen Zeichen verziert war als die der anderen. Vermutlich hatte er einen der ranghöheren Offiziere vor sich, falls die Fremden so etwas überhaupt hatten. Vielleicht war es sogar der Kapitän des Pfeilschiffes.

»Hakera, direkt vor mir liegt einer der Aliens. Kannst du ihn an Bord der *Rhelina* ... äh ... beamen?«

»Mit *'beamen'* meinst du wahrscheinlich die hyperdimensionale Spontanbeförderung eines Körpers mittels ziellokalisierter Transmissionsenergie?«

»*Beamen* ist zwar deutlich kürzer – aber ja, das meine ich!«

»Selbstverständlich. Ich empfange deinen Holofeed. Das sollte zur Bestimmung der Transmissionskoordinaten ausreichen.«

Grand trug eine kleine HoloCam auf der rechten Schulter seines Raumanzugs, die alles, was er sah, in Echtzeit zur *Rhelina* übertrug.

»Dann hole ihn rüber und stelle sicher, dass er gut verwahrt ist.«

»Natürlich! Ich werde ihn in einem hierfür geeigneten Raum unterbringen. Tritt etwas zurück, Mike.«

Grand machte einen Schritt nach hinten. Vor ihm erschien der ihm inzwischen bekannte orangerote Ring um den bewegungslosen Fremden und mit einem leisen *'Plopp'* der in das entstandene Vakuum strömenden Luft verschwand der Körper.

Hinter ihm kamen drei Maschinen in die Zentrale. Zwei schwebten auf Vektorgravfeldern, während die dritte auf acht spinnenartigen Beinen ging.

»Hallo Jungs«, begrüßte Mike sie. »Ihr seid doch Jungs, oder?«

»Das Konzept eines Geschlechts ist auf uns nicht anwendbar, da wir keinerlei reproduktive Sexualorgane besitzen. Eine solche Bezeichnung ist deshalb sowohl irrelevant als auch ...«

»Schon gut«, unterbrach Mike den Sprecher. »War nur ein Scherz, der die Anspannung lockern sollte.«

»Wir verspüren keinerlei Anspannung, da diese Modelle nicht über Emotioroutinen verfügen, um eine optimal analytische, von Gefühlen unbeeinflusste Vorgehensweise bei solchen Einsätzen zu gewährleisten.«

Grand verdrehte die Augen. Es war unmöglich, mit den Metallköpfen Small Talk zu machen.

»Habt ihr schon was rausgefunden?«

»Wir haben Minidrohnen in das Schiff geschickt, die derzeit erste Erkenntnisse an die Supreme-KI übertragen. Wir werden die Besatzung dauerhaft mit Fesselfeldern immobilisieren und das Schiff mittels eines Traktorstrahls an unser Schiff koppeln. Dann bringen wir es, wie vereinbart, zum Hort, wo ihr es mit den dort verfügbaren technischen Mitteln untersuchen könnt.«

»Sehr gut! Der Kommandant oder Kapitän oder was auch immer er war, wurde von Hakera an Bord der *Rhelina* gebea… äh … transferiert. Wir werden bereits auf dem Rückflug mit dem Verhör beginnen.«

»Verstanden. Wir wurden abkommandiert, um das Schiff zu sichern, die Besatzung dauerhaft zu neutralisieren und anschließend den Transportvorgang von hier aus zu überwachen.«

»Viel Spaß dabei! Ich habe, was ich wollte, und verschwinde dann mal wieder«, sagte Grand.

»Vorsicht, Grand!«, rief eine der Maschinen und hob blitzschnell einen Waffenarm – doch es war zu spät.

Mike hatte nicht sehen können, dass hinter einer der Konsolen einer der Fremden bereits begonnen hatte, sich zu bewegen. Die Maschinen waren durch das Geplänkel abgelenkt gewesen und reagierten deshalb zu langsam. Der Alien war einer der Sicherheitsoffiziere an Bord und als er ein Fremdwesen und drei Maschinen in der Zentrale gesehen hatte, die offensichtlich dabei waren, das Schiff unter ihre Kontrolle zu bringen, hatte er sich langsam an der Konsole hochgezogen und ein auffällig markiertes Sensorfeld berührt. Der im Sensorfeld integrierte Scanner tastete in Sekundenbruchteilen seinen Finger ab, sequenzierte eine winzige Genprobe und erkannte ihn als zugangsberechtigt. Dann akzeptierte die Quantenpositronik den Befehl und löste den Selbstvernichtungsmechanismus des Pfeilschiffes aus.

Im Heckbereich fiel die Antimateriea-bschirmung in sich zusammen. Antimaterie und normale Materie trafen aufeinander. Die Folge war die gegenseitige Annihilation gleicher Mengen der beiden Materiearten. Das Übermaß an Normalmaterie verwandelte sich dabei in mehrere Million Grad heißes Plasma.

Die hintere Hälfte des Schiffes verschwand sofort in einer blau-weißen Wolke aus reiner Energie und Plasma. Die Schockwelle und die heiße Plasmawolke fraßen sich in Sekundenbruchteilen durch den Rest des Schiffes.

In der Zentrale im vorderen Ende des Pfeilschiffes traf die Welle der Vernichtung etwa eine halbe Sekunde später ein. Trümmerteile wurden durch den

Raum geschleudert und die Schiffshülle brach auseinander. Hinter Grand zerbarst der Steuerstand in Tausende kleine Teile, die wie Schrapnelle auf ihn zujagten.

Eines dieser Schrapnelle bohrte sich auf Höhe der Hüfte schräg nach oben gehend in Grands Rücken und zerstörte die beiden unteren Lendenwirbel. Auf seinem weiteren Weg durch den Körper zerfetzte es die Gedärme, zerriss den Magen, zerschnitt die Bauchspeicheldrüse, perforierte das Zwerchfell und drang unterhalb des Brustbeins wieder aus. Milz, Nieren und Leber wurden durch die freigesetzte kinetische Energie ebenfalls beschädigt. Die Verletzung war ohne sofortige ärztliche Behandlung unweigerlich tödlich. Aber selbst ohne jegliche Verletzung hätte Grand keine Chance gehabt, den Vakuumeinbruch zu überleben, ebenso wie die unmittelbar folgende Plasmawolke.

Hakera hatte alles über den Holofeed mitverfolgt. Als der BEWAHRER den Warnruf ausstieß, begann sie mit der Bedrohungsanalyse. Als der Finger das Sensorfeld berührte, war die Analyse abgeschlossen und eine Aktion wurde initiiert. Als die Antimaterieabschirmung zusammenbrach, wurde der Spontantransmitter aktiviert, und genau in dem Moment, als das Schrapnell Grands Körper wieder verließ, baute sich der orangerote Ring um ihn auf. Als die Plasmawelle Grands Position erreichte, war er bereits seit 0,00378 Sekunden verschwunden.

36.

Der helle, verschwommene Fleck entpuppte sich als Jalinas Gesicht, als seine Augen fokussierten. Er fühlte sich seltsam leicht und es fiel ihm schwer, einen klaren Gedanken zu fassen.

»Was … was … wo?«

Er wunderte sich, dass ihm das Sprechen so schwerfiel und seine Stimme fremd klang. Er schloss wieder die Augen. Dunkelheit.

Beim nächsten Mal, es konnte Sekunden oder Jahrtausende später sein, war es wieder Jalinas Gesicht, das er als Erstes sah. Ihm war schwindlig und er bekam schlecht Luft. Er versuchte zu reden, doch es kam nichts über seine Lippen.

»Versuch nicht zu sprechen«, sagte sie zu ihm. »Du hängst an einem Beatmungsgerät.«

Sie strich ihm sanft über den Kopf.

»Du hast nicht aufgepasst, du Idiot! Einer der Fremden war bewegungsfähig und hat die Selbstzerstörungsvorrichtung des Schiffes ausgelöst. Du bist sehr schwer verletzt, aber Hakera hat dich stabilisieren können. Ihre Nanoassembler leisten Schwerstarbeit, um dich am Leben zu erhalten, bis wir zurück im Hort sind. Wir fliegen mit Maximalgeschwindigkeit nach Hause.«

Er verstand nur die Hälfte von dem, was sie sagte. Das Letzte, an das er sich erinnern konnte, waren drei BEWAHRER, die nach ihm in die Zentrale des Pfeilschiffes gekommen waren. Er hatte keine

Ahnung, was danach passiert war.

»Die Nanos von Hakera sind Standardnanos und nicht speziell auf deine DNA programmiert. Sie können dich zwar einstweilen am Leben erhalten, aber nicht unsterblich machen. Das geht nur in der LifeCell.«

Er blickte sie verständnislos an. Am Leben erhalten? Selbstzerstörung? Schwer verletzt? Er spürte keine Schmerzen und außer einer unendlichen Müdigkeit fühlte er sich ganz wohl. Jedenfalls nicht so, als ob er im Sterben läge. *Wie fühlt es sich an, im Sterben zu liegen,* fragte er sich. *Das kann ja hinterher niemand berichten*. Er fand den Gedanken aus einem unerfindlichen Grund extrem lustig. Ein Lachen wollte sich Bahn brechen, doch die Mattigkeit übermannte ihn und er schloss die Augen. Dunkelheit.

Als er das dritte Mal erwachte, tupfte Jalina ihm gerade mit einem feuchten Tuch die Stirn ab. Es fühlte sich gut an. Diesmal verspürte er einen dumpfen Schmerz in der Bauchgegend. Sie bemerkte, dass er aufgewacht war.

»Die Nanos schaffen es nicht, Mike. Deine Verletzungen sind zu schwer. Deshalb fühlst du dich jetzt schlechter. Wir können dich nicht retten. Es geht zu Ende! Aber wir werden den Hort früh genug erreichen, um dich noch rechtzeitig in die LifeCell bringen zu können. Deren Nanoassembler sind um Größenordnungen leistungsfähiger und können deinen Körper reparieren. Du wirst als

Unsterblicher wiedergeboren werden. Wenn du mich verstanden hast, dann blinzel mit den Augen.«

Er musste einen Moment überlegen, wovon sie eigentlich sprach. Alles war so unklar und verwirrend. Seine Gedanken schienen wie zäher Sirup durch das Hirn zu tröpfeln und sich in allen Ecken verstecken zu wollen. Es fiel ihm schwer, sie einzufangen. Ein stechender Schmerz schoss ihm durch den Leib, und er bäumte sich auf. Er begrüßte den Schmerz, weil er seine Gedanken klärte. Mit einem Mal war alles klar und einfach. Er wusste, was vor ihm lag. Er würde jetzt sterben, aber er hatte trotzdem eine Zukunft. Er blinzelte.

»Gut! Hakera wird die Dosis der Schmerzmittel erhöhen. Mehr kann sie nicht mehr für dich tun.«

Dann wurde der Schmerz zu stark und was Jalina als Nächstes zu ihm sagte, ging in einem dröhnenden Brausen in seinen Ohren unter. Augenblicke später ging eine Welle der Erleichterung durch seinen Körper. Die Schmerzen verebbten und er fühlte sich leicht und frei. Er bekam nichts davon mit, wie Hakera die Nanoassembler zurückrief. Dunkelheit.

»Du hast ihn angelogen«, sagte die KI. »Ich hätte ihn stabilisieren können, bis wir den Hort erreichen. Dort wäre es möglich gewesen, seine irreparabel geschädigten Organe durch kybernetische Substitute zu ersetzen. Er hätte anschließend ein normales Leben weiterführen können. Du hast ihm diese Möglichkeit verschwiegen und ihm dadurch die Wahl genommen. *Du* hast für ihn entschieden!«

»Das darf er niemals erfahren, hörst du! Niemals!

Es ist besser so für ihn.«

»Trotzdem war es nicht richtig. Aber ich werde schweigen.«

Er sollte nie erfahren, dass eine uralte, junge Kolltanerin neben seinem Bett saß, ihm die Hand hielt und ihr Tränen über die Wangen rannen. Er spürte nicht, wie sein Herz immer langsamer schlug, stolperte und schließlich stehen blieb. Dann endete sein erstes Leben. Michael Cordwainer Grand war tot.

Kurz darauf dockte die *Rhelina* am Hort an und man bettete seinen leblosen Körper in ein Behältnis, das an einen Sarg erinnerte. Doch es handelte sich nicht um einen Sarg, sondern um eines der größten Wunder in der Galaxis – vielleicht sogar im gesamten Universum. Die Mitglieder des Gremiums standen versammelt vor der LifeCell und wurden nach langer Zeit wieder einmal Zeugen der fast unheimlichen technologischen Fähigkeiten der Dorianer. Jeder von ihnen war diesen Schritt gegangen, hatte diesen Prozess durchlaufen. Manch einer vor vielen Hundert Jahren, andere vor Jahrzehntausenden.

Der Deckel schloss sich, und die Nanoassembler gingen ans Werk. Fast alle verließen den Raum. Der Vorgang würde einige Stunden in Anspruch nehmen. Nur Jalina rührte sich nicht von der Stelle. Sie war sich plötzlich nicht mehr sicher, ob sie richtig gehandelt hatte. Nur eines war klar: Mike durfte nie von ihrer Täuschung erfahren!

37.

»Dies hätte niemals geschehen dürfen! Der automatische Rafferpuls hat zwar übermittelt, dass das Schiff letztlich zerstört werden konnte, jedoch erst, nachdem die Feinde bereits längere Zeit an Bord gewesen waren.«

Obwohl er der Jüngste im *Oktett* war, der für die Invasion verantwortlichen acht Heerführer, scheute er sich nicht, am lautesten Kritik zu üben. Schon lange war ihm die zögerliche Vorgehensweise des Alten ein Dorn im Auge. Wenn es nach ihm gegangen wäre, hätten sie schon viel früher von ihrer technologischen Überlegenheit Gebrauch machen müssen. Anstatt aus dem Hintergrund die Völker dieser Galaxis aufeinanderzuhetzen, um später leichteres Spiel zu haben, hätte er eine massive Invasionsflotte aufgeboten und kurzen Prozess gemacht. Keiner der Gegner befand sich auf ihrem technologischen Niveau.

Diese Galaxie war die mit Abstand am dichtesten besiedelte unter all denen, die sie für ihren Jahrtausendplan unterwerfen mussten. In keiner anderen Sterneninsel hatten sich so viele Zivilisationen entwickelt und kämpften um die Vorherrschaft. Er verstand, dass die Idee, eine Lunte an dieses Pulverfass zu legen, verlockend war, doch es dauerte einfach zu lange. Was in anderen Galaxien in überschaubarer Zeit erledigt gewesen war, konnte sich hier über einen unabsehbaren Zeitraum hinziehen. Nach den Berechnungen ihrer

Wissenschaftler ging ihnen jedoch die Zeit aus. Und jetzt das! Es war noch nie vorgekommen, dass eines ihrer Schiffe von einem Gegner geentert werden konnte. Natürlich hatten sie bereits Schiffe verloren, doch entweder waren sie im Kampf vernichtet worden oder es war der Besatzung zumindest gelungen, das Schiff selbst zu zerstören, bevor ein Gegner es kapern konnte. Jetzt bestand die Gefahr, dass man viel zu viel über sie erfahren hatte und dass dieses Wissen ihren Feinden einen Vorteil verschaffen würde. All das war nur die Schuld des Alten, der angesichts der überraschend vielen Gegner zu lange gezögert hatte, Verstärkung anzufordern.

»Wir haben zu wenige Schiffe hier«, fuhr er fort. »Dies war schon lange abzusehen, und dass der Gegner nun an Bord eines unserer Schiffe gelangen konnte, ist die logische Folge dieser Schwäche. Wer weiß, welche Erkenntnisse sie gewinnen konnten. Vielleicht haben sie sogar noch rechtzeitig einen oder mehrere unserer Leute in ihre Gewalt bringen können. Wir hätten bereits vor langer Zeit den Hauptteil unserer Flotte hierher verlegen müssen. Es war ein taktisches und strategisches Versagen!«

»Wie kannst du es wagen, uns Versagen vorzuwerfen?«, donnerte der Alte. »Haben wir bisher nicht alle Galaxien unterworfen? Haben wir unsere Aufgabe bisher nicht planmäßig erfüllt?«

»Du redest von der Vergangenheit – ich rede von der Gegenwart. Und von unserer Zukunft, die auf dem Spiel steht!« Der Jüngere ließ sich nicht einschüchtern. »Und die durch falsche Entscheidungen bedroht ist. Wenn die Völker dieser Galaxie hinter unsere Geheimnisse kommen, gefährdet dies unseren Erfolg. Wenn sie erfahren, um was es geht, schließen sie sich vielleicht sogar gegen uns zusammen.«

»Unsinn! Dazu sind sie viel zu zerstritten«, beharrte der Alte. »Und wir schüren dies noch. Sie werden sich niemals auf ein gemeinsames Vorgehen einigen. Ausgeschlossen!«

»Es sei denn, ihrer aller Existenz hängt davon an. Und genau dies könnten sie jetzt erkennen. Unser Schiff hätte niemals unversehrt in ihre Hände fallen dürfen! Auch nicht für kurze Zeit. Hätten wir rechtzeitig mehr Schiffe hierher verlegt, wie ich es schon lange fordere, hätte der Aufklärer nicht alleine unterwegs sein müssen. Ein Teil von euch behandelt diese Sterneninsel so wie die anderen Galaxien, die wir erobert haben. Obwohl sie völlig anders ist. Größer, stärker besiedelt und wehrhafter. Ihr wolltet dies weder erkennen noch entsprechend reagieren! Ihr hängt stur an den alten Methoden, obgleich schon seit Langem neue erforderlich gewesen wären. Darin liegt euer Versagen!«

»Ich verbiete dir, so mit uns zu reden. Zeige gefälligst den Respekt, den du uns schuldest.«

»Respekt? Wofür? Dafür, dass du mit deinem Festhalten an überkommenen Strategien die Zukunft unseres Volkes aufs Spiel setzt, alter Mann? Du bist senil geworden und es traut sich nur niemand, dies auszusprechen!«

Der Alte sprang auf und musste sich am Tisch festhalten, da seine Beine nachzugeben drohten.

»Das wirst du bereuen! Wer bist du, dass du es wagen kannst, so mit mir zu reden? Ich werde dafür sorgen, dass du aus dem Oktett ausgeschlossen wirst.«

Der Jüngere lachte und erhob sich ebenfalls.

»Seht nur, er kann kaum noch stehen. Seine Beine sind so schwach wie sein Geist. Seine Zeit als unser Anführer ist vorüber. Seht ihr es nicht? Für uns steht alles auf dem Spiel, und er ist zu senil, dies zu bemerken. Ich fordere euch auf, eine Entscheidung zu treffen. Mit ihm und seinen veralteten Methoden unser Volk in den Untergang zu führen oder mit mir und einem entschlossenen Vorgehen diese Galaxie endlich zu unterwerfen und unser Volk zu retten. Ich verlange eine Abstimmung, ob er uns noch länger anführen soll!«

Plötzlich wurde dem Alten klar, was sich hier abspielte. Dies war nicht etwa ein spontaner Ausbruch eines jungen und ungestümen Heerführers – dies war ein von langer Hand geplanter Umsturzversuch.

Erst jetzt bemerkte er, welchen lächerlichen Eindruck er machen musste. Schwankend und sich abstützend, faltig und krank stand er vor den anderen. Ein offensichtliches Bild der Schwäche. Ihm gegenüber stand hingegen ein junger, kraftstrotzender Anführer. Ihm wurde bewusst, dass er in eine Falle getappt war. Er hatte sich provozieren lassen und nun bot er ein Bild des

Jammers.

Blitzschnell überlegte er, wie eine Abstimmung ausgehen würde. Er konnte sich auf drei Stimmen sicher verlassen. Sein Gegenspieler musste ebenfalls drei der Anwesenden auf seiner Seite wissen, sonst hätte er diesen Coup nicht gewagt. Bei Stimmengleichheit wäre der Umsturzversuch allerdings gescheitert. Was also hatte der Jüngere noch in der Hinterhand?

»Ich verlange die Abstimmung sofort«, wiederholte der junge Heerführer. »Wer dafür ist, dass ich ab sofort die Geschicke unseres Heeres leite, soll sich erheben!«

Sofort standen die beiden neben im Sitzenden auf. Auch der links neben dem Alten Platzierte erhob sich. Der Anführer wollte schon triumphieren, als auch der rechts neben ihm Sitzende aufstand.

»Du?«, stammelte er. »Aber …«

»Es tut mir leid, aber es muss sein. Deine Zeit ist vorüber. Du bist krank und schwach.«, sagte sein Nachbar leise.

Sein bester Freund hatte ihn verraten. Niemals hätte er damit gerechnet, dass die entscheidende Stimme ausgerechnet von ihm kommen würde. Der Alte fragte sich, was man ihm wohl geboten hatte.

»Führt ihn in seine Gemächer«, sagte der Jüngere zu zwei Soldaten, die er in den Raum beordert hatte. »Sein Platz im Oktett wird von jemandem eingenommen werden, der die Notwendigkeiten der Situation versteht.« Er sah die restlichen Kriegsherren scharf an. »Wer damit nicht einverstanden ist, kann jetzt sofort mit ihm gehen.«

Er blickte in die Runde, doch niemand widersprach ihm. Diejenigen, die für den Alten gestimmt hatten, senkten die Köpfe und schwiegen.

»Gut! Wir werden mit voller Härte gegen unsere Feinde vorgehen. Sobald unsere Flotte endlich hier eingetroffen ist, werden wir jeden, der sich uns entgegenstellt, erbarmungslos vernichten!«

38.

Die Helligkeit tat ihm in den Augen weh. Er blinzelte ein paar Mal, um den Schleier zu vertreiben. Wo war er? Ein Bett. Ein Zimmer. Eine weiße Decke. Sein Blick fiel auf einen Tropfständer, vom dem ein Schlauch zu einer Kanüle in seinem rechten Arm führte. Dann kam die Erinnerung über ihn wie die riesige Welle eines Tsunamis.

Er war gestorben. Doch jetzt fühlte er sich so gut wie schon lange nicht mehr. Nur sehr schwach. Gut, aber schwach. Ein Widerspruch? Dann sah er sie.

Jalina saß schlafend auf einem Sofa, das links neben seinem Bett an der Wand stand. Er sah sie schweigend an und erinnerte sich.

Er vermeinte noch ihre Hand zu spüren, die die seine gehalten hatte, als er eingeschlafen war. Gestorben war. Jetzt lebte er und war unsterblich – wenn die Maschine funktioniert hatte. Dann öffnete Jalina die Augen.

»Willkommen zurück«, sagte sie und lächelte.

Die Worte schienen an seinem Gaumen zu kleben wie ein Karamellbonbon. Er musste sich zweimal räuspern, bevor er sie über die Lippen zwingen konnte.

»Hat es funktioniert?«

»Ja! Es hat funktioniert.«

»Wie lange …?«

»Zwei Tage. Du liegst seit zwei Tagen hier.«

Grand wusste nicht, was er sagen sollte. Es fühlte sich unwirklich an. War er jetzt tatsächlich unsterblich? Allein der Gedanke erschien ihm absurd. Und doch … es gab keinen Grund, daran zu zweifeln. Trotzdem fragte er sie noch einmal.

»Bin ich jetzt wirklich unsterblich?«

»Gifte, Krankheiten und das Alter können dir nichts mehr anhaben. Dein Körper wird immer so bleiben, wie er jetzt ist. Dafür sorgen die Nanos in deinem Blut. Ansonsten bist du so sterblich wie jeder andere auch. Du bist nicht unverwundbar, Mike. Viele Unsterbliche sind zu große Risiken eingegangen, weil sie sich unbewusst für *vollkommen* unsterblich gehalten haben. Bei den meisten, die wir verloren haben, war das der Grund für ihren Tod. Du bist kein Gott. Du wirst nur sehr, sehr lange leben. Wenn du vorsichtig genug bist.«

»Kann ich aufstehen?«

»Wenn du dich stark genug fühlst. Du warst sehr schwer verletzt und die Nanoassembler hatten viel zu tun, um alles zu reparieren. Sie haben aus deinen Stammzellen Zelle für Zelle das zerstörte Gewebe deiner Organe reproduziert und diese neu aufgebaut. Natürlich mussten wir dich hinterher an einen Tropf hängen, um den Verlust an Mineralien und Nährstoffen auszugleichen, die dein Körper während dieser Zeit verbraucht hat. Aber ich denke, der Tropf kann jetzt entfernt werden.«

Sie hatte kaum ausgesprochen, als ein MediBot in das Zimmer geschwebt kam.

»Hallo Mike«, sagte die Maschine. »Ich spreche über diese Maschine zu dir.«

»Hallo Mutter!«, sagte er.

»Es ist alles normal verlaufen. Du bist nun kein Rekrut mehr, sondern ein vollwertiges Mitglied der Liga. Herzlichen Glückwunsch!«

»Äh ... danke! Was ist eigentlich an Bord des Pfeilschiffes geschehen?«

»Einer der Fremden konnte die Selbstvernichtung aktivieren. Die KI der *Rhelina* hat dich gerade noch rechtzeitig von Bord holen können. Wenn auch schwer verletzt«, antwortete Mutter.

»Was ist inzwischen hier geschehen? Habt ihr den Gefangenen schon verhört?«, wandte er sich an Jalina.

»Nein. Wir halten ihn sediert, da wir befürchten, dass er paranormale Kräfte einsetzen könnte, sobald er bei Bewusstsein ist«, gab sie zu bedenken. »Wir wissen bis jetzt noch nicht, wie sie das machen. Wir wollten warten, bis du bei Kräften bist, bevor wir ihn aufwecken. Sollte er uns mental beeinflussen wollen, kannst du ihn ausschalten.«

»Hätte das nicht auch Mutter erledigen können?«

»Bevor wir nicht absolut sicher sind, dass sie keine KIs beeinflussen können, war uns das Risiko zu groß. Das Einzige, was wir genau wissen, ist, dass sie *dich* nicht unter ihre Kontrolle bringen können. Wir brauchen dich als zuverlässige Absicherung.«

»Ich habe also nichts Entscheidendes während meiner ... Behandlung verpasst. Wir sollten den Gefangenen schnellstmöglich verhören.«

»Wir alle hoffen, dass uns das weiterbringt. Wenn er nichts weiß oder wir nichts aus ihm herausbringen, war der gesamte Einsatz vergeblich.«

»Dann wird es Zeit, dass ich mich um ihn kümmere. Sollte er paranormal begabt sein und einen Versuch wagen, schicke ich ihn umgehend wieder schlafen.«

»Bist du sicher, dass du dafür bereits kräftig genug bist?«, fragte Jalina besorgt.

»Keine Bange! Mir geht es bestens. Ich fühle mich wie neugeboren. Danke, dass du mir beigestanden hast!«

39.

»Weck ihn auf!«

Der MediBot injizierte dem Gefangenen ein Mittel, dass ihn schnell zu Bewusstsein bringen sollte. Grand beobachtete ihn scharf und hielt seinen Stunner schussbereit. Er hatte darauf bestanden, alleine mit dem Fremden im Raum zu sein. Sollte dieser in der Lage sein, andere biologische Wesen oder gar eine KI mental zu beeinflussen, wollte er sich nicht erst mit einem der anderen Unsterblichen oder dem Avatar von Mutter auseinandersetzen müssen.

Der känguruähnliche Alien begann sich zu regen und schlug die Augen auf. Er murmelte etwas in einer unverständlichen Sprache, die im tiefen Frequenzbereich lag und nur aus Knarz- und Knurrlauten zu bestehen schien. Grand wusste, dass Mutter die unbekannte Sprache umso schneller analysieren konnte, je mehr der Gefangene von sich gab. Grand verhielt sich still und beobachtete ihn nur.

Der Fremde war mit energetischen Fesselfeldern auf einem Sitzmöbel fixiert, das Mutter nach Grands Angaben semi-materiell projiziert hatte. Er hatte ihr die sattelähnlichen Sitze vor dem Steuerpult des Pfeilschiffes so gut wie möglich beschrieben. Zwischen ihm und seinem Gefangenen befand sich ein ebenfalls semi-materieller Tisch, und Mutter konnte auf seinen Befehl hin blitzschnell einen Energieschirm zwischen ihnen aufbauen, sollte dies aus irgend einem Grund nötig werden. Außerdem konnte der Raum mit einem Betäubungsgas geflutet werden. Zwar würde auch Grand darunter zu leiden haben, doch er wollte kein Risiko eingehen und hatte auf diesen Sicherungsmaßnahmen bestanden. Er wusste, dass das Gremium und viele der Unsterblichen das Verhör über einen Holofeed verfolgen würden.

Der Alien war jetzt vollkommen wach und ein Schwall von Knurrlauten kam aus seiner hundeähnlichen Schnauze. Wahrscheinlich beschwerte er sich über irgendetwas oder stieß wüste Beschimpfungen aus. Grand war völlig gleichgültig, was sein Gegenüber von sich gab, solange es der KI half, die Sprache zu analysieren. Je schneller sie damit fertig war, umso eher konnte das eigentliche Verhör beginnen. Also blieb er einfach schweigend auf seinem Stuhl sitzen und starrte den Alien nur an, der allmählich lauter und ungehaltener zu werden schien und sich gegen das Fesselfeld aufbäumte. Grand reagierte nicht darauf. Von einer mentalen Beeinflussung war bisher nichts zu spüren. Grand bekam keine plötzlich einsetzenden Kopfschmerzen, zumindest nicht durch paranormale Kräfte, eher durch das Gezeter des schimpfenden Gefangenen.

Nach etwa fünf Minuten ertönte Mutters Stimme über einen winzigen Knopf, den Grand im Ohr trug.

»Ich habe nun genug Informationen, um mit der Übersetzung zu beginnen. Sie wird in seiner Sprache zunächst noch rudimentär sein, doch mit forschreitendem Gespräch wird sie exakter werden. Die Rückübersetzung in *Universal* ist unproblematischer, da ich hierbei grammatikalisch korrekte Sätze formulieren kann, auch wenn ich noch nicht jedes Wort seiner Sprache verstehe.«

»Zeigt irgendjemand Zeichen einer geistigen Kontrolle?«, fragte Mike leise in das unsichtbare, aber hochempfindliche Akkustikfeld, das Mutter direkt vor seinen Mund projizierte und das sowohl als Mikrofon wie auch als Lautsprecher fungieren konnte.

»Negativ! Ich messe auch keine modulierte Hyperstrahlung auf dem sechsdimensionalen Frequenzband, die Hakera beim Angriff auf das Pfeilschiff festgestellt hat.«

»Schön, dann scheint er über diese Gabe entweder nicht zu verfügen oder er hat sie noch nicht eingesetzt, um uns in Sicherheit zu wiegen. Überwache die fragliche Frequenz weiter und sag mir sofort Bescheid, wenn sich da etwas tut.«

»Selbstverständlich, Mike«, antwortete Mutter.

»Dann wollen wir mal. Ab jetzt übersetzt du alles, was ich sage, es sei denn, ich beginne den Satz mit 'Mutter'.«

»Verstanden!«

Grand hob beide Hände und hielt dem Fremden die Handflächen entgegen. Er hoffte, der Alien würde dies zumindest als Zeichen dafür interpretieren, dass Mike etwas sagen wollte. Prompt wurde er ruhig und hörte auf, in dem Fesselfeld zu zappeln.

»Mein Name ist Mike«, begann Grand. »Wie soll

ich dich nennen?« Er versuchte, seine Sätze zunächst so einfach wie möglich zu halten, um die Übersetzung zu erleichtern.

Sofort erklang eine Reihe von Knarz- und Knurrlauten aus dem Akkustikfeld direkt vor Grands Gesicht. Der Alien zuckte zusammen, als er seine Sprache hörte und warf Grand einen Blick zu, in dem dieser Erstaunen zu erkennen glaubte. Er musste annehmen, dass Grand ihn in seiner Sprache angesprochen hatte.

»Du sprichst meine Sprache?«

»Mit etwas Hilfe. Wie ist dein Name?«

»Ich weigere mich, mit dir zu reden.«

»Wir haben Methoden, um dich zum Reden zu bringen.« Mike hatte nicht vor, Folter oder Ähnliches anzuwenden. Aussagen unter Folter waren komplett wertlos. Jeder gestand dabei alles, was man hören wollte – ob es stimmte, oder nicht. Außerdem lehnte er Folter aus prinzipiellen Gründen ab. Aber etwas Angst davor konnte nicht schaden! Die eigene Fantasie war manchmal der schlimmste Feind, den man in Gefangenschaft haben konnte – und die beste Waffe des Verhörenden.

»Ich habe keine Angst. Mach mit mir, was du willst«, war alles, was Grand als Antwort erhielt. Das schien also nicht zu funktionieren.

»Na schön, dann will ich dir eine Geschichte erzählen. Du musst ja nicht antworten. Doch zunächst will ich dich über einen Irrtum aufklären, dem ihr erlegen seid. Damit du die Pointe der Geschichte auch verstehst.

Ihr habt keine Ahnung, mit wem ihr euch angelegt habt. Ihr dachtet, wir wären leichte Opfer – und für die meisten Zivilisationen dieser Galaxis mag das sogar zutreffen. Aber von uns wusstet ihr nichts! Um dir ein Beispiel zu geben: Diese Station, auf der du dich befindest, ist im Bulk verankert. Ihr könnt sie weder anmessen noch erreichen oder gar angreifen. Dazu besitzt ihr nicht die notwendige Technik. Wir hingegen haben eine ganze Flotte von Schiffen, die über technische Möglichkeiten verfügen, von denen ihr nur träumen könnt.« Mike übertrieb bewusst, um den nächsten Teil seiner Fabel zu untermauern. »Nun wirst du dich fragen, wer wir sind und warum ich dir das erzähle. Wir sind eine Gruppe, die sich aus Mitgliedern fast aller Völker dieser Galaxis zusammensetzt und diese beschützt. Bisher sind wir nicht gegen euch vorgegangen, weil ihr euch in anderen Galaxien herumgetrieben habt, die uns nichts angehen.«

Grand konnte sehen, dass sein Gefangener überrascht war, dass Mike von den Aktivitäten der Fremden in der Lokalen Gruppe wusste.

»Oh ja, wir wissen genau, was ihr tut! Wir wissen seit Jahrtausenden von euren Eroberungen. Wir wissen von eurer Fähigkeit, biologische Wesen mental zu beeinflussen. Wir wissen von eurer Strategie, die Völker aufeinanderzuhetzen und wir wissen von den unzähligen Kuben, die ihr in den eroberten Galaxien erbaut und hinterlassen habt. Du siehst, wir sind nicht so ahnungslos, wie du vielleicht denkst.«

Als Mike die Kuben erwähnte, zeichnete sich der Schock deutlich sichtbar auf dem Gesicht des Fremden ab. Diese Kuben mussten überaus wichtig für sein Volk sein.

»Jetzt seid ihr hier eingefallen – aber wir waren vorbereitet. Dein Schiff konnten wir fast spielerisch erobern. Das dürfte euch noch nicht allzu oft passiert sein.«

Der Fremde konnte nicht wissen, dass es zerstört worden war, und musste davon ausgehen, dass es sich im Besitz seiner Feinde befand.

»Im Moment analysieren wir eure Technik und verhören den Rest der Besatzung. Diejenigen, die wir bisher am Leben gelassen haben. Und wir lassen nur diejenigen am Leben, die kooperieren. Wir wollen wissen, was ihr seit Jahrtausenden plant. Aber so oder so werden wir demnächst eine gewaltige Flotte losschicken, um eure Kuben in den anderen Galaxien einen nach dem anderen anzugreifen und zu zerstören. Was immer also euer Plan war – wir werden ihn mit einem Schlag zunichtemachen!«

»Das kann euch nicht gelingen!«, entfuhr es dem Alien.

»Die Logik verlangt, dass wir genau dies tun, mein Freund. Bei all euren Invasionen ging es offensichtlich nur um die Errichtung der Kuben. Wenn wir alles zerstören, was ihr über Jahrtausende aufgebaut habt, macht es für euch keinen Sinn mehr, hier weiter aktiv zu sein. Und glaube mir, es wird uns gelingen. Du hast keine Ahnung, wie mächtig unsere Flotte ist.«

Es war ein toller Plan, ein Plan, der wahrscheinlich sogar aufgegangen wäre – wenn die Liga tatsächlich die hierfür nötige Flotte besessen hätte.

»Warum sollte ich irgendetwas von dem glauben, was du mir erzählst?«

»Weil du weißt, dass alles, was ich dir über euch erzählt habe, stimmt. Weil du gesehen hast, wie leicht wir dein Schiff erobern konnten.«

Der Fremde machte ein bellendes Geräusch, was Mutter als Lachen interpretierte, wie sie Grand ins Ohr flüsterte.

»Du bist ein kleiner Wurm, der nicht weiß, mit wem er es zu tun hat.« Wieder lachte Grands Gegenüber. »Ihr wollt eine gewaltige Flotte haben? Und wenn schon! Wir sind die Ra´hul, die mächtigste Rasse, die euer armseliges Universum je gesehen hat. Wenn unsere Hauptflotte hier eintrifft, werdet ihr zitternd im Staub eurer Planeten kriechen. Ihr wollt es mit uns aufnehmen? Mit uns, die wir durch das Multiversum reisen und alle Geheimnisse des Kosmos entschlüsselt haben? Ihr seid nichts! Ihr seid wie der Schmutz unter unseren Füßen.«

Wieder brach er in bellendes Gelächter aus.

»Wir werden eure Galaxie nicht nur ebenso erobern, wie wir die anderen in die Knie gezwungen haben. Wir werden diese Galaxie zusammen mit allen anderen, die wir eingenommen haben, vollständig vernichten. Keine Sonne wird mehr leuchten, kein Planet sich mehr auf seiner Bahn drehen. Von euch wird nichts bleiben. Doch vorher werden euch unsere Suggestoren in die Hirne kriechen und eure Gedanken verwirren, sodass ihr den Tod geradezu herbeisehnt. Ihr habt keine Chance gegen uns. Wir sind die Ra´hul! Wir werden euch euer Universum nehmen, wenn unseres untergeht. Für die Zukunft unseres Volkes!«

Mit den letzten Worten lief ein Zittern durch seinen Körper. Er sackte vornüber.

»Seine Lebenssignale sind erloschen«, meldete Mutter. »Ich konnte eine ungewöhnliche Hirnaktivität feststellen. Es sieht so aus, als ob er er sich alleine durch geistige Kraft selbst getötet hätte.«

»Scheiße!«, fluchte Grand. Dann kam ihm eine Idee. »Konntest du das Hirnareal identifizieren, mit dem er das Selbstmordprogramm ausgelöst hat?«

»Ja, bis zur letzten Synapse.«

»Könnten deine Nanoassembler es stilllegen?«

»Ja, aber ...«

»Stecke ihn in die LifeCell und regeneriere ihn, Mutter. Programmiere die Nanos so, dass sie sein Gehirn umbauen, sodass ein Selbstmord nicht mehr möglich ist. Dann können wir mehr von ihm erfahren.«

»In die LifeCell? Es wäre töricht, einem Feind die Unsterblichkeit zu schenken!«

»Kannst du die Nanos nicht so programmieren, dass sie sich selbst ... abschalten, wenn der Regenerationsprozess abgeschlossen ist? Ihn wiederzubeleben, ohne dass er dabei unsterblich wird.«

»Das … das könnte theoretisch möglich sein. Allerdings ist dies noch nie versucht worden.«

»Dann ist es jetzt an der Zeit, es zu versuchen! Er ist unsere einzige Chance, mehr über die Invasoren zu erfahren.«

Mutter schwieg einen Moment.

»Das Gremium hat alles mitgehört und sie beraten darüber«, sagte sie schließlich. »Ich werde deinen Vorschlag unterstützen, Mike.«

40.

Während der Körper des Ra´hul in der LifeCell lag, versammelten sich Grand, Jalina und das Gremium, um die bisherigen Erkenntnisse auszuwerten. Bei dem Verhör hatte der Gefangene einige bemerkenswerte Äußerungen gemacht.

»Zumindest wissen wir nun, wie sich die Unbekannten nennen«, sagte Mutter. »Ra´hul bedeutet in ihrer Sprache so viel wie *'Die Erhabenen'*.«

»Klingt nicht gerade so, als seien sie besonders bescheiden«, murmelte Grand.

»Sein ganzes Auftreten zeugte von einem Gefühl absoluter Überlegenheit«, sagte Usgran Delar Torkan und morphte seinen Körper zu einer annähernd humanoiden Gestalt mit zwei Armen und zwei Beinen. Der allerdings viel zu große Kopf mit den beiden Stielaugen ließ ihn wie eine misslungene Karikatur aussehen.

»Am bemerkenswertesten war, dass er zweimal von 'eurem' Universum gesprochen hat und davon, dass ihr eigenes untergehen würde«, sagte Mutter. »Er erwähnte die Fähigkeit, durch das Multiversum zu reisen. Das erlaubt weitreichende Schlussfolgerungen.«

»Nicht zu vergessen, dass er damit drohte, alle Galaxien der Lokalen Gruppe vollständig zu vernichten«, erinnerte Ylanthu.

»Wenn das nicht nur Angeberei war und uns verängstigen sollte«, wandte Jalina ein. »Warum sollten sie sich die Mühe machen, sie erst über Jahrtausende zu erobern, Zehntausende der Kuben zu installieren, um sie irgendwann später komplett auszuradieren. Ich sehe darin keinen Sinn.«

»Das denke ich nicht«, widersprach Mutter. »Solange wir nicht wissen, wozu die Kuben dienen, tappen wir im Dunkeln. Aber es machte auf mich nicht den Eindruck, als hätte er ausgerechnet an diesem Punkt gelogen.«

»Was auch immer sie mit den Kuben bezwecken – es kann für uns nichts Gutes bedeuten«, sagte Grand. »Vielleicht sind sie es sogar, die für die Vernichtung der eroberten Galaxien sorgen sollen. Eine Art Galaxien-Vernichter.«

»Warum warten, bis man alle Galaxien unter Kontrolle hat?«, fragte Threlak´Klonn´Arbor, der Vorsitzende des Gremiums. »Wenn man dies wirklich will, wäre es ökonomischer, eine Galaxis sofort zu zerstören, sobald dort die Kuben installiert sind, wenn dies ihre einzige Funktion sein sollte. Dann könnte man einfach zur nächsten Galaxie weiterziehen und müsste keine Flotte zur Sicherung des eroberten Gebietes und der Kuben zurücklassen. Um Zerstörung alleine kann es meiner Meinung nach nicht gehen.«

»Ich stimme Threlak zu«, sagte Mutter. »Die Kuben müssen mit ihren Plänen zu tun haben, unser Universum zu übernehmen. Sie erwarten das Eintreffen einer großen Flotte. Nach meinen Berechnungen liegt die Wahrscheinlichkeit bei über neunzig Prozent, dass sie ihr gesamtes Volk aus einem sterbenden Universum in unseres übersiedeln wollen und hierzu die Lokale Gruppe ausgewählt haben.«

»Aber wie passt das zu der Aussage, sie wollten alle Galaxien vernichten?«, fragte Jalina. »Alle Sonnen auslöschen und alle Planeten zerstören? Wo wollen sie dann leben?«

»Das kann ich im Moment nicht beantworten. Solange wir nicht wissen, wofür die Kuben gedacht sind, wäre alles Weitere Spekulation.«

»Mir kommt da ein Gedanke«, schaltete Grand sich wieder ein. »Ist es nicht seltsam, dass wir gerade erst erfahren haben, dass unserer Galaxis ebenfalls die Zerstörung droht? Könnte da ein Zusammenhang bestehen?«

»Ich halte es angesichts der unendlich großen Zahl von Universen zwar für unwahrscheinlich«, sagte Mutter. »Im Multiversum entstehen und vergehen andauernd Universen, aber ausschließen kann ich es natürlich nicht.«

»Gibt es nicht so etwas wie benachbarte Universen?«, fragte Grand.

»Der Begriff 'benachbart' in räumlicher, also dreidimensionaler Bedeutung, macht bei einem elfdimensionalen Multiversum wenig Sinn. Entfernungen sind dort nicht als räumlicher Abstand, als lineare Distanz zu definieren.«

»Aber wenn Universen kollidieren können, müssen sie sich doch auch räumlich nahekommen«, widersprach Grand.

»Euer Vorstellungsvermögen muss hier

versagen«, erklärte Mutter. »Worauf willst du hinaus?«

»Angenommen, die Ra´hul kämen tatsächlich aus dem Universum, das in ein paar Jahrtausenden mit unserem kollidieren soll – wie können sie sicher sein, dass ihres untergeht und unseres überlebt? Wenn sie dies nicht sicher wüssten, wäre ihre ganze Aktion vollkommen sinnlos!«

»Wir brauchen mehr Fakten«, sagte Threlak´Klonn´Arbor. »Es war richtig, den Ra´hul wiederzubeleben.«

»Eine weitere Aussage war ebenfalls von Bedeutung«, erinnerte Mutter die Anwesenden. »Er sprach von Suggestoren in ihren Reihen. Wir dürfen also davon ausgehen, dass glücklicherweise nicht jedes Mitglied dieser Spezies über diese paranormale Fähigkeit verfügt. Es könnte sich sogar um eine andere Spezies handeln, die in ihren Diensten steht.«

»Oder um eine Gruppe von Mutanten aus dem eigenen Volk«, sagte Grand.

»Beides ist möglich«, stimmte Mutter zu. »Threlak hat recht. Wir benötigen dringend mehr Fakten, um eine genauere Analyse vornehmen zu können.«

»Warten wir ab, was die nächste Befragung des Ra´hul bringt. Sobald er verhörfähig ist, werde ich sein Weltbild erheblich erschüttern«, sagte Grand mit einem bösartigen Grinsen.

41.

Zehn Stunden später saß Grand einem sichtlich erschütterten Ra´hul gegenüber.

»Hat nicht so geklappt, wie du dir das vorgestellt hast, Freundchen. Ich bin sicher, inzwischen hast du wieder versucht, deinen kleinen Selbstmordtrick anzuwenden, und festgestellt, dass er nicht mehr funktioniert.«

»Was ... wie ...?«

»Wir haben ein kleines bisschen in deinem Gehirn rumgespielt. Ich sagte dir doch, ihr solltet uns nicht unterschätzen!«

Selbst in dem fremdartigen Gesicht konnte Grand Schock, Ärger und Verzweiflung erkennen. An dem Ra´hul begannen wahrscheinlich erste Zweifel zu nagen, ob man die Bewohner dieser Galaxie vielleicht doch falsch eingeschätzt hatte. Tote wieder zum Leben erwecken und Gehirne nicht nur zu reparieren, sondern *umbauen* zu können lag außerhalb der Fähigkeiten seines Volkes. Er konnte nicht wissen, dass diese Technik von einer längst verschwundenen Spezies stammte und dass sie sie nutzten, ohne sie jedoch verstanden zu haben.

»Also, sagst du mir jetzt wenigstens deinen Namen?« Grand wollte nicht sofort die wirklich wichtigen Fragen stellen, sondern den Ra´hul zunächst dazu bringen, überhaupt mit ihm zu sprechen.

»Mein Name ist Rbroch´brchy Al´Kchanbrar«, sagte der Ra´hul, wobei es wie eine

Aneinanderreihung von knarzenden, hart ausgesprochenen Konsonanten klang.

»Was dagegen, wenn ich dich Bobby nenne? Deinen Namen kann ich mit meinen Stimmbändern nicht aussprechen. Du kannst Mike zu mir sagen.«

»Mchaikch«, sagte 'Bobby'.

»Ja, so ähnlich. Das ist gut genug. Pass auf, Bobby, korrigiere mich, wenn ich was Falsches sage: Euer Universum ist am Ende, also wollt ihr gerne in unseres kommen. Das ist ja zunächst einmal nichts Verwerfliches. Aber warum müsst ihr vorher alles plattmachen? In der Lokalen Gruppe ist doch genug Platz für eine weitere Spezies. Wir könnten euch als neue Nachbarn sogar helfen!«

»Ich bin nur ein kleiner Kapitän eines Aufklärers.« Zu Mikes Überraschung bekam er diesmal eine Antwort. Bobby musste von seiner Wiederbelebung gewaltig beeindruckt sein. »Ich kenne den genauen Plan nicht. Ich weiß nur, dass die Zukunft unseres Volkes hier an diesem Ort liegen muss. Nirgendwo sonst. Und man hat uns gesagt, dies ginge nur, wenn wir die Kuben rechtzeitig in Position bringen. Sie würden dafür sorgen, dass dieser gesamte Raumbezirk, den du Lokale Gruppe nennst, für uns freigeräumt wird. Für die Zukunft meines Volkes.«

»Freigeräumt? Mir gefällt dieses Wort nicht besonders. Was bedeutet 'freigeräumt'?«

»Wenn es soweit ist, werden alle Galaxien, in denen sich Kuben befinden, aus diesem Universum verschwinden.«

Mike musste diese Antwort erst einmal verdauen. Er versuchte, sich seinen Schock nicht anmerken zu lassen. Wenn es stimmte, was Bobby gesagt hatte, dienten die Kuben dazu, die gesamte Lokale Gruppe einfach verschwinden zu lassen. Das klang unvorstellbar, monströs, wie ein Hirngespinst. Aber was, wenn er die Wahrheit sagte?

»Warum müssen diese Galaxien aus dem Weg geräumt werden? Wie sollen die Kuben das bewirken?«, fragte er.

»Das kann ich dir nicht sagen. Mehr weiß ich nicht. Man hat uns den Plan nicht erklärt. Ich bekomme nur Befehle und führe sie aus. Für die Zukunft meines Volkes.«

»Ah, die alte Standardentschuldigung. Du bist also nur ein kleiner Befehlsempfänger, der zum Wohl seines Volkes handelt. Wer gibt denn die Befehle?«

»Das Oktett. Unsere acht fähigsten Feldherren führen die Ra´hul in eine neue Zukunft. Nur sie kennen jedes Detail des Plans. Mehr wirst du aus mir nicht herausbekommen, da ich nicht mehr weiß. Und jetzt kannst du mit mir machen, was du willst. Ich bin bereit, zu sterben – ich will sterben – und ich habe dir dies alles nur gesagt, damit ihr erkennt, wie aussichtslos es ist, sich diesem gewaltigen Plan entgegenzustellen. Gleichgültig, wie hoch ihr technologisch entwickelt seid – ihr könnt unser über Jahrtausende geplantes Vorhaben nicht aufhalten!«

»Das werden wir noch sehen, Bobby. Und falls du auf eure Suggestoren hoffst«, brachte Grand das Verhör auf ein anderes Thema, das von großem

Interesse war. »Was glaubst du, warum wir euer Schiff übernehmen konnten? Weil ich und einige andere von uns immun gegen ihre Beeinflussung sind. Sie können euch also nicht helfen!«

Grand übertrieb wieder bewusst, um eine Reaktion zu erzwingen. Diese kam auch prompt.

»Einige andere?« Bobby brach wieder in bellendes Gelächter aus. »Wir hatten nur einen Suggestor an Bord, da es nur ein kleines Schiff war. Er kam bedauerlicherweise bereits beim ersten Beschuss ums Leben. Aber wir verfügen über Tausende von ihnen und auf großen Schlachtschiffen befinden sich jeweils ein Dutzend. Sie können eine ganze Flotte unter ihren Einfluss bringen. Einige von euch mögen immun sein, aber diese Wenigen können keine Flotte beschützen, von einer Galaxie ganz zu schweigen!«

Grand musste zugeben, dass der Ra´hul damit recht hatte. Im Übrigen wusste er überhaupt nicht, ob außer ihm selbst noch jemand immun gegen den Einfluss war. Wie sollte er auf sich allein gestellt verhindern, dass eine ganze Flotte unter mentale Kontrolle geriet? Bei *einem* Schiff hatte er mit viel Glück eingreifen können – was mit der Vernichtung des Schiffes und dem Tod fast aller Besatzungsmitglieder geendet hatte. Er selbst hatte nur knapp überlebt. Aber gegen Tausende von Suggestoren war er machtlos. Er konnte schließlich nicht überall zugleich sein. Das einzig Beruhigende war, dass nicht alle Ra´hul über diese Gabe verfügten – wenn die Suggestoren überhaupt Ra´hul waren.

Aber Tausende waren auf jeden Fall genug, um Chaos und Verderben zu säen.

»Na gut, Bobby, wir werden uns später noch einmal unterhalten.« Mike wollte sich vor einer erneuten Befragung mit dem Gremium beraten. Vielleicht hatte einer der anderen Unsterblichen eine Idee, wie man noch mehr aus dem Ra´hul herausbekommen konnte. »Jetzt bringen wir dich zunächst in eine auf deine Bedürfnisse zugeschnittene Zelle.«

Hinter Grand öffnete sich ein Durchgang und ein Schwebebot kam in den Raum. Er löste Bobbys energetische Fesselfelder so weit, dass dieser aufstehen und kleine Schritte machen konnte. Dann zog er ihn mit einem sanften Vektorgrav-Strahl zu sich heran, an dem semi-materiellen Tisch vorbei. Der Bot war keine Erweiterung von Mutter und verfügte nur über eine einfache Programmierung. In ihm steckte keine KI, die blitzschnell auf eine Situation reagieren konnte. Alles, was außerhalb seines Programms lag, überforderte die einfache Positronik.

Grand saß auf seinem Stuhl und beobachtete den Abtransport des Gefangenen. Er dachte immer noch darüber nach, was sie bisher erfahren hatten, und achtete nicht besonders auf das, was um ihn herum geschah. Der Ra´hul konnte ihn, eingeschränkt durch das Fesselfeld, keinesfalls angreifen und stellte keine Gefahr für ihn dar.

Niemand hatte damit gerechnet, dass der Ra´hul seinen Todeswunsch so ernst nahm, dass er ein zweites Mal versuchen würde, seinem Leben ein Ende zu setzen. Zwar konnte er Grand nicht erreichen, doch der Tisch befand sich innerhalb seines Aktionsradius. Er hatte sich kaum erhoben, als er mit einer blitzschnellen Bewegung aus der Hüfte seine Stirn mit brutaler Gewalt auf die scharfe Tischkante knallte. Das semi-materielle Konstrukt war paradoxerweise wesentlich stabiler und härter als normale Materie. Sogar härter als Diamant. Noch bevor Grand oder der Schwebebot reagieren konnten, zerbarst die Hirnschale mit einem ekelhaften Knacken, das fast wie eine kleine Explosion klang. Der Aufprall war so stark, dass Blut und Hirnmasse bis zu Grand hinüberspritzen. Leblos fiel der Körper zu Boden.

»Verdammte Scheiße!«

Grand sprang auf und eilte zu dem Ra´hul. Die Vorderseite des Kopfes war oberhalb der Hundeschnauze zerschmettert und Grand konnte die graue Hirnmasse sehen. Grünes Blut lief über das Gesicht. Bobby war unwiderruflich tot.

42.

»Können wir nicht wenigstens versuchen, ihn wiederherzustellen?«, fragte Grand.

Erneut hatte sich das Gremium versammelt. Der Schock über das kompromisslose Handeln des Ra´hul stand allen ins Gesicht geschrieben.

»Das ist leider unmöglich, Mike«, sagte Mutter. »Jalina hat dir ja bereits gesagt, dass die LifeCell nur ein einziges Mal funktioniert. Der Grund ist uns nicht exakt bekannt, wir wissen jedoch, dass es beim erneuten Tod nach einer Behandlung in der LifeCell in jeder Zelle zu einem spontanen und vollständigen Chromosomen-Zerfall kommt. Innerhalb weniger Sekunden degenerieren alle DNA-Stränge zu ungeordneten Basenpaaren. Diese sind keinesfalls ein zweites Mal zu regenerieren. Was diesen Chromosomen-Zerfall auslöst und warum er so schnell einsetzt, können wir nicht sagen. Es tut mir leid!«

»Auch bei jemandem, der nicht die Unsterblichkeit erhalten hat?« Grand wollte die Hoffnung nicht aufgeben.

»Ja, leider auch dann. Die Nanoassembler haben lediglich darauf verzichtet, bei dem Ra´hul die Telomerenden, oder das Äquivalent in seiner DNA, zu regenerieren, und sich nach Beendigung der restlichen Schritte selbst zerstört. Alles andere lief exakt so ab wie auch bei einer regulären Behandlung in der LifeCell. Er wurde zwar nicht unsterblich, aber eine Folge der Behandlung war bei ihm die gleiche wie bei den Unsterblichen:

Chromosomen-Zerfall nach dem nächsten Tod!«

»Damit haben wir unsere einzige Informationsquelle verloren«, bedauerte Ylanthu, das milgorische Mitglied des Gremiums.

»Fassen wir zusammen, was wir wissen - oder zu wissen glauben«, sagte Threlak´Klonn´Arbor. »Die Ra´hul kommen aus einem anderen Universum, das dem Untergang geweiht ist. Sie wollen deshalb ihr gesamtes Volk in unser Universum bringen. Dafür muss angeblich die gesamte Lokale Gruppe aus diesem Universum verschwinden. In den eroberten Galaxien haben sie Zehntausende von riesigen Kuben installiert, die damit irgendwie zu tun haben.

Nicht alle von ihnen sind paranormal begabt, sie verfügen jedoch über Tausende von sogenannten Suggestoren. Ob es sich dabei um Mutanten der Ra´hul oder Angehörige eines anderen Volkes handelt, wissen wir nicht. Ungewiss ist auch, ob es sich bei ihrem Universum um dasselbe handelt, das laut den Dorianern in absehbarer Zeit mit dem unsrigen kollidieren wird.«

»Eine gute Nachricht enthalten diese wenigen Informationen«, warf Jalina ein. »Sollte es sich tatsächlich um das betreffende Universum handeln, wissen wir zumindest, dass unser Universum nicht untergehen wird!«

»Zu viel 'wenn', 'sollte' und 'vielleicht'«, gab Usgran Delar Torkan zu bedenken, der wieder zu einer Kugel zusammengefallen war. »All das hilft uns nicht dabei, der Bedrohung zu begegnen.«

»Alles steht und fällt mit den Kuben«, sagte

Grand. »Wir müssen herausfinden, was genau ihre Aufgabe ist. Vielleicht genügt es, eine ausreichend große Anzahl zu sabotieren, um den ganzen Plan zum Scheitern zu bringen.«

»Sie befinden sich in Galaxien, die Millionen, teilweise Abermillionen von Lichtjahren entfernt sind. Galaktische Schiffe bräuchten Jahre, um dorthin zu reisen. So viel Zeit bleibt uns nicht!«, sagte Ylanthu.

Mutter schaltete sich nun ebenfalls in das Gespräch ein.

»Wir haben ein Schiff, das für diese Entfernungen nur ein paar Tage benötigt – die *Rhelina*. Mit einem ÜLQ von 100.000 wäre die Triangulumgalaxie nur ein bis zwei Tagesreisen entfernt.«

»Was sollte ein einziges Schiff ausrichten können?« Ylanthu war nicht überzeugt.

»Die BEWAHRER könnten uns weitere Schiffe zur Verfügung stellen. Sie sind zwar nur halb so schnell, aber selbst drei oder vier Tage Flugzeit wären akzeptabel«, antwortete Mutter. »Zudem sind die Maschinen-KIs nicht paranormal beeinflussbar. Eine biologische Besatzung hätte hingegen keine Chance gegen die Suggestoren.«

»Außer Mike«, sagte Jalina.

Ylanthu lachte auf. »Ein Terraner und ein paar Schiffe gegen einen Gegner, der über eine unbekannte Zahl von Schiffen verfügt und auf die Ankunft seiner Hauptflotte wartet. Ein aussichtsloses Unterfangen.«

»Welche Alternative haben wir?«, fragte Mike. »Wir können nicht weitermachen wie bisher. Es entstehen fast täglich neue Brandherde in der Milchstraße, die selbst die BEWAHRER nicht mehr austreten können. Uns bleiben vielleicht nur noch Wochen, bis die gesamte Galaxis in Flammen steht und jeder gegen jeden kämpft. Dann wird es zu spät sein. Wenn wir überhaupt noch eine Chance gegen die Ra´hul haben wollen, müssen wir schnellstmöglich Antworten auf die vielen offenen Fragen erhalten.«

»Was schlägst du vor?«, fragte Threlak´Klonn´Arbor.

»Antworten können wir nur bei den Ra´hul finden. Natürlich könnten wir versuchen, noch eines ihrer Schiffe aufzubringen, doch ein anderer rangniederer Ra´hul wird auch nicht mehr wissen als Bobby. Wir müssen zur Quelle! Dorthin, wo sie sich bereits etabliert haben. Zu den Kuben und zu dem sogenannten Oktett. Nur dort finden wir Antworten – und vielleicht eine Waffe gegen die Bedrohung!«

»Woher willst du wissen, wo sich das sogenannte Oktett aufhält?«, fragte Ylanthu.

»Ich weiß es nicht! Aber Generale halten sich üblicherweise hinter den Linien auf, allerdings so nahe wie möglich am aktuellen Brennpunkt des Geschehens, um rechtzeitig auf sich verändernde Situationen reagieren zu können. Wenn die Ra´hul so denken wie wir, wäre die Triangulumgalaxie die logische Wahl. Sie befindet sich unter ihrer

Herrschaft, liegt außerhalb des derzeitigen Schlachtfeldes und ist doch nahe genug, um jederzeit Einfluss nehmen zu können.«

»Ich gebe Mike recht«, sagte Mutter. »Strategische und taktische Überlegungen sind universell gültig. Die Triangulumgalaxie ist mit über achtzig Prozent Wahrscheinlichkeit der Aufenthaltsort des Oktetts.«

»Dann sollten wir nicht länger zögern!« Mike legte all seine Überzeugungskraft in die nächsten Worte. »Die *Rhelina* sollte mit Jalina als Kommandantin und mir als einzigem weiteren biologischen Wesen zusammen mit einigen Schiffen der BEWAHRER umgehend zur Triangulumgalaxie fliegen. Dort werden wir so viel wie möglich über die Kuben und ihre Aufgabe in Erfahrung bringen. Sollte es uns gelingen, eines der Mitglieder des Oktetts in unsere Gewalt zu bringen – umso besser! Ich sehe keine Alternative, wenn wir noch eine Chance gegen die Ra´hul haben wollen.«

»Wir werden darüber beraten und euch unsere Entscheidung so bald wie möglich mitteilen«, sagte Threlak´Klonn´Arbor.

»Lasst euch nicht zu viel Zeit«, sagte Grand. »Die läuft uns nämlich unaufhaltsam davon!«

1. Epilog

Das Gremium nahm sich Grands Worte zu Herzen und benötigte nur wenige Stunden, um zu einer Entscheidung zu kommen. Die 'Mission Triangulum' war beschlossene Sache.

Allerdings konnten die BEWAHRER lediglich ein einziges ihrer Schiffe hierfür abstellen. Zu viele Schauplätze in der Milchstraße bedurften ihrer Aufmerksamkeit und ihres Eingreifens, wenn man die Ausbreitung von Kriegen zumindest verlangsamen wollte. Die Ra´hul waren nach wie vor ungebrochen aktiv und schürten Konflikte, wo sie nur konnten. Alle verfügbaren Unsterblichen waren ebenfalls im Einsatz, um ihr Möglichstes zu tun, den Flächenbrand, der die Galaxis durchzog, einzudämmen. Sie kämpften zumeist auf verlorenem Posten.

Somit standen lediglich zwei Schiffe für die Mission Triangulum zur Verfügung: Die *Rhelina* und ein schwerer Zerstörer der BEWAHRER. Das fünf Kilometer durchmessende Kampfschiff, gegen das die *Rhelina* wie ein Zwerg wirkte, wurde von einer Supreme-KI geführt und hatte ausschließlich Maschinenwesen an Bord. Auf dem kleinen dorianischen Schiff befanden sich neben Jalina, Grand und der Bord-KI Hakera noch zwei weitere Unsterbliche. Das Gremium hatte darauf bestanden, sie nicht alleine auf die Mission gehen zu lassen. Grand vermutete, dass man ihm als frischgebackenem Unsterblichen nicht das gleiche

Vertrauen entgegenbrachte wie langgedienten Mitgliedern der Liga und dass die beiden auch als Aufpasser fungieren sollten. Offiziell hieß es, ihre Teilnahme an der Mission würde die taktischen Möglichkeiten verbessern, was durchaus zutreffend war, wie Grand zugeben musste. Kranchoor, ein Xhentel, und ein Pogh´Chen mit unaussprechlichem Namen, den Jalina *Poggy* getauft hatte, würden sie auf der Mission begleiten.

Achtundvierzig Stunden nach Bobbys Selbstmord starteten die beiden Schiffe zu dem langen Flug in die Triangulumgalaxie. Drei Millionen Lichtjahre lagen vor ihnen – und eine ungewisse Zukunft ...

Ende von Teil 1

Die Handlung wird im zweiten Band
fortgesetzt unter dem Titel

MISSION TRIANGULUM

Hauptpersonen:

Michael Cordwainer Grand
Terraner, Major der Terranischen Raumverbände
Jalina Kelranar
Kolltanerin, Mitglied der *Liga der Unsterblichen*
Threlak´Klonn´Arbor
Halgoraner, Vorsitzender des Führungsgremiums der Liga
Ylanthu
Milgorer, Mitglied des Führungsgremiums der Liga
Usgran Delar Torkan
Torkalianer, Mitglied des Führungsgremiums der Liga
Vassili Gregorjan
Terraner, Admiral der Terranischen Raumverbände
Sun Cheng
Terraner, Kapitän der *Marco Polo*
Commander Moranthor
Kolltaner, Kapitän der *Goldenen Morgenröte*
Nikolai
Terraner, unvorsichtiger junger Mann auf Ozeania
Michelle
Terranerin, Nikolais Freundin und Tauchkameradin
Mutter
KI der Station im Bulk

Hakera
KI des dorianischen Schiffes *Rhelina*
Rbroch´brchy Al´Kchanbrar
Ra´hul genannt 'Bobby', Kapitän eines Aufklärers
Kranchoor
Xhenthel, ein Unsterblicher
Poggy
Pogh´Chen, ein Unsterblicher

APPENDIX 1 (Antriebssysteme):

Antrieb (Sublicht):

I-Drive
Ionenstrahlantrieb. Relative geringe Beschleunigung, aber preiswert und benötigt wenig Energie. Wird hauptsächlich auf langsamen Frachtern eingesetzt.

Strahlantrieb
Thermonuklearer Antrieb durch nukleare Verbrennung einer geeigneten Stützmasse. Meist als Antrieb innerhalb einer Atmosphäre oder bei kleinen Schiffen als Sublicht-Antrieb verwendet. Benötigt deutlich weniger Energie als ein Impulstriebwerk.

Impulstriebwerk
Strahlantrieb, der durch eine Materie/Antimaterie-Reaktion einen hochfrequenten und hochenergetischen Impuls erzeugt. Hohe Beschleunigung, energieintensiv.

Antigrav-Generator
Verändert das Schwerefeld um ein Schiff bis zu Null-G durch Massenaufhebung. Kann selbst nicht zum Vortrieb benutzt werden, allerdings kann im Schwerefeld eines Planeten eine Landung durch gezielte, jedoch nicht vollständige Massenreduktion langsam einschwebend durchgeführt werden. Beim

Start wird hingegen ein aktiver Antrieb benötigt, der bei vollständiger Massenaufhebung nicht sehr leistungsstark zu sein braucht. Ein Antigrav-Generator (mit Vektorsteuerung, dann oft auch Vektorgrav genannt) wird auch zur Erzeugung gerichteter, künstlicher Schwerkraft an Bord der Raumschiffe verwendet.

Antrieb (FTL):

Hyperdrive (galaktische Völker, LDU)
TachyGrav-Antrieb (Tachyonen werden hier als im 'Bulk' befindliche Gravitonen (Gravitachyonen) erklärt). Physikalische Grundlage ist ein erweitertes Branenmodell nach Randall-Sundrum (1). Das Multiversum ist in diesem Modell der Bulk mit unendlich vielen Branen, die miteinander kollidieren können, um neue Universen zu schaffen (Branenkollision = *Big Bang*). Jedes Universum ist an die Oberfläche einer Bran gekoppelt/gebunden. Der Hyperdrive schafft lediglich ein (mehr oder weniger tiefes) Eindringen in den Bulk, wo die Lichtgeschwindigkeit mit zunehmender Eindringtiefe prinzipiell unendlich wird, kann jedoch keine andere Bran erreichen.

Branendrive (LDU)
hyperenergetische Gravitachyonen erlauben den Übergang auf eine andere Bran (Übertritt in ein anderes Universum), indem der Branendrive durch den Bulk 'tunnelt' ('Branensprung'). Keine

dauerhafte Öffnung wie beim 'Branenportal'. Die Technologie stammt von den Dorianern (*Gründern*).

Branenportal (FEIND)
Künstliche, lokal begrenzte Kopplung von Branen ('Branenübergang'). Hält ein Tor offen (Portal). Ähnlich einem Wurmloch. Hierbei wird der Bulk umgangen.

APPENDIX 2 (Waffensysteme):

Standardwaffen:

Normaler Laser ('Phaser')
kontinuierlicher Laserstrahl (hauptsächlich als Handwaffe). Überträgt weniger Energie als ein 'Pulser'.

Ionenplasmawaffe ('Blaster')
Elektromagnetisch beschleunigtes Ionenplasma. In einer Atmosphäre aufgrund der Wechselwirkung mit den Luftteilchen nur geringe effektive Reichweite.

Impulslaser ('Pulser')
Intermittierende Laserpulse mit jeweils sehr hoher Energiedichte (hauptsächlich als Schiffswaffe).

Neurodisruptor ('Stunner')
Unterbricht die Funktion des Motorcortex im Gehirn durch einen auf dessen Nervenverbindungen abgestimmten BioEMP. Beeinflusst damit nur das somatische, jedoch nicht das vegetative Nervensystem. Wirkt Minuten bis Stunden, je nach Einstellung (Hand- und Schiffswaffe).

Railgun
Verschießt elektromagnetisch beschleunigte Projektile verschiedener Art (als Hand- oder

Schiffswaffe).

Protonenwerfer (Schiffswaffe)
Ähnlich dem 'Baryonenwerfer' (s.u.), aber energetisch unterlegen (geringere Protonenmasse). Verschießt einen gebündelten Strahl hochkinetischer Protonen.

Torpedos
Sublicht- und Hypertorpedos mit thermonuklearem oder Antimateriesprengkopf. Hypertorpedos sind die einzige allgemein zur Verfügung stehende FTL-Waffe.

Traktorstrahl
Im Prinzip die eng gebündelte Wirkung eines Vektorgravs auf ein Objekt. Hierbei wird ein gravitationeller Zug ausgeübt. Kann auch als Waffe verwendet werden.

LDU (zusätzlich):

Baryonenwerfer (Schiffswaffe)
Verschießt überschwere, hochkinetische Baryonen (mehrhundertfache Masse eines Protons). Hoher Energiebedarf und nur auf großen Schiffen einsetzbar. Enorme Durchschlagskraft!

TachyGrav-Warper ('Warper', FTL-Schiffswaffe)
Verzerrt den Raum um das gegnerische Schiff und reißt es durch einen hyperdimensionalen

Strukturriss in den Bulk. Niemand weiß genau, was dort mit dem Schiff geschieht. Hauptwaffensystem der LDU-Schiffe.

APPENDIX 3 (Völker):

Hauptvölker:

Terraner
Humanoid - Heimat: Sol-System (gelbe Sonne), Erde (dritter Planet). Kohlenstoffbasierte Sauerstoffatmer. Säuger. Demokratisches System. Intergalaktische Raumfahrt seit 373 Jahren. Man schreibt zu Beginn der Handlung auf der Erde das Jahr 3016 n.Chr.

Kolltaner
Humanoid – Heimat: Kollta-System (gelbe Sonne), Kollta (dritter Planet). Kohlenstoffbasierte Sauerstoffatmer. Säuger. Sehr menschenähnlich, aber völlig unbehaart. Feudal-demokratisches System. Allianz mit der *Terranischen Union*. Manche Wissenschaftler behaupten, dass es einen gemeinsamen Vorfahren mit den Terranern geben müsse. Die Kolltaner sind zwar mit den Terranern befreundet, verhalten sich diesen gegenüber aber gerne herablassend und gelten als arrogant. Intergalaktische Raumfahrt seit ca. 30.000 Jahren.

Xhenthel
Annähernd humanoid – Heimat: Xhen-System (orange Sonne), Xhentor (zweiter Planet). Kohlenstoffbasierte Sauerstoffatmer. Ovipare Echsenabkömmlinge. Auf den beiden Hinterbeinen aufgerichtet laufend, die beiden Vorderbeine zu

Greifarmen mutiert. Schwanzstummel am Hinterleib. Kasten- und Clanstrukturen, semi-demokratisch (Wahlrecht bei der Wahl der jeweiligen Clanführer nur für die Kriegerkaste, Clanführer wählen den 'Ersten von Xenthor' unter sich). Intergalaktische Raumfahrt seit ca. 500.000 Jahren.

Milgorer
Amphibisch, annähernd humanoid – Heimat: Mil-System (blaue Riesensonne), Milgor (vierter Planet). Kohlenstoffbasierte Sauerstoffatmer (Kiemen). Ovipare Abkömmlinge von Raubfischen. Brustflossen zu Greifarmen und Bauchflossen zu Beinen evolutionär verändert. Sehr schlechte Läufer. Leben deshalb bevorzugt immer noch unter Wasser. Feudalsystem mit großen 'Schwärmen', deren jeweilige Führer ('Erstes Ei') aus einer Erbfolge hervorgehen. Die Schwärme (ähnlich Nationalstaaten, jedoch ohne festes Territorium) bilden untereinander wechselnde Allianzen ohne übergeordnete Regierung. Häufig territoriale Streitigkeiten auf dem Heimatplaneten mit kriegerischen Auseinandersetzungen. Aggressiv und arrogant. Intergalaktische Raumfahrt seit ca. 300.000 Jahren.

Halgoraner
nicht humanoid – Heimat: Halgor-System (gelbe Sonne), Halgor Prime (sechster Planet, Gasriese), Silikatbasierte Methanatmer, quallenähnliche

Wesen mit sechs Tentakeln um den ballonförmigen Körper, die wahlweise als Lauf- oder Greifarme dienen. Leben sehr zurückgezogen. Über ihre Gesellschaftsstruktur und Vermehrungspraktiken ist nichts bekannt. Treten außerhalb ihrer Einflusssphäre nur in schwebenden, semi-transparenten und ebenfalls ballonförmigen 'Schutzblasen' auf. Nicht aggressiv, aber sehr protektionistisch. Gestatten keinen Zutritt auf ihren Planeten. Intergalaktische Raumfahrt wahrscheinlich seit mehr als 1.000.000 Jahren.

Yllryh
Nicht humanoid – Heimat: Yllrah-System (rote Sonne), Yllrahnor (Innerer Mond des einzigen Planeten des Systems, eines Gasriesen vom Jupiter-Typ). Kohlenstoffbasierte Sauerstoffatmer. Ovipare Abkömmlinge von Schreitvögeln. Gefiedert, aber nicht mehr flugfähig. Sehr filigran (Gravitation auf Yllrahnor nur 0,32 Standard-G). Evolutionär veränderte Stummelflügel dienen als Greifarme. Nackte Stelzenbeine, langer Hals mit typischem Vogelkopf inkl. kurzem, entenähnlichem Schnabel. Militärdiktatur. Allianz mit der *Terranischen Union*. Intergalaktische Raumfahrt seit ca. 100.000 Jahren.

Pogh´Chen
Nicht humanoid – Heimat: Pogh-System (gelbe Sonne), Pog´Chen´Or (dritter Planet). Kohlenstoffbasierte Sauerstoffatmer, Säuger. Abkömmlinge von grasfressenden Bewohnern der

planetenweiten Steppen. Fassförmiger Körper mit zentral oben sitzendem, vieräugigem Kopf. Zwei Greifarme (vorn am Körper), zwei mit scharfen Klauen bewehrte Kampfarme (hinten am Körper) und sechs Laufbeine. Ebenfalls vorn am Körper befindet sich das Atem-, Sprach- und Essorgan. Vegan lebend, aber extrem aggressiv, da sie sich gegen eine (schon lange ausgerottete) intelligente Raubtierspezies ihres Heimatplaneten durchsetzen mussten. Semi-demokratisches System, in dem der Anführer der gesamten Spezies in regelmäßigen Ausscheidungskämpfen (bis zum Tod!) ausgewählt wird. Jeder kann sich für diese Kämpfe bewerben. Der Sieger wird vorbehaltlos von allen akzeptiert. Intergalaktische Raumfahrt seit ca. 200.000 Jahren.

BEWAHRER
Die BEWAHRER sind ein Volk von Maschinenintelligenzen, die sowohl zentral über eine Haupt-KI (den 'KERN') als auch über Sub-KIs und somit völlig autonom agieren. Sie verfügen nicht über ein einheitliches Erscheinungsbild, sondern ihre Körper sind den Einsatznotwendigkeiten und Umweltbedingungen perfekt angepasst. Der Standort ihres Heimatsystems ist nicht bekannt und wird von den BEWAHRERN streng geheimgehalten. Es wird vermutet, dass sie bereits seit mehreren Millionen Jahren die intergalaktische Raumfahrt beherrschen, eventuell sogar aus einer anderen Galaxie stammen. Über ihre ehemaligen Erschaffer ist nichts bekannt,

außer dass sie schon lange ausgestorben sind. Sie sind die technologisch fortgeschrittenste Zivilisation in der Milchstraße und halten sich für den natürlich Endpunkt der Evolution. Intelligentes biologisches Leben muss nach ihrer Logik irgendwann intelligentes künstliches Leben erschaffen, das sich selbstständig weiterentwickeln, über seine Erschaffer hinauswachsen und diese ablösen wird. Sie besitzen jedoch eine hochstehende Moral, die es ihnen verbietet, diesen Prozess aktiv zu fördern. Ähnlich wie die Menschheit vom Aussterben bedrohte Tierarten zu schützen versucht, verstehen sie sich im Gegenteil als wohlwollende Beschützer des unter ihnen stehenden biologischen Lebens. Allerdings halten sie sich üblicherweise aus kriegerischen Auseinandersetzungen der galaktischen Zivilisationen heraus, auch wenn ihre Schiffe immer wieder als Beobachter bei Raumschlachten gesichtet werden. Sie haben in der Vergangenheit nur wenige Male in bewaffnete Konflikte eingegriffen, und auch nur dann, wenn eine Spezies von der völligen Ausrottung bedroht war. Selbst dann waren ihre Aktivitäten ausschließlich beschützender Natur. Sie greifen niemals selbst an oder unternehmen Vergeltungsaktionen. Sie beteiligen sich nicht an Allianzen oder Koalitionen. Diejenigen, denen die Existenz der *Liga der Unsterblichen* bekannt ist, wissen, dass die BEWAHRER mit dieser in engem Kontakt stehen.

Dorianer
Ältestes bekanntes Volk des Universums. Ursprünglich sehr menschenähnlich, aber später im Zuge der Expansion genetisch stark modifiziert. Die Dorianer breiteten sich während der Frühphase des Universums über Jahrmilliarden im gesamten Virgo-Haufen aus und herrschten über Tausende von Galaxien. Nach einer Phase der Stagnation und Schrumpfung ihres Einflussbereiches lebten sie schließlich nur noch in der *Lokale Gruppe*. Bei den Forschungen über eine Möglichkeit des Aufstiegs in eine nicht-körperliche metaphysische Existenzebene entdecken die Dorianer, dass unser Universum in etlichen Millionen Jahren mit einem Nachbaruniversum kollidieren wird. Um der Vernichtung zu entgehen, wanderten sie in ein anderes Universum des Multiversums aus. Ihre Hinterlassenschaften begründen die Technologie der *Liga der Unsterblichen*, weshalb sie lange als die *Gründer* bezeichnet wurden.

APPENDIX 4 (Terminologie):

Bulk

Übergeordnetes Kontinuum, manchmal auch als 'Hyperraum' bezeichnet. Höherdimensionaler Raum zwischen den 'Branen', der zu überlichtschnellen Reisen mittels des Hyperdrives (TachyGrav-Antrieb) genutzt wird. Je nach Leistung des Hyperdrives ist eine mehrmillionenfache Lichtgeschwindigkeit für Raumschiffe möglich.

Branen

Vierdimensionale 'Membrane', die im höherdimensionalen Raum, dem Bulk, das Multiversum bilden. Jede Bran entspricht einem gesonderten Universum. Branen beeinflussen sich jedoch wechselseitig durch das *Radion*, ein von der *Dunklen Energie* ausgelöstes Kraftfeld. Somit können sie kollidieren und einen 'Big Bang' auslösen (Ekpyrotisches Universum). Nur Gravitation in Form von Gravitonen kann aus den Branen in den Bulk eindringen und ihn überbrücken. Diese in den Bulk vordringenden Gravitonen entsprechen den lange vorhergesagten Tachyonen, weshalb sie auch als Gravitachyonen bezeichnet werden und bilden die technologische Grundlage für den TachyGrav-Antrieb (Hyperdrive). Es ist nicht bekannt, wie viele Branen und somit wie viele Universen es im Multiversum gibt. Es könnten unendliche viele sein!

Hyperebene
Bei einen dreidimensionalen Körper, z.B. einer Kugel, hat die Oberfläche stets eine Dimension weniger als der Körper selbst. So ist die Kugeloberfläche eine zweidimensionale Fläche mit nur Länge und Breite (daher auch Längen- und Breitengrade auf der Erde!). Bei einem vierdimensionalen Körper (den wir uns allerdings nicht vorstellen können!), besitzt die Oberfläche demzufolge drei Dimensionen. Unser dreidimensionales Universum ist also die Oberfläche eines vierdimensionalen Hyperkörpers (der Bran) – und damit eine Hyperfläche oder Hyperebene..

Universal
Kunstsprache, deren Laute von den meisten Spezies der Milchstraße mit ihren jeweiligen Sprachorganen ausgebildet werden können. Lediglich Spezies, die ausschließlich olfaktorisch oder mit visuellen Mitteln kommunizieren oder einen stark abweichenden Frequenzbereich benutzen, sind durchgehend auf Translatoren angewiesen.

Translator
Übersetzungscomputer. Translatoren dienen zur Verständigung zwischen verschiedenen Spezies, die wechselseitig die Sprache des anderen nicht beherrschen oder ausbilden können. Üblicherweise müssen die notwendigen Sprachdatenbanken

einprogrammiert werden. Lediglich sehr hoch entwickelte KIs sind in der Lage, in mehr oder weniger kurzer Zeit eine völlig unbekannte Sprache zu analysieren und zu beherrschen.

Überlicht-Quotient (ÜLQ)
Geschwindigkeit eines Raumschiffes bezogen auf die Lichtgeschwindigkeit im Normalraum. Der *ÜLQ* gibt an, wie viele Lichtjahre ein Raumschiff innerhalb einer Stunde zurücklegen kann. So hat z.B. ein Schiff, das eine Million Mal schneller ist als das Licht, einen ÜLQ von ca. 114 Lj/h und kann die Milchstraße (100.000 Lichtjahre) in etwa 36 Tagen durchqueren. Folgende Geschwindigkeiten werden von terranischen Schiffen üblicherweise erreicht:
langsame Frachter – ÜLQ bis 300 Lj/h
schnelle Frachter – ÜLQ bis 1000 Lj/h
Passagierschiffe – ÜLQ bis 2000 Lj/h
schwere Zerstörer – ÜLQ bis 3000 Lj/h
schnelle Kreuzer – ÜLQ bis 5000 Lj/h
schnelle Aufklärer – ÜLQ bis 10.000 Lj/h
Technologisch höher entwickelte Spezies erreichen einen ÜLQ von bis zu 30.000 Lj/h, Schiffe der BEWAHRER bis zu 50.000 Lj/h und Schiffe der Dorianer sogar bis zu 100.000 Lj/h! Dorianische Schiffe benötigen demzufolge nur etwas mehr als vier Tage, um eine Distanz von 10 Millionen Lichtjahren zurückzulegen.

2. Danksagung:

Wie immer schulde ich vielen Personen meinen Dank, die mich bei der Fertigstellung dieses Romans unterstützt haben. Und wie immer muss ich an erster Stelle meine Frau nennen, die sich nicht nur mit engelsgleicher Geduld jeden Tag meine verrückten Ideen anhören musste, sondern die Entwürfe auch noch mehrfach gelesen hat und mir dabei wertvolle Tipps und Hinweise geben konnte. Danke, mein Schatz!

Natürlich gilt mein Dank auch den Testlesern, allen voran Rico Gehrke und Jürgen Friemel, deren Input äußerst hilfreich gewesen ist. Es ist sehr erfreulich, dass es solche Kollegen ohne 'Futterneid' gibt! Ich lege meinen Lesern ans Herz, auch einen Blick in deren Bücher zu werfen.

Nicht zuletzt muss meine Lektorin, Birgit Böckli, erwähnt werden, die (wie immer!) die Geschichte sehr viel besser gemacht hat, als es mir alleine möglich gewesen wäre.

Meinen Lesern gilt folgende Bitte: Über Erfolg oder Misserfolg eines Romans entscheiden in hohem Maße auch die Bewertungen bei Amazon. Ich würde mich sehr freuen, wenn diejenigen, denen meine Bücher gefallen haben, sich die Zeit nehmen würden, dies mit einer kurzen Bewertung bei Amazon zum Ausdruck zu bringen. Gegen die Verlagsveröffentlichungen mit Hunderten von Bewertungen hat ein unabhängiger Autor ansonsten keine Chance!

Cliff Allister/Dahab, September 2016

Vorschau:

ab Dezember 2016

13714626R00195

Printed in Germany
by Amazon Distribution
GmbH, Leipzig